KB043019

첫사랑이야

첫사랑이야

1판 1쇄 찍음 2016년 8월 10일
1판 1쇄 펴냄 2016년 8월 17일

지은이 | 서경 박신우
펴낸이 | 고운숙
펴낸곳 | 봄 미디어

기획·편집 | 김민지, 김지우

출판등록 | 2014년 08월 25일 (제387-2014-000040호)
주소 | 경기도 부천시 원미구 소향로17, 304(두성프라자)
영업부 | 070-5015-0818 **편집부** | 070-5015-0817 **팩스** | 032-712-2815
E-mail | bommedia@naver.com
소식창 | http://blog.naver.com/bommedia

값 9,000원

ISBN 979-11-5810-243-2 03810

※파본은 구입하신 서점에서 교환하여 드립니다.

※이 책은 봄 미디어를 통해 독점 계약되었습니다.
저작권법에 의해 보호를 받는 저작물이므로 무단 전재와 무단 복제를 엄금합니다.

첫사랑이야

서 경 박 신 우 장편 소설

c o n t e n t s

프롤로그

일주일이 지나도록 기태에게선 연락이 없었다. 사정이 생겨서 더 이상 멘토를 해 주지 못한다는 것, 당분간 연락이 안 될 수도 있다는 것이 예서가 그에게서 들은 전부였다. 예서는 한숨을 푹 쉬었다.

지금이 어떤 상황인지도 모르고.

고작 일주일이었지만 그사이 예서에겐 두 가지의 일이 있었다. 첫 번째는 엄마가 갑작스럽게 재혼을 결정했고 이미 혼인신고를 마쳤다는 것. 두 번째는 학교 게시판에 예서가 대학생과 사귄다는 게시물이 올라왔고 선생님이 엄마를 불러 상담을 했다는 것이다.

예서는 당연히 아니라고 해명했다. 자신은 멘토를 해 주는 기태 외에는 대학생 오빠를 만난 적이 없다고 말했다. 하지만 엄마는 귓등으로도 듣지 않았다. 자신을 믿어 주지 않는 엄마 때문에 속이 상해 예서는 그동안 속에 삼켰던 말까지 뱉어 냈다.

"왜 항상 엄마 멋대로야? 엄마는 내 의사는 상관이 없어? 혼인 신고? 지금 나랑 장난해? 엄마도 내 의사 상관없이 멋대로 했으니까 나도 그럴 거야. 앞으로 내 일에 신경 쓰지 마."

처음으로 엄마에게 소리를 치고 나왔다. 예서는 그게 찜찜해서 골목길을 내려오다 멈췄다.

오늘 엄마가 퇴근을 하고 새아빠를 소개시켜 준다고 했는데.

사실, 별로 만나고 싶지 않았다. 아무런 의논도 없이 통보하듯 결정한 엄마에게 서운했다. 얼른 시간이 지나갔으면 좋겠다. 성인이 되면 꼭 독립을 하리라 결심했다.

"아, 학교 가기 싫다."

유행성 눈병에 걸렸을 때를 제외하고 예서가 학교를 빠진 적은 단 한 번도 없었다. 그런데 오늘은 마음이 싱숭생숭해서 그런지 학교에 가기 싫었다. 버스 정류장에 한백 고등학교와 한국 대학교로 가는 버스 두 대가 연달아 오고 있었다.

〈예서야, 엄마가 미안해. 예서에게 먼저 물어봤어야 했는데.
엄마를 이해해 줄 거라고 생각했나 봐. 엄마를 이해하기에는
아직 어린 나이인데 예서가 다 컸다고 생각했어. 그리고 네가
원조 교제했다는 거 엄마는 안 믿어. 대학생 오빠랑 연애를 한
다는 것도 네가 아니라면, 믿을게. 예서야, 대학교 갈 때까지만
노력하자. 네가 지금 예민한 시기인 거 엄마가 제일 잘 아는데,
이 시기에 재혼을 결정해서 너무 미안해.〉

장문의 문자를 보며 한국 대학교로 가는 버스에 올라탔다.
엄마의 문자를 보니 자신이 철없는 어린아이처럼 느껴졌다.
재혼을 결정한 엄마도 엄마지만, 한마디 상의도 없었다는 게
무엇보다 속상했다. 게다가 저가 왜 화가 났는지도 모르고
무조건 미안하다며 달래는 모습이라니. 나를 정말 어린아이
로 만든 게 누군데. 예서는 서운한 마음에 코끝이 찡했다.

태어날 때부터 예서에게 가족이란 엄마뿐이었다. 처음부
터 아빠는 없었다. 이제껏 엄마만 있으면 된다고 생각하며
살았다. 그런데 갑자기 새로운 가족이 생긴다니. 마음이 싱
숭생숭했다.

너무 뜬금없는 통보였다. 저번 주만 해도 어떤 낌새도 없

었다. 자신이 그만큼 엄마에게 관심이 없었던 걸까.

창문에 이마를 기대고 톡톡 일정한 박자로 머리를 박았다. 일류 대학을 졸업하고 대기업에 취직하면 엄마가 더 이상 고생하지 않겠지, 우리 가정은 내가 지킬 수 있겠지. 그렇게 생각하며 어려서부터 열심히 공부했다. 그에 따른 결과도 내고 있어 막연했던 미래가 가까워진다고 생각했는데.

가족은 둘뿐이라 여겼는데 침입자가 생겼다. 그게 싫어서 예서의 콧잔등에 자잘하고 귀여운 주름이 생겼다.

자신이 취업을 하려면…… 예서는 손가락을 접으며 세어 보았다. 적어도 4년 이상 걸릴 텐데. 엄마가 재혼을 하면 안정적인 가정을 일굴 테고, 어쩌면 그게 엄마한테 더 나을 수도 있겠다는 생각이 들었다.

〈저녁 때 야자 빼 볼게. 새아빠랑 식사하는 곳 문자로 보내 줘.〉

예서는 썼다 지우기를 반복하다가 문자를 보냈다. 한국 대학교 정문에서 하차한 후 교복을 가다듬었다. 사실 엄마보다 기태에게 무슨 일이 있는지가 더 궁금했다. 대학교는 고등학교보다 먼저 방학을 해서 학생들이 많지는 않았다. 예서는 기태의 과가 '법학과'인 걸 떠올리고 지나가는 사람에게 위치를 물어본 후 법대 건물로 향했다.

"여기가 법학과 사무실 맞나요?"

"네, 그런데요?"

교복을 입은 예서를 학생들이 흘깃거렸다. 어제 교복 좀 단정하게 다려 놓을걸. 예서는 꼬깃꼬깃한 치마를 손바닥으로 펴며 용기를 내 물었다.

"혹시 여기 윤기태라는 사람 있어요?"

"윤기태?"

그 정도 외모면 학교 내에 소문이 자자할 것이다. 이름만 대도 알 것 같았는데 상대방이 고개를 갸웃하는 걸 보니 주미 말처럼 자신의 눈에만 잘생겨 보이나 보다. 콩깍지가 쓰인 건가.

"아, 윤기태! 왜 그 안경 있잖아."

옆에 있던 남자가 반문한 남자를 툭 치며 말했다. 예서는 기태를 아는 사람을 금방 찾아서 다행이라고 생각하며 돌아섰다.

"기태, 여자 친구랑 3주년이라고 시험 끝나자마자 갔는데?"

여자 친구? 3주년? 여행? 기태와 전혀 매치되지 않은 단어에 두 눈동자만 이리저리 굴렸다. 자신이 알기로 기태는

11

여자 친구가 없었다. 만약 이 말이 사실이라면 이제껏 자신을 속인 셈이 된다. 제 마음을 전부 알면서 그랬을 리가 없다. 예서의 눈이 파르르 떨렸다.

"혹시 멘토 찾으러 온 건가? 걔 교양 수업 때문에 멘티 있다고 했잖아."

"맞네, 고등학생이 여기 올 일이 뭐가 있겠어. 난 고딩 꼬신 줄 알고 놀랐네."

윤기태가 맞다. 자신은 멘티로, 기태는 멘토로. 그게 대학교 어떤 교양 과목의 과제라고 했다. 예서는 허탈함에 무릎이 탁 풀려 바닥에 주저앉았다.

순간 배신감이 들고 가슴이 횡횡해졌다. 인사도 하는 양마는 양 고개를 푹 숙이고 돌아섰다. 한국 대학교 정문을 빠져 나올 쯤엔 눈시울이 붉어져 있었다. 혹시 지나가는 사람이 볼까 싶어 손으로 눈을 꾹 누른 예서는 무작정 걸었다.

한참을 걷다 고개를 드니 처음 보는 곳에 와 있었다. 여기가 어딘지 몰라 벤치에 털썩 앉았다. 예서는 가방에 넣어 둔 휴대폰을 꺼냈다.

〈부재중 전화 44통.〉

불안하게 4가 두 개나 있어. 톡, 토독. 한두 방울씩 하늘에서 비가 떨어졌다. 우산 챙기길 잘했네. 오랜만에 기상청 속보가 맞아떨어졌다. 가방에서 3단 우산을 꺼내서 썼다. 44통 중 반은 모르는 번호였고 반은 엄마였다.

아직 수업 시간이라 전화를 하면 땡땡이 친 걸 알게 될 텐데……

아니다. 어쩌면 이미 알았을 수도 있다. 선생님이 엄마한테 전화를 했을 가능성도 있으니까.

예서는 손안에서 진동이 울리는 휴대폰을 보다가 그냥 무조건 죄송하다고 해야지, 생각하며 전화를 받았다.

—여보세요. 예서 씨, 맞나요?

"네, 맞습니다."

—나 박문택인데.

오늘 보기로 한 새아빠였다. 이 번호가 새아빠 번호였구나. 새아빠라는 단어조차 거부감이 들었건만 실제 목소리는 더 부담스럽게 느껴져 예서가 휴대폰을 쥔 손에 힘을 주었다.

—지금 어디예요? 학교면 조퇴하고 성효 대학 병원으로 올 수 있겠어요? 택시 타고.

"지금요?"

—엄마가 사고가 나서…….

예서는 벌떡 일어나 지나가는 택시를 잡아 차에 탔다. 성효 대학 병원으로 가는 동안 예서는 손과 발이 떨려 입술을 질끈 물었다. 왜 이렇게 가슴이 두방망이질 치는지 모르겠다. 아침에 엄마한테 뭐라고 하고 나왔더라.

출근을 한 엄마가 왜 대학 병원에 있는 걸까. 어떤 사고가 난 걸까. 어떤 상태인 거지. 도착하자마자 거스름돈을 받을 생각도 못 하고 예서가 급히 내렸다.

왜 이렇게 몸이 떨리고 불안한 건지. 무서움이 가득한 두 눈동자가 한 남자를 발견했다. 그 남자의 눈도 예서만큼이나 붉어져 있었고 불안한 감정은 일시에 폭발했다.

✳   ✳   ✳

"예서 씨?"

잠결에 식은땀을 흘리고 있는 예서를 한혜진 대리가 흔들어 깨웠다.

"무슨 꿈을 그렇게 식은땀을 흘리면서 꿔?"

"한 대리님, 죄송해요."

예서는 주변을 둘러보았다. 아직 안면도로 내려가는 버스 안이었다. 아무것도 아니라는 듯 슬쩍 웃었지만 등줄기를 흐르는 식은땀은 여전했다. 오랜만이었다. 그 시절 꿈은.

잠을 자기 전 한 대리가 '왜 연애를 하지 않아? 예서 씨,

제일 예쁠 나이인데'라고 물었다. 그 질문 하나 때문에 잘 꾸지도 않던 과거의 꿈을 꾸게 되었다. 자기 전에 한 고민이 꿈으로 나타났나 보다.

침대에 누워 있던 엄마의 모습이 스쳐 지나갔다. 살면서 몇 안 되는 충격적인 장면이라 그런지 아직도 눈에 생생했다.

"예서 씨는 새로 온 팀장님 못 봤지?"

"네."

"나 아까 본사에서 마주쳤거든. 인사했는데, 엄청 잘생겼더라."

"그래요?"

시큰둥한 예서의 반응에 혜진이 예서의 옆구리를 쿡 찔렀다.

"착하게 생겼다니까? 저번 팀장처럼 예서 씨 괴롭히지 않을 거야. 올해도 미국 본사 발령 지원할 거야?"

"네, 가고 싶어요."

"막진 않을게. 그래도 난 예서 씨가 한국에 남았으면 좋겠어."

"죄송해요."

"이럴 땐 그냥 '잡아 주셔서 고마워요'라고 하는 거야. 융통성 있게."

작년에 미국 본사 발령을 지원했었는데 떨어졌다. 올해에도 가을쯤 미국 본사로 몇 명 보낸다는 이야기를 들었다. 예서는 다시 한 번 지원할 생각이었다. 그걸 위해 3년 동안 주말마다 영어 회화 학원에 가서 실력을 쌓지 않았는가. 그게 아까워서라도 예서는 꼭 지원할 생각이었다.

"갑자기 연수원 교육이라니. 오늘부터 일주일은 거기 있어야 하는데, 괜찮아?"

"네, 집보다 나을 것 같아요. 그나저나 팀장님께 인사 못 해서 어쩌죠."

이번 주부터 출근을 하는 팀장에게 따로 인사할 시간이 없을 것 같았다. 올해 상반기에 꽤 많은 인원이 공채로 채용되었고 예서는 인사팀 대표로 일주일간 연수원에 머물 예정이었다. 혜진은 첫날만 같이 있고 저녁에 서울로 돌아간다고 했다.

"윤태경, 이름도 멋있지 않아? 이번 팀장은 다른 팀에 눌리지 않고 소신 있었으면 좋겠다. 인사팀은 외부 권력에 흔들리지 않아야 하거든."

제발 이번에 온 팀장은 아주 깊숙이 뿌리가 박혀 비바람에도 끄떡없는 나무 같은 사람이기를 바란다며 혜진이 예서에게 말했다.

대화의 결말은 결국 새 팀장이 잘생기고 키가 크고 서글서글한 인상이라는 것이었지만. 성격이 시원해 보여서 아주 좋다는 혜진을 보며 예서도 웃었다. 상사가 웃으면 부하 직원은 군말 않고 따라 웃어야 한다.

예서는 복잡한 생각은 넣어 두고 신입생 교육, 인턴 교육, 라인코리아 딜러 교육까지 타이트한 일정을 어떻게 소화할지에 대해서만 생각하기로 했다.

그런데 윤태경이라는 이름이 왜 머릿속을 맴도는지 모르겠다. 분명 처음 듣는 이름인데……

1장
누구세요

보조석에 앉아 거울을 꺼낸 예서가 자신의 얼굴을 꼼꼼히 살폈다. 항상 제일 먼저, 혹은 두 번째로 출근해 왔는데 오늘은 꼴등임에 틀림없었다. 도착할 시간을 계산해 보던 예서가 작게 한숨을 쉬었다.

새로 온 팀장을 처음 보는 날인데.

"아침부터 웬 한숨?"

준성이 물었다. 준성은 엄마가 돌아가신 이후 같이 살게 된 엄마의 친한 친구, 숙경의 아들이었다. 동갑으로, 그의 연애 상담을 자주 해 주면서 친해졌는데 회사까지 같이 다니게 될 줄은 생각도 못 했다.

같은 차를 타고 오면 혹시 오해라도 살까 싶어 동반 출근
은 되도록 피해 온 날들이 무색하게도 정신 차렸을 땐 그의
차 안이었다. 피로가 누적된 탓인지 이미 지각하기 일보 직
전이었던 것이다.

"나 회사 역 앞에서 내려 줘."

홍보팀 CD인 준성은 예서보다 1년 먼저 입사를 했다. 각
부서 팀장들과 친하게 지낼 정도로 넉살이 좋은 편이라 인사
팀과도 꽤 친했다. 제법 큰 키에 마른 체형인 그는 회사 내에
서 여직원들에게 꽤 인기가 좋았다. 그의 과거를 잘 아는 예
서는 인기가 많다고 뿌듯해하는 준성을 보며 그저 한 번 헛
웃음을 쳤다.

"왜, 주차장까지 가지."

"누가 보면 어떡하려고."

너희 팀 여직원들을 적으로 돌리고 싶지 않단다. 나이를
먹을수록 가늘고 길게 살고 싶은 예서가 단호하게 말했다.

"뭐 어때, 송. 결혼했다고 해."

준성이 싱긋 웃으며 말했다. 넌 속도 좋다. 직원들의 오해
에도 오히려 뻔뻔하게 행동할 그를 떠올리며 예서가 혀를 찼
다.

지금 가도 정각에 도착하거나 5분 정도 늦을 가능성이 높
다. 먼저 가라고 해도 굳이 태워 주겠다며 기다린 준성이 고

맙기도 하고, 괜히 자신 때문에 늦은 것 같아 미안하기도 했다.

"워워, 우리 팀은 너희 팀보다 출근 시간 늦어. 미안해하지 않아도 된다니까."

"그래도. 넌 일찍 출근하잖아."

"그거야 우리 쌤이 일찍 출근하니까. 미안하면 커피라도 사든가?"

예서는 출근하기 전 냉장고에서 급하게 가져온 캔 커피 두 개를 꺼냈다. 배시시 웃으며 하나를 내밀자 준성이 입을 삐쭉 내밀었다.

"허, 이걸로 퉁 치겠다?"

"퉁."

준성의 캔에 자신의 캔을 부딪치더니 예서가 꼭지를 땄다. 검정고시를 준비하는 예서와 수능을 준비하는 준성 때문에 숙경은 집에 캔 커피를 박스째로 사다 놓고는 했다. 그 맛에 중독돼 아침마다 챙겨 먹기 시작했더니 안 마시면 어색한 지경에 이른 것이다. 일부러 두 캔을 챙긴 예서가 선견지명이 있다며 자잘하게 웃었다.

"근데, 오늘 왜 늦게 일어났어? 어제 홍 여사 만났다며."

맞다. 어제 홍주미를 만났었지. 예서는 선크림을 입술에 바르며 색을 죽였다. 다른 이보다 유난히 붉은 입술이 오늘 따라 더 붉게 느껴졌다. 아픈 사람처럼 피부색과 입술 색이 비슷해질 때쯤 선크림 통을 내려놓았다. 예서는 눈썹을 찡그렸다.

늦잠을 잔 이유가 생각났다. 지난번 꾼 꿈을 비롯해 9년이란 시간이 무색할 정도로 자꾸 한 사람에 대한 기억이 또렷해지고 있었다.

어제 저녁 월급날을 기념해서 한턱 쏘겠다는 주미의 말에 예서는 호프집으로 향했다. 안면도에서 서울로 온 지 한 시간도 채 되지 않아 온몸이 피곤한 상태였다.

예서는 피곤함이 덕지덕지 붙은 얼굴을 가리려 캡 모자를 눌러썼다. 주변을 둘러보니 멀리서부터 휘파람 불게 만드는 몸매의 주미가 긴 팔을 흔들며 반기고 있었다. 예서는 모자를 더 깊이 눌러쓰고 주미에게 다가갔다.

난 지금 주목 받고 싶지 않은 몰골인데.

"넌 회사 다니는 애가 치마가 너무 짧아. 야해."

"송, 넌 너무 보수적이야."

"보수적인 게 아니라, 너 무릎 위로……."

"으으, 안 들려. 그런 이야기는 집어치우고, 이모! 여기 맥주 500 두 잔!"

21

주미가 큰 소리로 말하자 호프집 안에 있던 남자들의 시선이 이쪽으로 쏠렸다. 잭팟이라도 터진 것처럼 사람들의 눈이 커졌다. 익숙한 일이지만 오늘 따라 유난히 부담스럽다. 예서는 손바닥으로 마른세수를 하며 얼음물을 한 모금 마셨다.

"빅뉴스가 뭔데 피곤이 덕지덕지 붙은 친구를 소환했는가, 홍여사."

"홍 여사가 뭐야? 너도 준성이도 참. 김가영으로 개명한 지가 몇 년인데."

주미가 퉁명스럽게 대답했다. 이혼과 재혼. 가족 관계가 변하면서 홍주미는 김가영으로 개명을 했다. 요새는 성까지 바꿀 수 있나 보다. 과거엔 안 됐던 것 같은데. 그래도 예서는 가영이 입에 붙지 않아 홍주미라고 계속 불렀다. 주미도 한 번씩 퉁명스럽게 말하긴 했으나 강력히 저지하진 않는다.

전에 술에 취한 주미가 과거 이름을 불러 주는 사람이 자신뿐이라고 했던 말이 기억났다. 행복했던 유년 시절이 생각난다는 말에 예서는 일부러 더 주미라고 부르곤 했다.

"우리 회사 팀장이 윤기태라고 말했나? 왜, 너 기억나? 고등학교 때 멘토 멘티 프로그램에서 내가 못생겨서 안 한다고 했던 그 윤기태."

"……."

"기억 안 나? 네가 대신했었잖아. 나한테 눈 되게 높다고, 잘생겼다고 해서 내가 기겁했었는데. 네 눈은 바닥에 있냐고 내가 놀렸었잖아. 정말 기억 안 나?"

기억이 안 날 리가 있나. 생생히 기억난다. 예서는 왜 그러냐는 듯 눈썹을 찡그렸다. 물론, 기억하든 기억 못 하든 주미는 말할 태세이긴 했다.

"하여튼 널 못 본 근 6개월 동안 거지 같은 윤기태 밑에서 내황금 같은 휴식을 반납하고 매일 야근을 했단 말이야. 근데 오늘 결혼한다고 청첩장을 주더라. 마음 같아선 가기 싫은데, 또 팀장이라 안 갈 수도 없고. 아니, 법학과가 왜 변호사 사무실에 안 가고 우리 사무실로 오냐고! 거기다 아직 결혼하려면 몇 달은 남았는데 굳이 왜 나한테 주냐고! 직원들 다 데리고 오라는 은근한 압박 아니겠어?"

언젠가 지나가다 보면 만나겠지, 생각은 했었다. 9년 만에 기태의 소식을 듣자 입이 썼다. 물어볼 말이 많았는데 당시엔 찾아갈 생각을 못 했다. 엄마를 떠올리면 자연스레 기태가 떠오르고, 그를 원망하다 보면 죄책감이 덜어지는 기분이라 애써 더 미워했다.

10년이란 세월이 지나는 동안 감정이 무뎌졌다고 생각했는데. 그게 아니었는지 묘하게 기분이 나빴다. 아주 작은 물체가 머릿속을 살살 갉아먹는 느낌이었다. 예서는 때마침 나온 맥주잔을 시원하게 들이켰다.

"와, 맥주 먹는 것 좀 봐. 너희 팀에 술꾼 있다더니, 너도 술꾼 다됐구나. 송, 화끈하다. 이모 500 한 잔 더요."

속이 쓰렸다. 목 안에서 기포가 터져 가슴까지 화끈거렸다. 예서는 손바닥으로 목을 주무르며 헛기침을 했다.

"근데 은근 못생긴 게 로맨티스트더라. 대학생 때부터 사귄 첫사랑이랑 결혼한대. 아, 지나간 내 님들이여."

주미가 아련한 표정을 지으며 맥주를 마셨다. 대학생 때 주미와 만났던 남자들이 꽤 많았던 걸 떠올리며 예서가 풋웃었다. 연애는 일단 끊임없이 해야 한다던 주미는 대학 생활의 반을 연애에 올인했다. 연애 반 취업 준비 반. 100%를 연애에 투자하지 않은 게 다행이었다. 100%를 투자했으면 지금쯤 주미는 애 엄마가 돼 있지 않을까.

"로맨티스트시네."

대학생 때 사귀던 여자 친구.

예서는 입술을 질끈 물었다. 기태의 입을 통해서가 아닌, 타인에 의해 알게 된 오래된 여자 친구. 기분이 오묘했다. 과거였다면 욕이라도 했을 텐데 지금은 무뎌졌는지 손끝만 저릿할 뿐이었다.

"같이 가자. 결혼식."

"나랑?"

"어. 너도 궁금하지 않아? 어떻게 변했는지. 옛날에 엄청 못생겼는데 지금은 조금 나아졌어. 성형한 것 같아. 가서 네가 모르는 척 좀 해 주라. 팀장이 인사하면, '아, 두꺼비 오빠!' 라고. 아…… 제발, 누군가가 복수해 줬으면 좋겠어. 어떻게 6개월 내내 야근을 시키니?"

"대신 너 월급 많이 받았을 거 아냐."

예서가 가장 중요한 점을 꼬집었다. 주미의 회사는 야근

수당을 빵빵하게 챙겨 주기로 유명했다. 주미는 그건 좋다며 금세 싱긋 웃더니 맥주를 한 잔 더 주문했다.

 "같이 가는 거다. 응?"
 "몰라. 안 가. 회사 스케줄 봐서."

이미 한참 지난 일인데 괜한 찝찝함에 꽤 많은 술을 마셨다.

 "저기요, 두 분이서 오셨어요?"
 "네."
 "합석하고 싶은데, 괜찮을까요?"

주미와 함께 술을 마시면 이런 일이 자주 있다. 예서는 주미의 결정에 따른다며 그녀를 보았고, 주미는 눈썹을 찡긋하며 예서에게 사인을 줬다.
싫으니 돌려보내라는 건지, 아니면 마음에 든다는 건지. 예서가 갈피를 못 잡자 주미가 하는 수 없이 입을 열었다.

 "오늘은 둘이 마시고 싶은데요. 원하시면 번호 따 가세요."

주미가 예서를 묘한 표정으로 바라보았다. 그 시선을 아는
지 모르는지 예서는 모자를 벗어서 삐져나온 잔머리를 정리
하고는 코까지 그늘이 질 정도로 깊숙이 눌러썼다.

"실례가 안 된다면 연락처를 얻을 수 있을까요?"
"제 친구요? 당사자한테 묻는 게 나을 것 같은데요."

예서가 귀찮다는 듯 남자의 말을 다 듣지도 않고 대답했
다. 남자는 당황한 표정을 지으며 정중하게 자기소개를 시작
했다. 그리고 반지갑에서 명함을 하나 꺼내 예서의 앞에 놓
았다.

남자가 자리로 돌아간 뒤 예서가 손에 쥔 명함을 주미에게
넘겼다. 남자가 저렇게 자신감이 없어서야. 속으로 혀를 찼
다.

"너 줄 걸 왜 나한테 주지?"

용기가 없어도 너무 없다. 그런데 주미에게 준 명함이 도
로 예서에게 왔다.

"이 맹추야, 눈치가 그렇게 없냐! 이번엔 나 아냐, 너잖아."

"나? 나라고?"

"어."

"나 지금 몰골이 이런데?"

예서는 남자가 있는 방향으로 몸을 돌렸다. 눈을 마주치자 그가 윙크를 하는 게 보였다. 소름 돋아. 술맛이 뚝 떨어졌다.

"집에 가자."

집으로 돌아와 씻고 누웠으나 예서는 쉽사리 잠에 들지 못하고 뒤척였다.

일주일 전, 안면도로 내려가는 버스에서 기태의 꿈을 꿨던 일을 떠올렸다. 9년간 잊고 지냈던 윤기태가 요새 들어 꿈에서도 나타나고 소식이 들리는 걸 보면 한 번쯤 마주칠 운명이 아닌가 싶었다. 그러다 결혼할 남자를 두고 운명 운운하는 자신이 미친 것 같아 예서는 머리를 잔뜩 헝클어뜨렸다.

곧 결혼한다잖아. 운명은 무슨. 곱게 미치자, 송예서.

예서가 자신의 머리를 콩 쥐어박으며 이불을 머리끝까지 뒤집어썼다. 그럼에도 잠에 들지 못해 새벽 3시가 되도록 뒤척였다. 그 바람에 늦잠을 자고 말았다. 하필, 팀장님을 처음 뵙는 날에 말이다.

"송예서!"

"어."

예서는 생각을 잠기면 주변을 잊곤 했다. 지금도 지난밤 생각을 하다 차가 급정거하는 걸 놓쳐 커피가 치마 위로 쏟아졌다.

봄의 향기를 물씬 머금은 치마 위에 커피색의 지도가 그려진지도 모르고 예서가 멍하니 립밤을 들고 있자 준성이 그녀를 크게 불렀다. 다행히 상념에서 깨긴 했으나 치마를 보고 망연자실하고야 말았다.

"으악! 오늘 중요한 날인데."

"뭔데? 우리 쏭, 오빠 말고 중요한 게 또 있나."

"뭐래, 네가 왜 오빠야."

예서가 물티슈로 급하게 치마를 닦아 보았지만 오히려 얼룩이 번지기만 할 뿐이었다. 입술을 이로 잘근잘근 씹으며 발을 동동 굴렀다. 일부러 죽여 놓은 입술색이 원래의 색으로 돌아오고 있었다.

"나 요 앞에 내려 줘. 치마 새로 사야겠다."

"그냥 가. 뭐 어때."

"오늘 팀장님 처음 뵙는 날이란 말이야."

지각한 것도 모자라 꼬질꼬질한 모습으로 갈 순 없지. 예서는 치마 위에 검지를 놓고 좌우로 왔다 갔다 하며 불안한 심리를 표현했다.

"너희 팀장 잘생겼다고 회사에 소문이 자자하더라."

"어, 성격도 좋대."

"키도 크고 몸도 좋대."

"이미 다 들었다."

예서가 캔 커피를 들고 내릴 준비를 했다. 그의 것까지 같이 버릴 요량으로 캔 두 개를 손에 들자 준성이 자신의 커피를 사수하며 말했다.

"대표님 빽이래."

"그래서, 뭐. 하고 싶은 말이 뭔데?"

말꼬리를 늘리며 꺼내는 모양새가 꼭 마음에 안 드는 사람을 칭찬하는 듯한 느낌이었다. 준성이 길가에 차를 멈춰 세우고 경고등을 켰다.

"반하지 말라고."

말 같지도 않은 소릴 하고 있어. 예서가 안전벨트를 풀며 찌릿, 째려보았다.

"그냥 사내에 내 인기가 식어 가는데 너라도 내 편 해 줘야 되지 않겠냐."

"홍보팀에 네 팬 많잖아. 나 내린다. 고마워."

예서는 차에서 내리고 문을 탕 소리 나게 닫은 후 출발하라며 손바닥으로 차체를 두어 번 쳤다. 창문으로 준성이 뭐라고 하는 게 보였으나 들리진 않았다. 예서는 가까운 옷 매장으로 발걸음을 돌렸다.

결혼식을 코앞에 둔 기태가 신혼여행은 길게 가고 싶다는 예비 형수님의 소원을 들어주려고 근 몇 달간 일을 몰아서 했다. 어제도 야근을 했다더니 지친 목소리로 태경에게 출근길에 태워 달라 부탁을 하였다.

"네가 벌써 출근한 지 한 주가 지났다니. 형이 미안하다, 챙겨 주지도 못하고."

"결혼식이나 준비 잘 해."

태경이 우회전을 하기 위해 깜빡이를 켜며 말했다. 차가 오는지 살피던 그가 부드럽게 우회전을 했다. 차체에는 흔들림이 없었다.

"너 운전 하나는 기가 막히다. 미국에서 레이싱 할 때부터 알아봤어. 취미 생활이 쓸데없이 고급이야."

"형, 띄우지 마."

태경이 시원하게 웃으며 대답했다. 기태는 팔짱을 낀 채 태경을 위아래로 흘깃거렸다. 태경이 미국으로 가게 된 이유 중 하나는 자신이었다. 자신의 어머니와 태경의 아버지가 재

혼을 했다. 어머니에게 있어 태경은 눈에 가시였다. 자신에
겐 사랑하는 어머니이지만 태경에겐 계모였다. 그것도 못된
계모.

정확히 말하면 태경이 태어나기 전부터 아버지와 어머니
는 몰래 지속적으로 만났고 자신을 낳았다. 이미 그 사실만
으로도 미안한데, 어머니가 자신 때문에 태경이를 미워하는
것 같아 더 미안했다.

"미안하다."

언젠가 꼭 하고 싶은 말이었다. 저 때문에 미국에서 홀로
생활해야 했던 동생이 안쓰러워 기태가 사과를 했다. 레이싱
을 하게 된 것도 스트레스를 풀 곳이 필요해서였을 것이다.

"근데 그 회사 정말 괜찮은 거야?"

미국에 널린 좋은 회사를 놔두고 굳이 연봉 줄여 가며 한
국에 정착하는 게 기태로서는 잘 이해가 가지 않았다. 연봉
보다는 태경의 취미 생활과 잘 맞는 회사를 선택한 것이라
결론을 내린 기태가 손바닥으로 입을 가리며 하품을 했다.
여전히 몽롱하고 졸렸다.

"형, 여기서 내려 줘도 돼?"

"어? 어, 그래."

지나가는 길목이었다. 기태가 대답하기도 전에 태경이 차
를 길가에 멈춰 세웠다. 얼른 내리지 않고 뭐하냐며 턱짓을

하는 태경을 잠시 멍하니 쳐다봤다. 별거 아닌 행동도 멋있게 느껴질 수 있구나. 기태는 코를 들이마시며 콧잔등을 찡그렸다. 생활 자체가 CF 같은 녀석이었다.

뭘 해도 멋있고 잘하는 동생, 윤태경. 자신이 죽어라 열심히 해도 눈곱만큼 따라가는 것조차 버거운 상대. 잘난 아버지의 피를 그대로 물려받아 머리도 명석하고 외모도 훤칠했다. 자신은 어머니의 피를 더 많이 받은 모양이었다. 태경을 보며 씁쓸하게 웃은 기태가 그래도 딱 한 가지는 자신이 낫다고 생각하며 의기양양한 표정을 지었다.

사랑. 자신은 첫사랑과 결혼을 한다. 태경은 연애나 결혼에 관심이 없었다. 손자 손녀를 바라는 부모님께 적어도 자기가 먼저 효도는 할 수 있으리라. 거기다 부인이 될 주연은 태성 그룹의 막내딸이었다. 어머니께서 처음으로 태경보다 낫다며 진심으로 웃어 주셨다.

회사로 바로 갈 줄 알았던 태경의 차가 앞쪽 골목에 불법 주차를 하는 게 보였다. 그리고 곧바로 그가 내렸다. 기태는 태경이 걸음을 옮기는 건물 쪽을 응시했다. 화장실이 급했나.

어깨를 조금 넘긴 머리카락에 평범한 회사원 복장을 한 여자가 급하게 옷 가게로 들어가는 것이 눈에 들어왔다. 치마를 손바닥으로 문지르며 들어가는 걸 보니 출근길에 뭔가 엎

지른 것 같았다.

그때 태경이 건널목을 건너는 게 보였다.

뭐가 저렇게 급해? 진짜 급했나. 화장실 쪽은 아닌 것 같은데. 조금 전 차 안에서의 대화를 떠올려 봐도 그런 기미는 없었다.

저 자식 저거 신호도 안 보고 건너네. 저러다 사고 나면 어쩌려고.

"윤태경 임마, 신호는 지켜!"

소리를 질렀지만 그의 귀에는 들리지 않은 모양이었다. 지금 그의 발걸음은 평소보다 몇 배로 빨랐다. 이 녀석, 왜 저렇게 다급한 거야. 기태는 평정을 잃은 듯한 태경이 낯설었다.

방금 전 여자가 들어간 옷 가게 앞에 선 태경은 잠시 옷매무새를 정돈했다. 선을 보러 가는 남자마냥 조심스레 문을 여는 것까지 확인한 기태가 등을 돌렸다.

"누가 보면 첫사랑이라도 만난 줄 알겠네."

윤태경이 첫사랑이라니. 자신이 말했음에도 낯설어 기태의 팔에 소름이 돋았다.

회사 주변 옷 가게에 들른 예서는 가격표를 보며 입을 크게 벌렸다. 아차, 여기 강남이었지. 평소 입는 옷에 세 배가

량 비싼 금액을 보며 사야 할지 말아야 할지 고민이 되었다. 분명 이 정도 질이면 인터넷에선 훨씬 더 저렴할 텐데.

예서는 또래 친구들에 비해 취업을 늦게 한 케이스라 쇼핑에 거금을 쏟아부을 정도로 여유롭진 못했다. 취업난에 고졸인 자신이 라인코리아라는 대기업에 입사하게 된 건 정말 하늘이 도운 일이었다.

"손님, 이게 더 잘 어울리실 것 같은데요. 입어 보세요."

예서가 마음에 드는 치마와 그나마 저렴한 치마를 사이에 두고 갈등하는 걸 본 점원이 탈의실을 손으로 가리켰다. 예서는 일단 두 가지를 다 들고 탈의실 쪽으로 향했다. 얼마나 입술을 씹었던지 선크림으로 다 죽여 놨던 입술 색이 붉어져 있었다.

"입술 색이 예쁘시네요."

그쪽이 더 예쁜 것 같은데요. 인위적으로 붉은 점원의 입술을 보며 든 생각이었지만 예서는 정중하게 인사했다.

"감사합니다."

"이것도 입어 보세요."

"아니에요. 갈아입고 나올게요."

아무리 봐도 너무 비싸다. 옆 가게도 가 봐야 하나. 시간이 없는데. 예서는 탈의실에서 커피가 묻은 치마로 갈아입고 나왔다. 입어 봤던 예쁜 치마를 넘겨주자 점원이 똥 씹은 표정을 짓는 게 보였다.

하긴 이 아침에 첫 손님이 이러고 나가면 싫기도 하겠다.

"몸매가 좋아서 둘 다 잘 어울리시네요. 앞에 건 러블리한 느낌이고, 이건 커리어우먼 같았어요. 둘 다 원단도 너무 좋아요. 손님, 입어 보시면 알겠지만 저희 집은 한 번 사 간 분들은 계속 오시거든요."

점원이 한 번 더 꼬드겼지만 예서는 절레절레 고개를 저었다. 시간도 얼마 없는데 여기서 사는 게 나으려나. 예서는 몇 초간 고민을 하다가 사기로 결심했다. 무난한 회색 밴드 치마를 집었다. 지퍼보다 밴드 처리된 치마가 가격이 더 저렴했다.

계산대에 자신이 고른 치마를 올려놓은 예서는 점원이 다른 직원에게 속삭이는 걸 보며 인상을 찌푸렸다. 점원의 손에는 아까 예쁘다고 생각했던 그 치마가 들려 있었다. 손님을 두고 뭐하는 짓인지.

"계산은 이걸로 해 주세요."

예서는 뒤에서 들려온 남자의 목소리와 툭 튀어나온 카드를 보며 눈을 크게 떴다.

뭐야, 따라온 건가. 당연히 준성일 거라 생각하고 뒤를 돌았다.

"김준성, 네가 왜……사."

타박을 하려던 예서는 잠시 얼어붙었다.

그곳엔 윤기태가 서 있었다.

고등학교 때보다 이목구비가 뚜렷해지고 남자다운 인상이 되어 있었다. 슈트와 조명에 반짝이는 시계, 말발굽 모양의 남성용 구두 로고까지 본 후에야 예서는 다시 그의 얼굴을 보았다. 여전히 잘생겼다.

한 번은 만나야 할 운명이라고 생각하긴 했지만 오늘 마주칠 줄은 꿈에도 몰랐다.

"대학생 때부터 사귀던 여자랑 결혼한대."

주미의 말이 떠올랐다. 그것도 아주 생생히. 주미의 목소리가 바로 앞에 있는 남자와 겹쳐졌다. 뭐라고 해야 하나, 언젠가 마주치면 어떤 표정을 지어야 하나 홀로 고민해 본 적도 있었다. 그 생각은 1년이 지나고 2년이 지나 수많은 해가 바뀌면서 자연스레 스러졌다. 머릿속이 새하얘졌다.

곧 결혼할 남자를 두고 굳이 알은체를 할 필요는 없을 것 같다. 과거에 고백을 했던 사람과 고백을 받은 적이 있는 애매모호한 관계라면. 부인 될 사람이 이 사실을 알게 된다면 달가워하지 않으리라.

역시 모르는 척하는 게 맞다. 결론을 내리고 나니 한결 마음이 편안해졌다.

"오랜만이지?"

그의 얼굴에 웃음이 묻어났다. 시원하고 청량한 미소. 평
소에는 외까풀이지만 피곤할 때면 연하게 쌍꺼풀이 졌었다.
왼쪽 눈에 엷게 선이 가 있는 것이 나이를 먹어 가면서 아예
옅은 주름으로 자리 잡힌 모양이다. 그게 또 멋스럽게 잘 어
울렸다.

유전자 하나는 잘 물려받은 인간이었다. 그러고 보니 그때
보다 슈트가 더 잘 어울린다. 예전에는 댄디한 느낌이었다면
지금은 남자다운 멋스러움까지 더해져 있었다. 점원들은 이
미 그에게 시선을 다 빼앗긴 상태였다.

"누구……셨더라?"

예서의 눈동자가 흔들렸다. 동시에 똑똑히 보았다. 기태의
얼굴에 당혹스러움이 비치는 순간을. 설마 기억 못 하리라고
는 생각지도 못했다는 표정이었다.

"윤기태, 몰라?"

그는 당황스러움을 넘어 서운한 표정이었다. 언뜻 보면 좌
절하는 것 같아 보여 괜히 모르는 척을 했나 싶었다. 그래도
다시 볼 일 없는 사람인 데다 곧 결혼도 할 테니 이 만남에
의미를 두어선 안 되었다. 꿈에서도 보고 그의 소식도 듣고,
마주치기까지 했으나 인연의 고리를 끊어 내는 쪽을 택했다.

"한백 고등……."

"죄송한데, 제가 지금 지각을 해서요. 비켜 주시겠어요?"

바로 옆까지 다가와 반갑다는 표정을 짓고 있는 그에게 쌀쌀맞게 대답하며 예서가 점원에게 자신의 카드를 내밀었다.

"이거 계산해 주세요."

"손님, 정말 죄송합니다만 아까 입어 보신 치마에 립스틱이 묻었습니다. 이런 경우, 저희가 다시 팔기도 어렵고 반품 처리를 하기도 힘들어서요."

무척 미안한 표정을 지으며 점장이 말했다. 아까 둘이 속닥거리더니 그게 그거였나. 예서는 손등으로 입술을 세게 문댄 다음 그들에게 보여 주었다.

"립스틱이 아니라 원래 입술 색이에요. 거기 묻은 립스틱은 제 건 아닌 것 같아요."

"정말 죄송합니다! 정말 죄송합니다!"

계산대에 있던 점원이 죄송하다고 인사했다. 점장이 여직원을 째려보는 게 보였고, 그 직원은 눈을 아래로 내리며 어쩔 줄을 몰라 했다.

"그놈의 팀장 얼굴 한 번 보자고 이게 무슨 꼴이람. 얼굴에 금가루를 발라 놨나. 휴, 얼른 계산해 주세요. 이거 지금 입고 갈게요."

회색 치마를 들고 예서가 탈의실로 몸을 돌리자 기태가 예서의 팔을 잡았다.

"왜요?"

늦어서 바빠 죽겠는데. 예전이나 지금이나 도움이 안 되는 건 똑같다. 그럼에도 자연스럽게 눈이 그에게로 향했다. 이런 남자를 보고 눈 하나 깜짝 안 하는 게 비정상이라고 합리화했다.

"장난하지 말고. 오랜만에 봐서 반갑다. 그리고 예쁘게 잘 컸네."

어린아이에게 칭찬하는 말투였다. 아직 자신은 과거의 송예서로 머물러 있나 보다.

그를 보고 있으니 살아생전 기태를 예뻐하던 엄마가 떠올랐다. 짝사랑을 하느라 엄마가 얼마나 아픈지 눈치채지 못했다.

당시 예서의 관심사는 저 남자가 오늘 뭘 했는지, 아침엔 뭘 먹었고 굶진 않았는지, 청바지를 입었는지 면바지를 입었는지, 내일은 무엇을 할지. 온통 그에 관한 것뿐이었다. 그에게 여자 친구가 생기면 어쩌나 노심초사하는 게 하루 일과였다고 해도 과언이 아니다.

"정말 죄송한데, 제가 술 마시다가 만난 인연까지 기억할 머리가 아니어서요."

그를 밀치고 탈의실로 들어가 한숨을 쉬었다. 낮게 욕을 뱉었다. 기억이 다 난다. 심란한 기분만큼이나 치마를 갈아입는 속도가 느려졌다.

옷에 커피를 쏟은 것도, 붉은 입술 때문에 오해를 받은 것도, 여기서 윤기태와 마주친 것도 새로 온 팀장의 잘못은 아니지만 예서는 얼굴도 보지 못한 그가 어쩐지 미워졌다.

아니다. 이것도 윤기태 때문인가. 괜히 그를 마주쳐서 시간만 더 허비했다.

"못났어, 정말. 왜 그걸 남 탓을 하니, 송예서."

과거에 한 번 자신의 잘못을 윤기태 탓으로 돌린 적이 있다. 너 때문에 내가 이렇게 된 거야. 엄마를 방치한 거야. 저편하자고 남 탓을 하기 시작하니 이제는 시도 때도 없이 못난 짓을 한다. 그러지 말아야지 하는데도 이게 제 마음 편한 일이라는 걸 몸이 깨달은 눈치였다.

"네 탓이야. 송예서, 네가 늦잠을 자서 그런 거라고."

거울을 보던 예서가 혼잣말을 하며 스스로를 호되게 혼냈다. 그리고는 얼룩이 묻은 치마를 들고 탈의실을 나와 계산대로 갔다. 윤기태는 옷 가게를 나갔는지 보이지 않았다.

"남자 분이 계산하고 가셨어요. 그리고 이거…… 밖에 비 온다고 전해 달라고 하셨어요."

신세를 졌다. 이로써 한 번은 꼭 만나야 할 것 같은 운명이 끝났다. 그는 한 여자의 남편이 될 것이고, 자신은 올해

가을에 미국으로 가게 될 것이다. 그게 우리 두 사람의 운명이었다. 예서는 기태가 남겨 준 우산을 집었다.

돌려주지도 못할 우산을 주는 건 또 뭐람. 계산까지 하고. 내가 그렇게 반가웠나?

제법 쏟아지는 빗줄기를 뚫고 걸으며 치마에 비가 튀지 않도록 조심했다.

"퉁!"

과거에 당신이 나에게 상처 준 거 이 치마로 퉁 쳐 주기로 했다.

로비에 당도한 예서는 엘리베이터로 뛰었다. 늦었다. 지각이라는 생각에 눈앞이 아찔했다. 한 번도 지각한 적 없었는데 하필 팀장을 처음 보는 날 지각이라니. 자신을 어떻게 생각할까 싶어 걱정이 눈앞을 가렸다.

"예서 씨? 이 시간에 어쩐 일이야."

때마침 출근을 하던 한혜진 대리가 예서에게 다가왔다. 어깨에 물기가 묻은 것을 보고 춥지 않느냐며 따뜻한 커피를 예서에게 건넸다.

"대리님, 사양할게요. 제가 아침에 커피 쏟아서 급하게 옷가게에 들렀다 왔거든요. 오늘은 그냥 사양할래요."

"그래? 추워 보여서. 위에 카디건이나 재킷 안 입었어?"

"아, 탈의실에 두고 왔나 봐요."

옷을 갈아입을 때 탈의실에 두고 온 모양이었다. 아니다, 가게로 들어가기 전에 재킷을 벗어서 팔에 걸었던 것 같은데. 갑자기 기억이 뒤죽박죽 섞여 재킷이 생각나지 않았다. 마지막 기억은 치마를 갈아입고 거울을 봤을 때 블라우스뿐이었다는 것이다.

"참, 새로 온 팀장님 아직 못 봤지?"

"네, 오늘 처음 봬요."

"반하지 마, 예서 씨. 지금 사내에 팬클럽 생겼어."

하하 웃으며 혜진이 예서의 어깨에 팔을 올렸다. 키가 큰 혜진이 높은 구두를 신어 평소보다 더 위에 있었다. 김준성도 그러더니. 도대체 얼마나 잘생겼기에 다들 그러는지 관심 없던 예서까지도 궁금증이 돋았다.

"구매팀 김 팀장도 반했다니까. 예서 씨, 인사할 사람 많겠다. 일주일 새에 홍보팀, 생산팀 팀장이 교체됐어."

"그렇게나 많이요?"

"앞으로 잘려 나갈 사람이 더 많을걸. 아님 해외로 발령 나거나."

해외 발령 중에서도 동남아나 중국으로 발령 나는 건 좌천이라 다름없는 처사였다. 동남아나 중국엔 공장 위주의 업무가 주니까. 그마저도 요샌 OEM을 줘서 자연스레 1년 이내로

43

퇴사를 결정한다. 해고의 또 다른 말이라 할 수 있다.

이번 팀장은 정말 어마어마한 사람이구나. 분명 반발이 심했을 텐데. 혜진이 안면도로 내려갈 때 말했던 심지 곧은 팀장이 드디어 상사로 왔구나 싶어 기뻤다. 전보다 수월하게 일할 거라는 기대감도 생겼다.

"별명이 저승사자야."

"저승사자요?"

"웃으면서 하나둘씩 회사 밖으로 데려가신다. 아주 목을 베. 내가 딱 원하던 상사야. 같이 일해 보니 저절로 존경심도 들고, 인성도 마음에 들더라고. 오랫동안 같이 일하고 싶은 상사더라."

"대리님께서 그렇게 칭찬할 정도면 정말 괜찮으신 분인가 봐요."

"괜찮기만 해? 내가 누누이 말했잖아, 죽인다고."

"그 죽인다는 팀장 얼굴 좀 보고 싶네요. 근데 저희 지각 아니에요?"

"예서 씨, 내가 특별히 봐준다. 우리 아침에 직원 카드 수리하고 왔다고 하자. 회식 다음 날도 가장 먼저 오는 거 아니까 이번엔 모르는 척할게. 다음엔 안 돼."

혜진이 가방에서 여러 개의 사원 카드를 꺼내며 웃었다. 오전에 업체에 들러 받아 왔다던 혜진이 동아줄을 내려 주었다. 이렇게 또 좋은 일이 생기는구나. 다행이다. 팀장에게 지각으로 찍히는 것보다는 나은 것 같아 예서는 손등으로 이마를 문질렀다. 어느새 땀이 조금 났는지 손등에 물기가 배어났다.

"한 대리님은 제 은인이세요."

예서가 엄지손가락을 세우며 고마움을 표시했다.

"저기 오시네."

"누구요?"

"죽이는 팀장님."

혜진이 예서의 두 어깨를 돌려 정문 쪽을 향하게 만들었다. 그리고 예서의 앞으로 몇 발자국 지나쳐 남자에게 인사를 했다.

"안녕하세요. 팀장님도 우산이 없으셨나 보네요. 예서 씨, 뭐해?"

혜진이 예서를 돌아보며 얼른 안 오고 뭐하냐며 턱짓을 하였다. 예서는 침을 꼴깍 삼키며 눈을 감았다 떴다.

다시 떴을 때, 자신이 본 것이 아니기를 바라며.

그러나 예서가 본 게 맞았다. 윤기태였다. 혜진이 윤기태에게 윤태경 팀장이라며 고개를 숙이고 있었다. 예서가 멍하니 두 사람을 번갈아 응시하는 사이 태경이 앞으로 걸어왔다. 보폭이 워낙 커서 단 몇 걸음 만에 바로 앞까지 왔다.

"윤태경입니다. 이건 아까 놓고 가신 재킷."

"감사합니다. 아, 처음 뵙겠습니다. 송예서입니다."

"처음 본 건 아닐 텐데요."

태경이 재킷을 검지에 걸고 흔들며 말했다.

"예서 씨랑 팀장님이랑 옷 가게에서 마주쳤나 보네! 이런 우연이 다 있어."

혜진에겐 태경의 행동이 그리 생각됐겠지만 예서에게는 과거에 만난 적이 있다는 말로 들렸다. 자신을 기억하지 못한다는 걸 믿을 수 없다는 표정 때문에 그랬다.

"그러게요. 재킷을 챙겨 주셔서 감사합니다. 팀장님이신 줄 몰랐네요. 알았으면 먼저 인사를 했을 텐데요."

예서가 정중하게 고개를 숙여 인사한 다음 자신의 재킷을 받으려 손을 뻗는데 그가 뒤로 물러섰다. 방금 전 손에 스쳤던 재킷의 감촉이 사라지고 저를 바라보는 장난스런 미소에 예서가 인상을 썼다.

"원래 좀 칠칠맞나 봐요. 기억력도 나쁜 것 같고."

옷 가게에서 그가 '오랜만이야'라고 했을 때 모르는 척 누구냐고 반문했다. 그런데 지금 와서 오랜만이라고 한다면 너무 속 보이는 행동 같았다.

"아침에 업체 들렀다 오는 길에 예서 씨가 옷에 뭘 쏟아서요. 근데 옷 가게에서 마주치셨어요? 신기하네요."

한 대리가 지각한 예서 대신 횡설수설 변명을 해 주었다.

9년 동안 연락 한 번 없던 자신이 굳이 지금 '어머나, 안녕하세요!' 라고 알은체를 하면 아부성이 짙게 느껴질 것 같아 예서는 끝까지 모르쇠 하기로 마음먹었다. 사람이 일관성이 있어야지. 오히려 과거의 기억을 들추지 않는 게 더 날 것 같았다.

자신이 그를 좋아했던, 그가 자신을 좋아한다고 착각하게 만들었던 당시의 기억이 두 사람에게 좋지만은 않을 테니 말이다. 그의 여자 친구가 어쩌면 저를 알 수도 있다고 생각하니 눈앞이 아찔했다. 상사의 사모님에게도 잘 보여야 회사 생활이 편하다는 것을 전 팀장을 통해 몸소 체험했었기에 예서는 누구보다 걱정이 되었다.

예서는 눈살을 찌푸렸다. 뭔가 잘못됐다. 생각이 꼬리를 물다 보니 이상한 점을 깨달았다.

윤기태는 주미의 상사에 결혼을 한다고 했다. 그런데 윤기태가 자신의 상사로 왔다. 윤태경이라는 이름으로. 돌아가는 상황이 이해가 안 돼 예서는 혼란스러운 표정을 지으며 태경을 응시했다.

"고맙긴요. 금가루 뿌린 얼굴 이제야 비춰서 내가 미안하죠."

태경의 말에 혜진이 고개를 갸웃했고 예서는 정신이 혼미

해졌다. 옷 가게에서 투덜거린 말을 그가 들은 것이다. 얼굴이 화끈거려 두 주먹을 꽉 쥐어야 했다. 이번에도 그는 웃고 있었다. 상대는 웃는데 보는 쪽은 등골이 오싹해졌다.

"올라갑시다."

어쩐지 회사 생활이 순탄하지만는 않을 것 같다. 그런 예감이 들었다.

엘리베이터에 먼저 오른 태경이 입꼬리를 올리고 있었지만 예서는 발견하지 못했다. 어제부터 오늘까지의 일들을 떠올리며 골똘히 고민에 빠져 있었다. 그녀의 표정이 시시각각으로 변했다.

윤기태는 9년 전 주미 대신 나간 멘토 멘티 프로그램의 멘토였다. 즉, 예서의 멘토가 된 사람이다. 9년이 지난 지금, 그는 주미의 회사 상사이며 몇 달 뒤에 결혼을 할 예비 신랑이기도 하다.

그런데 윤태경이라는 이름을 가진 남자가 윤기태의 얼굴로 나타났다. 그것도 팀장이라는 직책을 달고. 주미의 회사에 있어야 할 그가 여기 있는 것도 이상한데 처음 듣는 이름에 팀장이라니. 혼란스럽다 못해 머리가 아팠다.

고민에 빠진 예서가 제때 내리지 못해 1층까지 내려갔다가 다시 올라왔다. 그사이 엘리베이터 안에는 예서 혼자였다.

엘리베이터 문이 열렸고 내린 그곳엔 윤태경이 서 있었다.

예서는 여전히 혼란스러운 표정이었다. 그가 누군지 도무지 알 수 없었다.

"그쪽."

팔짱을 끼고 버튼 근처에 등을 기대고 선 태경이 예서를 똑바로 응시하며 말했다.

"지각인 거 알죠."

예서는 혼란스러운 머릿속을 정리하지 못하고 툭 그에게 질문을 하였다.

"누구세요?"

당신, 누구야. 윤기태? 윤태경? 예서의 눈동자가 흔들렸다.

"윤태경."

표정과 어울리지 않게 목소리가 쓸쓸했다. 표정은 저승사자라는 별명이 어울릴 정도로 사악해 보였는데 말이다.

"윤태경입니다."

다시 한 번 제 이름을 강조하는 태경을 보며 예서는 허벅지에 두 손을 딱 붙였다. 손바닥에서 땀이 나는 기분이다. 이름을 잊어버리면 안 될 것 같아 예서는 태경의 입을 따라 속으로 불러보았다.

"예서 씨, 어디 갔다 와? 뭔 생각을 하느라 엘리베이터에서 못 내렸어? 오늘 참 이상하네."

한 대리가 머그컵을 들고 탕비실 쪽으로 가다 예서를 발견하고 물었다. 예서는 태경에게 못 한 말을 속으로 삼켰다. 여전히 풀리지 않은 의문을 머릿속으로 되새기며.

2장
메밀 덕분에

3년 전부터 한백 고등학교에 한국 대학교 출신 교사들이 많아졌다. 들리는 소문에 의하면 이사장과 한국 대학교 총장이 동문이라고 한다. 과거에는 한국 대학교 입학률이 0에 가까웠다. 흔히들 말하는 명문대 진학률이 낮은 고등학교였는데 이사장이 바뀐 이후로 명문대로 가는 학생 수가 점점 늘어났다.

예서는 반에서 5등 안에는 들어도 학년 등수 따지면 명문대에 갈 성적은 아니었다.

학원도 가고 과외도 하고 싶지만 지금도 무리하는 엄마에게 부담이 될 것 같아 말을 꺼내지 못했다. 집 월세, 급식비,

교통비 등등 엄마 혼자 감당해야 할 돈이 너무 많았다. 예서는 한숨을 쉬며 책상 위에 털썩 엎드렸다.

빈 앞자리를 보며 입술을 쭉 내밀었다.

"나도 하고 싶었는데, 멘티."

이사장이 야심차게 기획한 멘토 멘티 프로그램. 한국 대학교 학생이 멘토로, 한백 고등학교 학생은 멘티로 짝을 지어 한국 대학교 입학을 목표로 하는 프로그램이다. 예서도 신청했으나 탈락의 고배를 마셔야 했다. 앞자리에 있는 주미는 됐는데. 아쉽긴 해도 떼를 쓴다고 될 일은 아니었다. 성적순이기 때문이다.

그때 뒷문을 열고 들어온 주미가 의자를 끌어다 앉으며 책상에 턱을 올려놓고 울상을 지었다.

"예서야. 우리 쏭."

뭔가 부탁할 게 있을 때 주미는 싱긋 웃고는 했다. 여자가 봐도 예쁜 얼굴. 주미는 웃는 얼굴만으로도 보는 사람으로 하여금 꼭 부탁을 들어주고 싶게 만드는 힘이 있었다. 등골이 오싹해진 예서가 상체를 일으켜 곧은 자세로 앉았다.

"왜? 무섭게."

"있잖아, 너 나 대신 멘티 할래?"

이게 무슨 소리야. 바로 전까지만 해도 하고 싶다 노래를 부르던 주미가 떠올랐다. 제 표정이 요상했는지 주미가 우물

쭈물 말을 덧붙였다.

"이럼 안 되는데 멘토 얼굴 보니까 공부 할 맛이 뚝 떨어졌어. 너도 알지? 나 외모 지상주의인 거. 갑자기 한국 대학교 가기 싫어졌어."

주미가 가방에서 노트를 꺼내더니 적어 놓은 목표 대학 중 한국 대학교 이름 위에 빨간 줄을 그었다. 얼마나 얼굴이 심각하기에 쟤가 저러나. 하긴 주미는 과외 선생님도 두 번이나 교체했다. 한 명은 여드름이 범벅이라 싫고, 또 다른 이는 뚱뚱해서 싫다는 이유였다.

"진짜 너무 싫은 걸 어떡해? 그런 눈으로 보지 마. 나도 내가 이상한 거 아니까. 근데 진짜 공부할 맛 안 나. 차라리 여자 멘토로 해 주지, 왜 남자인 거야!"

"나중에 딴말하면 안 된다?"

"응."

"근데 선생님이 멘티 신청 탈락한 애들 중에서 성적 높은 앨 고르면 어떡하지?"

"내가 자료 봤는데 네가 1번으로 떨어졌더라. 아마 다음은 너일걸."

예서는 반가운 마음에 벌떡 일어났다. 오래된 나무 의자에 치마가 걸려 아랫단이 뜯겼다. 당사자보다 주미가 놀라 어떡하느냐고 호들갑을 떨었지만 예서는 그저 기뻤다. 생김새가 어떻든 중요하지 않았다. 멘토를 가장한 과외 선생님이 필요했으니 이 기회를 놓칠 순 없었다.

*   *   *

〈일시: 200X년 4월 28일 오후 4시 30분

장소: ROO카페(한백 고등학교 앞)

준비: 모의고사 성적표

멘토 윤기태. 이따 봐요.〉

두근두근. 드디어 멘토님을 처음 보는 날이었다. 법학과 학생이라고 했다. 왠지 날카롭고 무서울 것 같은 이미지와 달리 문자 상으로 '이따 봐요'가 주는 어감은 다정했다.

그날은 이상하게 아침부터 심장이 쿵쾅거렸다. 소개팅이나 맞선 보러 나가는 여자가 이런 기분이 아닐까. 쉬는 시간엔 심장이 쿵 떨어져 심호흡을 하기도 했다. 도대체 왜 이러는 건지 알 수가 없네.

드디어 수업을 마쳤다. 예서는 순식간에 정리를 하고 가방을 멨다.

"쏭, 어디가?"

"나 멘토님 만나러."

"뭘 긴장하고 그래. 얼굴 보면 있던 긴장이 쑥 도망갈걸. 이게 뭐야? 긴장한 내 심장! 으윽! 내 안구! 으윽!"

주미가 손바닥을 심장에 올리고 처절한 표정을 지으며 바닥에 쓰러지는 시늉을 했다. 저 정도라고? 도대체 어떤 수준이기에 저래. 예서는 살짝 눈살을 찌푸렸지만 그래도 떨리는 마음은 여전했다.

ROO카페 안으로 들어선 예서는 가슴에 손을 올려놓고 심호흡을 했다. 구석 자리에 메고 온 가방을 내려놓고 발끝을 까딱이며 카페 안을 휘 둘러보았다.

정말 보기만 해도 못생겼다고 생각될 만한 사람을 찾으려 예서가 두 눈을 빠르게 굴렸지만 그런 사람은 보이지 않았다. 자신이 빨리 온 건가. 어떤 남자와 눈이 딱 마주쳤는데 저절로 입이 턱 벌어졌다.

"우와, 잘생겼다."

살아생전 연예인을 제외하고 저렇게 잘생긴 남자는 처음 봤다. 한 번 보면 자꾸 눈이 가게 만드는 남자다. 대학생인가? 예서가 딴청을 피우다 다시 그쪽을 보자 그 남자가 일어났다. 예서는 도둑질을 하다가 들킨 사람처럼 황급히 고개를 창틀 쪽으로 돌렸다. 이상한 불안감에 휩싸여 테이블을 손톱으로 톡톡 두들길 때였다. 머리 위로 그림자가 지더니 아래에 하얀 운동화가 보였다.

드디어 멘토님이 오신 건가 보다. 주미가 꼭 심호흡하고 얼굴 보라고 했는데.

예서는 주미의 말대로 심호흡을 하고 고개를 들었다. 제발 그의 얼굴을 보고 저도 모르게 이상한 표정 짓지 않기를 바라며. 실례되는 짓을 하면 안 되는데.

"허억!"

예서는 너무 놀라 벽 쪽으로 몸을 완전히 찰싹 붙였다. 아까 그 잘생긴 남자였다.

눈이 마주쳤는데 이쪽으로 온 걸 보면⋯⋯ 예서는 몇 가지 이유를 떠올려 보았다.

나한테 반해서. 나한테 문제집 팔려고. 내 얼굴에 뭐가 묻어서. 구석 자리에 앉고 싶어서. 또 뭐가 있더라.

"⋯⋯."

말없이 서 있으니 잘생긴 조각 같았다. 테이블을 두드리는 예서의 손이 빨라졌다. 일정한 박자가 비틀려 이상한 박자를 만들어 냈다.

"반가워."

어색한 인사에 고개를 갸웃거리던 예서는 설마 주미가 말한 그 멘토인가 싶어 손으로 눈을 꾹 눌렀다. 내 눈이 미친 건가. 저 사람이 멘토라면 주미의 눈이 이상한 것 같은데. 혹시나 싶어 물어보기로 했다.

"혹시?"

뒤에 '한국 대학교 윤기태 멘토님이세요'라고 묻기도 전
에 대답이 들려왔다.

"응."

"아! 멘토님이시구나."

예서의 말에 상대방은 미묘한 표정을 지으며 눈썹을 일그
러뜨렸다. 그 모습조차 잘생겨서 배시시 웃음이 나왔다.

"왜 웃어?"

"아니에요. 혹시 몰라서 작년도 6월, 9월 모의고사 풀고
채점해서 가져왔어요. 수능 문제는 언외수사 다 풀었는데 사
탐은 아직 채점을 못 해서 언외수만 가져왔어요. 시간 정확
히 재서 풀고 정말 수능처럼 봤어요. 또…… 아! 제 이름은
송예서입니다. 한백 고등학교 3학년 5반."

피식, 상대방이 웃었다. 때 아닌 자기소개를 하느라 진땀
을 빼던 예서는 눈을 가늘게 뜨고 그를 보았다. 상대방이 왜
웃는지 모를 때의 기분이란 이런 거구나. 잘생겼다고 웃지
말아야겠다.

"첫날이니까 밥은 내가 살게. 기억도 못 하네."

"아니에요. 제가 커피 살게요. 앞으로 제가 멘토님께 배울
게 많거든요. 근데 제가 기억을 못 한다니요?"

엄마에게 공짜로 도움을 받는 건 아니라고 배웠다. 말이라

도, 작은 거라도 주어야 한다고 항상 교육을 받았다. 아니나 다를까 오늘도 엄마가 먼저 예서의 손에 돈을 쥐어 주며 멘토인지 선생님인지 꼭 커피라도 사 주라고 하였다.

"그럼 그때 사. 오늘은 밥이나 먹자."

"바로 오시느라 식사 못 하셨구나. 뭐 드시겠어요? 밥? 국수? 떡볶이? 제가 이 근방 맛집은 다 알아요. 얼마 전에 메밀국수집 개업했는데 거기로 갈까요? 거기 줄 서서 먹던데."

예서는 얼마 전 개업한 메밀국수집을 떠올렸다. 엄마한테 주말에 먹으러 가자고 권유했지만 안 좋은 추억이 있다고 거절했다. 아쉬움이 남아 오늘도 지나가는 길에 눈길만 보내야 했다.

"그거 먹자. 메밀."

"정말이요? 우와!"

잘생긴 멘토님이 내 마음을 딱 알아주네! 예서는 기분이 한껏 밝아졌다. 얼굴 보면 긴장이 쑥 도망간다던 주미의 말이 사실이었다. 긴장감은 없어지고 두근거림만 남았다. 주미가 비정상인 게 틀림없다. 제 눈이 지하에 있다면 주미의 눈은 하늘에 둥둥 떠 있으리라.

그날 기태와 함께 메밀국수를 맛있게 먹은 예서는 집에 오자마자 고열을 앓아야 했다. 겨드랑이와 등에는 붉은 반점들이 잔뜩 올라왔다. 다음 날 학교에 갈 수 없을 지경이 돼서야 자신이 알레르기가 있다는 사실을 알게 되었다.

"너희 아빠가 메밀 알레르기였는데…… 지나가다 냄새만 맡아도 구역질하고 그랬어. 난 그래서 메밀국수집은 정말 싫더라. 네가 그걸 똑 닮았네."

예서는 꿍 소리를 내며 알레르기 약을 챙겨 먹게 되었고 그걸 알게 된 기태가 미안하다며 멘토 멘티 수업이 끝날 때까지 커피를 사겠다고 하였다. 예서가 괜찮다고 했음에도 기태는 미안하다고 종종 밥을 사 주었다. 알레르기를 앓아서 살이 많이 빠진 것 같다며. 실제로 예서는 3kg이나 쪘는데 말이다.

가끔 밥을 먹을 때 두 사람은 암묵적으로 '메밀'이 들어간 음식점은 찾질 않았다. 메밀차, 메밀국수. 언어 영역에서 '메밀꽃 필 무렵'이란 소설이 문제로 나왔는데 기태는 빨간색으로 아예 엑스 표시를 하며 거부감을 드러내기도 했다.

"여기도 메밀이 있네."

엑스, 엑스, 엑스. 문제마다 '메밀'이 들어간 것은 엑스 표시를 치는 기태를 보며 예서는 오히려 알레르기에게 감사했다. 커피도 공짜로 얻어먹고 그와 더 친해진 것 같아서 좋았다.

✳   ✳   ✳

태경이 보고 있던 서류를 정리하고 사무실을 나설 땐 이미 11시를 넘긴 상황이었다. 고액의 연봉값을 하려면 11시도 이른 퇴근이긴 하지만 깨알 같은 글씨와 모니터 화면을 보고 있으니 눈이 너무 피로했다.

컴컴한 밤거리를 걸어 오피스텔로 간 태경은 타이를 풀고 셔츠의 단추를 하나씩 풀었다. 본가보다는 휑해도 자신의 오피스텔이 좋았다. 가사 일을 도와주시는 아주머니께서 저녁밥을 차려 놓고 퇴근하셨지만 태경은 매번 한 숟갈도 뜨지 못했다.

맨날 맥주만 드시는 것 같아서 차 종류도 몇 개 챙겨 놓고 갑니다.

태경이 집에 오면 맥주만 마신다는 것을 알았는지 냉장고 안을 싹 바꿔 놓았다. 물론 맥주가 없지는 않았다. 포스트잇을 냉장고에서 뗀 후 구겨서 쓰레기통으로 던졌다. 맥주로 손을 뻗던 태경은 아주머니가 챙겨 놓은 여러 개의 물통 중에 하나를 집었다.

메밀차.

레몬청, 보리차, 옥수수차, 결명자차, 매실차 등등 여러 종류의 차가 각각 페트병에 담겨 있었다. 그중에서 메밀차가 눈에 확 띄었다. 태경은 맥주 대신 얼음같이 차가운 메밀차를 마셨다. 시원한 느낌이 목을 타고 흘러가자 정신이 다 말짱해졌다.

찌뿌둥했던 몸에 활기가 도는 느낌이었다.

"메밀차, 좋네."

혼잣말을 하던 태경은 예서를 떠올리다 피식 웃었다. 파티션 너머로 자신을 힐끔거리다 눈이 마주치면 화들짝 놀라 모니터에 눈을 돌리던 모습이 떠올랐다. 태경은 인사 · 관리 · 회계 세 팀을 총괄 담당하고 있으나 사람이 빠진 인사팀과 관리팀 팀장을 겸임하고 있었다. 그래서 관리부 세 팀의 정중앙에 사면이 유리로 된 독방을 쓰고 있었다. 벽이 투명해서 직원들을 아주 잘 볼 수 있는 위치였다.

"누구……셨더라."

옷 가게에서 마주쳤을 때 송예서의 표정이 눈앞에 아른거렸다. 큰 눈동자가 자신의 어깨 너머를 응시하며 흔들리고 있었고 속눈썹은 파르르 떨렸다. 그녀는 모르는 모양이었지만 불안할 때 입술을 물곤 하는데 아까가 딱 그랬다.

과거에 멘토 멘티 프로그램으로 만났을 땐 까마득히 잊은 눈치였지만 이번엔 분명 기억하고 있는 것 같았다. 느낌이 그랬다.

만약 이번에도 잊은 거라면…… 태경은 시무룩해져 한숨이 나왔다. 자신은 잊지 못할 사람이었는데 예서에겐 그저 스쳐 가는 존재였다는 게 믿기지 않는다.

태경은 늦은 밤 울리는 휴대폰을 받기 위해 거실로 나갔다. 이 시간에 전화할 사람은 딱 한 사람밖에 없다.

"네, 어머니."

ㅡ태경이니? 맞선은 어떻게 됐나 해서.

기태의 어머니인 김 여사는 그의 예비 부인보다 자신이 만날 여자가 조금이라도 나은 면이 있을까 미리 선수를 치는 눈치였다. 상대를 보낼 때마다 의도가 너무 빤해 눈살이 찌푸려졌지만 묵묵히 틈을 내서 맞선을 보았다. 송예서를 눈앞에서 마주치기 전까지의 일이었다.

"아직 결혼 생각 없어요. 맞선은 이제 그만 봤으면 합니다."

ㅡ아니, 그쪽에서 네가 마음에 드는 눈치던데. 너보다 아홉 살이나 어리고. 그 정도면 괜찮지 않니? 자신의 능력으로 유학까지 갔다 왔다더라. 부모님한테 손 안 벌리고.

그 정도의 선이 뭘까. 태경은 문득 궁금해졌다. '그 정도면' 앞에 붙은 말은 '너한테'일 것이다. 김 여사는 태경이 기대보다 나은 점이 보이면 눈에 불을 켜고 기태에게 면박을 주었다. 아주 오래전부터 말이다.

"너는 왜 동생보다 못하니."

"동생은 학원도 안 가는데 넌 비싼 과외를 다 갖다 붙여도 왜 성적이 안 나오니? 공부하는 게 아니라 딴짓하는 거 아니니?"

자신이 듣기에도 민망할 정도의 면박이었다. 그럴 때마다 태경에겐 쌩쌩 찬바람이 불었다.

고등학교 3학년 때 기태는 법대에 합격하기 위해 삼수를 하고 있었다. 삼수를 하는 기태보다 태경의 성적이 훨씬 좋았고 그것이 늘 미안했다. 그렇다고 일부러 시험을 못 보는 건 눈에 흙이 들어가도 절대 할 수 없었다. 태경에게도 하고 싶은 일이 있었다.

그래서 선택한 것이 성적표를 아예 불태우는 것이었다. 학교에 전화를 해서 성적을 알아낼 수도 있지만 김 여사가 자신에게 그 정도의 관심까지 내비치진 않을 것이라 확신했다.

"이번에 못 봐서요. 나중에 잘 보면 보여 드릴게요."

그렇게 대답하면 김 여사는 희미하게 미소 짓곤 했다. 태경이 집안에서 평화를 유지하는 방법은 홀로 희생하는 것이었다.

예서를 처음 만난 그날도 6월 모의고사 성적표가 나오던 날이었다. 태경은 놀이터 앞에 앉아 가방에서 아버지의 라이터를 꺼내고 있었는데 벤치에 놔둔 성적표가 바람에 날려 꽤 먼 곳까지 날아갔다.

"이거 오빠 성적표예요?"

태경의 허리쯤 오는 여학생이 성적표를 들고 다가왔다. 태경은 턱을 당겨 고개를 한 번 주억거렸다.

큰 눈에 오밀조밀한 이목구비와 유난히 붉은 입술이 매력적인 아이였다. 성적표와 자신을 번갈아 보더니 눈을 깜빡였다. 이번엔 손가락으로 성적표와 태경을 가리키며 입을 헤벌린 채 박수를 두어 번 쳤다. 그리곤 참새가 좋알거리듯 입을 열었다.

"말도 안 돼. 우와, 도대체 어떻게 하면 1등을 해요? 1등 하면 엄마가 진짜 좋아할 텐데."

좋아할 엄마가 없다. 1등을 하면 김 여사는 매우 불쾌해할 것이고 친어머니는 아버지와 이혼을 한 후 만날 수 없는 상태였다. 어머니는 친권을 포기하면서 많은 위자료를 받았다고 들었다. 그 돈 때문에 아들은 안중에도 없는 건지, 새로 재혼한 가정이 너무 행복해서 생각도 나지 않는 건지 어느 쪽인지는 몰라도 버림받은 건 확실했다.

"학원? 과외? 독학? 어떤 거예요?"

"독학."

이 꼬맹이의 질문에 왜 하나하나 답해 주고 있는거지. 태경은 예서의 손에서 자신의 성적표를 낚아챘다.

"꼬맹아…… 아니, 학생? 뭐라고 불러야 하지?"

"송예서요."

"그래, 송예서. 갈 길 가."

눈을 똑바로 마주치며 이름을 알려 준 그녀는 태경이 성적표에 불을 붙이려고 하자 냉큼 뛰어올라 성적표를 낚아챘다.

발로 팍팍 밟아 불길을 꺼 버린 예서가 성적표를 주워서 탄 부분을 손으로 털어 냈다. 불이 닿기도 전에 낚아챈 것 같았는데 끝부분이 그을리긴 했다.

"이거 태울 거면 저 주세요."
"싫어."
"그래도 가질 거예요. 제가 주웠잖아요."
"버린 적 없는데."
"그럼 버린 걸로 치세요."
"그거 가져가서 뭐하게?"

요새 애들 똑똑해서 성적표 가져다가 조작도 한다던데. 숫자 조작해서 부모님께 갖다 드린다는 말을 들은 적이 있어 태경은 예서를 좀 더 자세히 살펴보았다. 중학생 같지는 않고, 고등학생은 더더욱 아니고. 성적표가 나올 리 없는 나이인데 도대체 저 성적표를 어디다가 쓰려고 그러는지. 호기심이 든 태경이 팔짱을 끼고 그녀를 내려다봤다.

"집에 붙여 두게요. 1등 성적표 보고 있으면, 저도 1등 할 수 있을 것 같아서. 좋은 기운은 같이 나누는 거라고 배웠어요."
"……."

반 친구가 그랬다. 예쁜 연예인 사진을 붙여 놓고 있으면 졸릴 때 잠이 깬다고. 그래서 비키니 사진을 덕지덕지 책상 앞에 붙여 놓았다고 했다. 그런데 깨알같이 적힌 성적표를 붙여 놓겠다고? 꼬맹이가 하는 말이 재미있어 태경은 피식 웃었다.

"그 뭐더라. 위인으로, 선배로…… 뭔가 표본 같은 단어인데…… 뭐였죠?"

"멘토?"

"네! 멘토로 삼고 열심히 해 볼게요. 하하, 멘토. 단어를 까먹어서요. 오빠네 어머니는 엄청 좋으시겠다."

"글쎄."

"멘토 된 기념으로 제가 주스 살게요! 마트에서요."

"넌 멘토가 아니라 멘티가 된 거겠지. 그리고 난 멘토 해 줄 생각 없다."

태경이 가방을 메고 집으로 가기 위해 방향을 돌렸을 때였다. 예서가 급하게 태경을 붙잡았다.

"그럼 오빠 잠시만요!"

그녀가 가방에서 주섬주섬 뭔가를 꺼내더니 태경에게 내
밀었다.

"공부 열심히 하세요."

캔 커피였다. 초등학생이 캔 커피를 가방 속에 넣고 다니
다니. 마주친 맑은 눈동자를 보니 다시 돌려주기도 뭣해서
결국 예서가 준 커피를 받아 들었다.

"잘 마실게."

그날의 기억이 머릿속에 생생해 그 후로 캔 커피를 마실
땐 종종 그녀가 떠올랐다. 심지어 수능을 보기 전까지 혹시
그 꼬마가 나타나지 않을까 성적표를 태울 때면 놀이터를 기
웃거린 적도 있었으니 말이다.

법대에 간 기태는 고등학생일 때보다 더 허덕였다. 밤을
새서 공부하느라 과제를 할 시간이 없어 태경이 종종 도와주
고는 했는데 하필 기태가 고른 교양 과목의 과제가 고등학생
과 멘토 멘티를 하는 것이었다.

처음엔 부탁을 거절할 생각이었으나 아직도 김 여사에게
시달리는 기태가 불쌍해서 고개를 끄덕였다. 자신은 그래도

연애도 하고, MT도 가고, 대학생 시절의 호황은 다 누리는데 맨날 도서관에만 처박혀 있는 기태가 진심으로 불쌍했다.

상대 멘티가 사정이 있어 바뀐 터라 자신이 두 번째 만남 때 간다면 새로 온 사람은 모를 상황이었다. 고마워서 어쩔 줄 몰라 하는 기태에게 태경은 나중에 술이나 한 번 사라는 말을 덧붙였다.

그때 카페에 나타난 멘티가 송예서였다. 어릴 적 꼬마 숙녀의 모습이 제법 남아 있어서 바로 알아볼 수 있었다. 얼굴이 잘 기억나지 않아 어렴풋이 붉은 입술과 큰 눈만 떠올랐었는데 직접 마주하니 전부 기억이 났다.

"반가워."

반가운 마음에 손까지 내밀었지만 그녀는 전혀 못 알아보는 눈치였다. 자신에겐 꽤 강렬했던 기억이 그녀에겐 흔적도 남지 않는 일이었다니. 자존심이 상하기도 하고 이게 뭐라고 속상한 기분까지 드는지. 그는 티 내지 않으려 입을 일자로 꾹 다물었다.

차라리 그때 기태 대신 하기로 했다고 말할 걸 그랬나.

당시엔 1학기 성적이 나올 때까지 비밀로 하자고 기태와 약속을 했기에 세 달 뒤에 말해 줄 생각이었다. 태경은 약속

을 떠올리며 세 달만 참자고 스스로를 다독였다. 예서와는
앞으로도 계속 오빠 동생 사이로 남고 싶었다.

—윤태경, 듣고 있니?

"네, 어머니."

—다음 주에 한 번 더 나가 보렴. 용우 대학교 교수님 자
제인데 바이올린 전공했다더라. 나이는 스물여덟.

태경은 시원한 메밀차를 한 모금 마시며 김 여사의 말을
끝까지 들었다. 대답을 요구하는 듯 잠시 김 여사가 말을 멈
추자 태경은 컵을 소파 옆 협탁 위에 두었다.

"저 선 안 봅니다. 결혼 생각 없어요. 그러니 형 결혼식에
신경 써 주세요."

—그래도…….

"그때 어머니께 먼저 소개시켜 드릴게요. 그럼 됐죠. 일이
있어서 이만 끊겠습니다."

태경은 전화를 끊은 후 휴대폰 액정을 협탁 쪽으로 엎어
놓았다. 메밀차가 담긴 컵을 보자 다시금 송예서가 떠올랐
다.

"시도 때도 없이 생각나네."

메밀이란 단어에 빨간색으로 엑스 자 표시하던 과거를 생
각하니 웃음이 났다. 자칫 수업이 지루할까 싶어 웃게 하려

고 한 행동이었는데 그녀가 박장대소하였다. 실제로 함께 먹은 메밀국수 때문에 학교도 못 갔다고 해서 얼마나 미안했는지 모른다.

그래, 송예서는 메밀 알레르기가 있었다.

태경은 재미있는 생각이 떠올라 입가에 잔잔한 미소를 지었다. 얼른 아침이 되길 바라며 창문에 블라인드를 걷고 기지개를 켰다.

내일 출근이 기다려지네.

다음 날 점심을 먹으러 나온 인사팀은 정문에서 태경을 기다렸다. 예서가 안면도 연수원에 있는 일주일 동안 팀장은 지사장, 전무, 이사 등 임원진들과 식사를 하느라 직원들과 점심을 같이 하지 못했다고 전해 들었다. 그런데 오늘 아침, 점심은 본인이 쏘겠다며 정문에서 만나자고 한 것이다.

"요 앞에 '메밀나라'로 오라는데. 예약하셨나 봐."

한 대리의 말에 다들 신나는 눈치였다. 회사 정문 건너편에 위치한 메밀나라는 맛이 괜찮아서 점심이고 저녁이고 줄이 길었다. 한 번쯤 가 보고 싶었지만 점심시간에 줄을 서서 먹는 건 엄두도 못 낼 일이라 입맛만 다시며 지나갔던 곳이었다.

즐거워하는 사람들 사이에서 예서만 인상을 찌푸렸다.

"왜 그래요? 예서 씨, 얼른 가요."

인사팀의 막내인 선경이 팔짱을 끼며 예서를 잡아끌었다. 상호가 메밀나라여도 메뉴가 다양하길 속으로 빌면서 가게 안으로 들어갔다. 과거에 고생했던 기억이 생생해 메밀은 굳이 주문하지 않기로 마음먹었다.

자리에 앉자마자 메뉴판부터 보았다. 다행히 된장찌개가 있었다. 그걸 시키면 되겠거니 하고 물을 마시던 예서는 먼저 와 있던 태경과 눈이 딱 마주쳤다. 그가 방긋 웃었다.

"여기 제일 맛있는 게 메밀 소면이라는데, 이걸로 통일하죠."

"팀장님, 여기 예약되는지 어떻게 아셨어요? 당연히 안 되는 줄 알았거든요. 나중에 아내랑 한 번 와야겠네요."

한창 신혼을 즐기고 있는 유경민 주임이 말했다. 경민 옆에 앉은 박철호는 그의 입사 동기였다. 술을 좋아하는 철호는 술자리에서 경민을 괴롭히곤 했는데 동기가 먼저 승진한 것이 억울하긴 한 모양이었다. 그럼에도 경민은 웃으면서 받아 주었다. 승진이 빠른 데는 다 이유가 있었다.

"만두도 추가해도 될까요? 여긴 만두피에도 메밀이 들어가네요."

선경이 철호의 컵에 물을 따라 주며 물었고 태경은 흔쾌히 그러라 하였다.

"메밀 소면, 얼마나 맛있는지 기대되네요. 퇴근길에 줄 서 있는 거 보고 궁금했었는데."

다들 동의하는 눈치였다. 여기서 '전 싫은데요'라고 말할 만한 분위기가 아니었다. 음식의 선택권이 없진 않지만 다들 하나로 통일하는 분위기에 저만 다른 걸 시킬 수가 없었다. 예서는 난처한 기색으로 슬그머니 주변을 훑었다.

"송예서 씨는요?"

"저도요. 같은 걸로요."

"예서 씨는 면 말고 밥 먹어요. 살 좀 쩌야겠어요."

태경의 말에 예서는 원래 주문하려던 된장찌개를 시켰다. 음식은 금방 나왔다. 직원들이 메밀 소면을 맛있게 먹는 동안 예서는 된장찌개를 먹었다. 중간에 샐러드도 아삭아삭 씹었다. 샐러드가 고소해 입에 착 달라붙었다.

입맛이 없어 옆 사람의 눈치를 보며 야금야금 먹는데 다행히 식사가 끝날 때까지 예서의 수저질을 신경 쓰는 이는 없었다. 모두의 관심은 태경에게로 가 있었다.

"팀장님 여자 친구 있으세요?"

"아뇨, 없습니다."

"말도 안 돼. 그럼 부모님께서 주말마다 선보라고 하지 않으세요?"

한 대리가 호들갑을 떨며 눈을 크게 뜨고 물었다. 예서도 자연히 그쪽으로 시선을 옮겼다. 여자 친구가 없다는 말에 잊으려 했던 의문이 동동 떠올랐다. 윤태경이라고 대답한 당신은 누구인지, 윤기태는 누구인지. 언제 한 번 물어보긴 해야 하는데 둘만 있는 타이밍을 잡기가 어려웠다.

"어떻게 아셨어요? 주말마다 맞선 보라는 통에 힘듭니다."

거기다 이제 자신의 상관이 된 그에게 따지듯 물어볼 수도 없었다. 그는 관리부 총괄 팀장이 아닌가.

안 그래도 어젯밤 주미에게 윤기태의 결혼식에 같이 가자 문자를 보내 놓은 상태였다. 팀장인 태경에게 묻는 건 어쩐지 껄끄러워 윤기태의 결혼식에서 직접 눈으로 확인할 계획이었다.

결혼식이 아직 많이 남긴 했으니 그때까지 물어볼 수 있다면 물어보고, 틈을 찾지 못하면 결혼식에 가서 제대로 확인을 하면 될 테니까.

아니, 왜 지나간 일에 신경을 쓰고 있지? 그 일에 고민을 하는 시간조차 아까워서 예서가 후식으로 관심을 돌렸다.

후식으로 차의 냄새를 맡아 보니 옥수수차 같았다. 예서는 안도의 한숨을 쉬며 옥수수차를 꿀꺽 한입에 다 마셨다. 옥수수차 안에 뭐가 잔뜩 씹혔지만 태경과 자꾸 눈이 마주쳐 모르는 척하다 보니 무엇을 먹고 있는지도 몰랐다.

"여기 진짜 맛있네요, 팀장님."

"저도 처음 왔는데 그러네요."

"잘 먹었습니다. 이거 옥수수차 맞죠? 끝내준다. 옥수수 막걸리도 맛이 참 좋은데."

경민은 그의 옆구리를 팔꿈치로 찌른 뒤 술배 어떡할 거냐며 핀잔을 주었다.

"그거 메밀차예요."

푸릅.

예서는 먹던 옥수수차를 앞으로 뿜어냈다. 얼굴을 똑바로 보면서 말하는 윤태경 때문에 놀라서 사레가 들렸다.

"왜요? 무슨 문제 있어요?"

태연히 묻는 태경에게 예서는 고개를 휘휘 저으며 아니라고 하였다. 굳이 직원들과 식사를 하지 않아도 되는 태경이 오늘 사비를 들여서 점심을 쏘겠다고 하였다. 메밀나라에 예약까지 친히 하면서.

어쩐지 일부러 엿 먹이는 것 같은 행동에 예서의 눈살이 찌푸려졌다. 자신이 과거에 메밀 알레르기가 있었다는 걸 기억하는 눈치였다. 그렇기에 눈이 마주칠 때마다 싱글싱글 웃지 않았을까. 웃는 얼굴에 침을 좀 뱉어 줄 걸 그랬나 보다.

자신에게 왜 이렇게까지 하는지 몰라 예서가 눈썹을 찌푸렸다. 윤태경에게 미운 털이 박힌 게 분명했다.

"혹시 메밀 못 먹어요?"

"어머. 예서 씨, 메밀 못 먹어? 그러고 보니 오늘 잘 못 먹은 것 같던데."

태경의 말에 직원들이 시선이 다 예서에게로 쏠렸다.

"아뇨, 오늘 속이 좀 안 좋아서요."

태경이 모르는 게 있었다. 알레르기라는 게 체질이 바뀌다 보면 없어질 수도 있다는 것을. 예전에 갑자기 15kg가량 살이 찐 적이 있었는데 다이어트를 하면서 체질이 변해 버렸다. 좋은 건 메밀 알레르기가 사라졌다는 것이고, 나쁜 건 또 다른 알레르기가 생겼다는 것이다.

"난 또, 메밀 알레르기라도 있는 줄 알았죠."

역시 예상이 맞았다. 제 알레르기를 기억하고 있었기에 일부러 이곳에 온 것이다. 도대체 무엇 때문에?

"그럴 리가요. 알레르기 같은 거 없는데요."

"그래요? 정말 다행이네요."

"다음에도 메밀 사 주세요, 팀장님."

뭐라 답해야 할지 몰라 얼버무린다는 게 하필. 예서는 자신의 입술을 한 대 때리고 싶은 심정이었다.

"예서 씨가 웬일이야? 사 달라는 소리도 하고. 팀장님이 되게 편한가 보네. 하하. 팀장님, 예서 씨가 이때까지 근무하면서 점심이든 회식이든 뭐 사 달라는 소리 한 적 없는데. 우리 예서 씨를 어떻게 한 거예요?"

한 대리가 가운데로 들어오더니 태경을 보며 말했다. 자신에게 무슨 불만이 있는지 넌지시 물어보려던 예서는 입을 꾹 다물었다. 생각해 보니 팀장에게 '저 마음에 안 들죠?'라고 묻는 건 있을 수 없는 일이었다.

"송예서 씨, 먹고 싶은 거 있으면 언제든지 말해요. 지갑은 항상 열려 있으니까."

태경이 계산한 카드를 반지갑에 쏙 넣으며 말했고 선경과 한 대리는 박수를 치며 휘파람을 불었다. 철호는 당장 오늘 저녁 회를 사 달라고 하라며 예서를 놀렸다. 심지어는 무뚝뚝한 경민마저 '예서 씨, 좋겠네'라며 웃었다.

"남자들은 담배 타임 좀 하고 갈게요."

정문 앞에 다다르자 철호가 경민의 팔을 잡으며 먼저 쏙 나가 버렸다. 여자들 무리에 껴서 들어가기가 머쓱했는지 아니면 담배를 피려고 한 건지는 알 수 없으나 태경도 철호를 따라갔다.

태경은 점심시간부터 계속 오는 문자를 보며 인상을 찌푸렸다. 어머니 때문에 어쩔 수 없이 나갔던 맞선 상대였다.

"팀장님, 여자 친구 진짜 없으세요? 왠지 여자 친구 같은데."

연속해서 메시지를 보내는 맞선 상대 때문에 진동 소리가 연달아 울리자 철호가 호기심 어린 눈을 하고 물었다. 경민은 회사 건물 정면을 바라보며 담배를 입에 물었다. 1층과 옥상, 두 곳 중 오늘은 1층 흡연실에 들어와 있었다.

"네, 없습니다."

대답을 한 후 태경은 휴대폰 액정을 보았다.

바쁘다, 일하는 중이다, 여자한테 관심 없다는 둥 거절이라고 말만 안 했지 거절에 가까운 말을 여러 번 한 것 같은데 끊임없이 연락을 하는 것을 보면 눈치가 없는 게 확실하다. 이럴 땐 확실하게 거절을 해야 하는데.

뭐라고 답장을 해야 더 이상 연락을 안 할까. 뜸을 들이던 태경의 휴대폰이 울렸다. 이번엔 전화였다.

"여보세요."

―네, 오빠! 저예요, 주아. 점심시간이세요?

1시가 다 돼 가는 시간이었다. 점심시간임을 알면서도 묻는 건 짜증만 돋울 뿐이다.

"네."

―우와, 이런 우연이. 저 지금 학교 끝나고 집에 가는 길인데 잠깐 커피 한 잔 사 주시면 안 돼요?

잠시 커피 한 잔을 사 주고 얼마나 많은 이야기를 들어 줘야 할까? 자신의 이야기를 하루 종일 해도 끝이 날 것 같지 않던 상대가 떠올랐다. 방금 전 주아라고 본인 소개를 안 했으면 이름도 기억나지 않았을 여자였다. 의미 없는 수다를 늘 놓고 들어 줄 정도로 자신은 한가하지 않았다. 그걸 이 여자만 모르는 것 같다.

"주아 씨."

태경이 주먹으로 이마를 짚으며 그녀를 불렀다.

"경민아, 유 주임. 야, 야."

"왜?"

"저기 봐. 저 여자 겁나 예쁘다. 휘유, 10점 만점에 9점."

"1점은 왜 빼?"

"완벽한 여자는 없으니까. 어려 보이는데, 늙다리가 번호 물어보면 싫어하겠지? 나도 연애 좀 하고 싶다. 넌 신혼이라 좋겠다."

"응, 좋아. 너도 해."

"누구랑 해? 지나가는 여자 붙잡고 결혼하자고 할까?"

두 사람의 대화를 한 귀로 흘리며 잠시 뜸을 들이던 태경은 말을 이어 갔다.

"주아 씨, 이제 곧 점심시간 끝납니다. 일하러 가 봐야 합니다. 그리고……."

"어! 어! 온다! 온다! 이쪽으로!"

몇몇 남성들이 피던 담배를 비벼 끄고 싱그러움을 물씬 풍기는 그녀에게 시선을 돌렸다. 군대에서 연예인이 온 것 같은 분위기였다. 흡연실이 가까워서 그런지 온통 남자 직원들뿐이었다.

시끄러워 통화를 제대로 할 수가 없어 태경은 구석으로 가 등을 지고 섰다.

"앞으로 연락하지 않으셨으면 합니다."

주아 씨와 잘 맞는 상대를 만났으면 좋겠다는 진심을 굳이 뱉진 않았다. 그런 진심조차 관심으로 받아들일까 봐 우려가 되었다. 뚜뚜뚜, 전화가 끊겼다.

역시 어린애를 상대하는 게 아니었어.

태경이 버릇없는 그녀의 행동에 눈살을 찌푸렸다. 동시에 아직 귀에 대고 있던 휴대폰이 누군가의 손에 의해 사라졌다.

"오빠! 그럼 앞으로 전화 안 하고 그냥 오면 돼요?"

그녀였다. 태경은 앞에서 휴대폰을 쥐고 흔들며 생글생글 웃는 그녀의 모습에 당황스런 표정을 지었다.

"팀장님, 저흰 먼저 가 보겠습니다. 좋은 시간 되십시오."

철호와 경민이 두 사람의 눈치를 보더니 꾸벅 인사를 하고 쏜살같이 회사로 들어갔다. 태경은 조카를 혼낼 때처럼 엄한 표정을 지으며 앞에 선 여자를 보았다. 아닌 건 아닌 거다. 이런 예의 없는 행동은 제대로 집고 넘어가야 할 것 같았다.

"커피 한잔하죠."

태경에게도 커피가 필요하긴 했다.

그러고 보니 송예서도 커피를 좋아했는데. 송예서가 과거를 기억하지 못하면 메밀 알레르기를 핑계로 매일 점심을 사줄 생각이었고, 만약 과거를 기억한다면 그럼 왜 모르는 척을 했냐며 웃으며 물어볼 생각이었다.

그런데 둘 다 예상을 빗나갔다. 메밀 알레르기가 없다니. 계획을 벗어난 것도 당황스러운데 난데없이 아홉 살이나 어린 여자까지 자신을 찾아왔다. 태경은 먹은 메밀국수가 배 안에서 엉키고 있는 기분이었다.

알레르기가 없어진 건가? 분명 있었던 것 같은데.

주아와 같이 1층 카페로 가면서도 머릿속은 예서로 가득 찼다.

＊   ＊   ＊

퇴근 시간이 다가오자 가방을 싸는 손놀림이 빨라졌다. 다른 날은 몰라도 오늘은 얼른 집에 가야 했다. 메밀 알레르기가 없어진 지 오래전이건만 자꾸 팔에 붉은 반점이 속속 올라오고 있었다.

곧 생리를 하려나.

예서는 탁상용 달력을 보다가 아직 일주일이나 더 남았다는 걸 깨닫고 손톱을 물었다. 스트레스성인가.

유 주임과 철호가 먼저 퇴근을 했고 예서도 이제 퇴근할 생각이었다. 태경이 먼저 가면 좋으련만, 저놈의 팀장은 맨날 야근을 하는지 불이 꺼질 줄을 몰랐다.

예서는 팔을 손으로 벅벅 긁으며 팀장실 앞으로 가 노크를 하였다.

"네."

예서는 팀장실 문을 열고 들어갔다.

"먼저 퇴근하겠습니다. 오늘 점심 잘 먹었습니다."

잘 먹진 못했다. 그래서 지금 예서는 배가 무척 고픈 상태였다. 메밀 알레르기가 없어지긴 했지만 과거에 고생했던 기억이 있어 꺼려지는 음식 중 하나였다. 무엇보다도 태경의 시선이 신경 쓰여 얼마 먹질 못했다.

"아까 고마웠어요."

컴퓨터 화면을 보고 있던 태경이 의자를 뒤로 쭉 빼내고 예서를 똑바로 응시하며 말했다.

"아뇨, 고마울 것까진."

"아니에요, 정말 고마워서 그래요. 저녁 약속 있어요?"

태경의 질문에 예서는 약속이 없어도 만들 기세로 고개를 격하게 끄덕였다.

"무슨 약속?"

"밥…… 약속이요."

"그럼 야근한다고 해요."

"……."

단호하게 야근한다고 전하라는 태경의 말에 예서가 곤란한 표정을 지었다. 도대체 나한테 왜 이래!

"예서 씨, 먼저 와 있었네. 팀장님, 저 먼저 퇴근하겠습니다. 먼저 가서 죄송해요."

"아니에요. 한 대리, 오늘 수고했어요."

"네. 예서 씨, 오늘 집에 가서 뻗는다면서? 나한테 따로 인사할 필욘 없고 바로 퇴근해요."

예서가 버퍼링 난 것처럼 버벅거리며 등을 돌려 한 대리를 보았다. 고개를 숙여 인사를 하고 태경에게로 고개를 다시 돌리는데 오만 가지 생각이 스쳤다.

"집 밥 약속이었어요. 하하, 집 밥. 가족 식사요."

굳이 말을 덧붙이니 더 없어 보인다. 차라리 닥치고 있을걸.

"……."

화르르, 얼굴이 붉게 달아올랐다. 팔에서 시작된 붉은 반점이 조금씩 퍼지는지 등도 근지러웠다. 발끝을 세워 제발 손이 등으로 가질 않길 바라며 태경의 테이블 모서리에 몸을 붙였다. 그리곤 허벅지를 모서리에 비비면서 얼른 태경의 말이 떨어지길 바랐다.

"가족 식사면 어쩔 수 없죠. 다름 아니라, 아까 미안했어요. 그거 메밀차 아니고 옥수수차 맞아요. 송예서 씨가 과거에 분명 날 알았을 텐데 모르는 척하는 게 좀 그래서 장난친 거였어요. 난 해 줄 말이 많은데 상대방은 모른다고 하니까. 누군가에게 소중한 기억이 또 다른 이에겐 아무것도 아닐 수 있죠."

"아니에요. 진짜 메밀 알레르기 없어요."

모르는 척한 건 당신이 결혼을 한다는 주미의 말에 굳이 과거 일을 들출 필요가 없어서였다. 회사에서 윤태경을 만날 줄 누가 알았겠는가. 이제 와서 '아! 기억나요'라고 하기도 애매해서 가만히 있었던 것이다.

아부성 발언을 하고 싶진 않았으니까. 지금이라도 알은체를 할까, 그럼 말이 길어지겠지. 예서는 얼른 퇴근하라는 말이 그의 입에서 떨어지길 바라며 모서리에 허벅지를 벅벅 비볐다.

"다행이네요. 음식은 입에 맞았어요?"

"네. 샐러드도 맛있고 옥수수차에도 뭐가 오독오독 씹혀서 먹을 만했어요."

이제 그만 퇴근해도 될까요, 팀장님. 제발.

"다행이네요. 땅콩 소스라 고소하더라고요. 오독오독 씹히

는 건 호두일 거예요. 호두를 갈아서 넣으시는 것 같더라고
요."

그렇구나. 고개를 끄덕이던 예서가 자신이 잘못 들었나 싶
어 허벅지를 모서리에 긁던 행동을 멈추고 태경을 빤히 응시
했다.

"땅콩이요? 호두요?"

"네."

"아⋯⋯."

"왜요?"

예서가 울상을 지었다. 생리를 할 때도 아니고 몸에 붉은
반점이 올라오는 게 이상하다고 생각했더니만.

"메밀 알레르기가 없어지는 대신 견과류 알레르기가 생겼
거든요."

울 것 같은 예서의 표정을 보며 태경이 미안한 표정을 잔
뜩 짓더니 손등으로 이마를 짚었다. 그리고는 허탈하게 웃었
다.

"견과류 알레르기요? 진짜 미안해서 어쩌나. 앞으로 커피
는 제가 사야겠네요. 퇴근해요, 그만."

이제야 퇴근 명령이 떨어졌다. 예서는 그의 왼쪽 눈에 쌍
꺼풀이 연하게 지는 걸 보며 입술을 퉁 내밀었다. 점심 식사
후 카페에서 자신도 모르게 그를 도와줬던 상황이 떠올랐다.

그때도 저렇게 웃고 있었다.

내가 왜 도와줬지. 쓸데없이. 자꾸 그와 엮이는 것 같아 순간적으로 짜증이 일었다.

먹은 점심이 소화가 잘 되지 않았다. 예서는 1층 약국에서 소화제를 살 생각으로 일어났다. 때마침 커피를 마시고 싶다던 한 대리가 커피를 부탁했다. 예서는 한 대리의 카드를 받아 들곤 1층으로 향했다.

약국에서 소화제를 한입에 털어 넣고 카페로 들어선 예서는 예쁘고 쾌활한 여자의 웃음소리에 자연스레 그쪽으로 시선이 갔다. 무척 예쁜 여자가 앉아 있었는데 마주 앉은 등이 익숙했다. 윤태경이었다.

담배를 피우고 먼저 올라온 경민과 철호가 '팀장님, 다시 봐야겠어', '여자 친구가 젊고 외모도 괜찮으니 너무 부럽다'라고 하던 말을 들었다. 거기다 남자는 10대부터 60대까지 여자를 볼 때의 기준은 오로지 '얼마나 예쁜가'라며 덧붙였다.

"주아 씨, 저는 결혼 생각이 없습니다."

"생길 수도 있잖아요. 오빠, 저도 지금은 생각 없어요. 일단 연애라도 해요."

"주아 씨, 매력이 많은 여자잖아요. 굳이 저한테 시간을 쏟는 것보다 주아 씨 예쁜 거 알아주는 남자한테 쏟는 게 날 것 같습니다. 전 일하느라 바빠서 연애할 시간이 없거든요."

적절한 핑곗거리였다. 직장인 남자들이 여자를 찰 때 쓰는 흔한 레퍼토리였다. 일하느라 바빠도 좋아하는 여자한텐 어떻게 해서든 시간을 내는 법. 예서는 코웃음을 치며 혜진과 자신의 커피를 캐리어에 넣었다.

"계속 보면 오빠한테도 저 예쁠 수 있잖아요."

떼를 쓰는 여자를 보며 예서는 입술을 툭 내밀었다. 홍주미가 떠올랐다. 대학생 때 주미가 딱 저랬었다. 무턱대고 예쁜 얼굴로 밀어붙여 마음에 드는 남자는 모두 넘어뜨렸다. 그런데 버티는 윤태경을 보니 놀랍긴 했다. 보통 남자가 아닌가 보다.

"그럴 일은 없을 것 같아요."
"그래도 좋은걸요. 종종 이렇게 커피 마시면 안 돼요?"

싫다는 남자에게 만나 달라고 조르는 여자가 안쓰러웠다.

저렇게 예쁜데. 마음만 조금 바꾸면 남자 친구를 얼마든지 만들 것 같은데. 문득 어릴 적 그가 하는 말에 이리 휘청 저리 휘청하던 저가 떠올랐다. 만우절을 빙자해 고백을 했던 순간도 있었다. 그 시절이 떠오르자 여자가 더 불쌍하게 느껴졌다.

"어? 송예서 씨, 같이 올라가요."

먼저 가려던 예서를 태경이 불렀다. 예서는 두 사람 쪽으로 커피 두 잔을 들고 걸어갔다. 상대 측 여자가 안쓰러워 도와줘야 할 것 같았다. 조금 잔인하더라도 한 번에 잊을 수 있는 방법이 떠올랐다.

"팀장님, 오래된 여자 친구가 이분이세요? 첫사랑이랑 결혼한다고 들었는데, 축하드려요. 얼굴이 엄청 동안이시네요."

말하고 보니 씁쓸했다. 차라리 과거에 그를 찾아가 물어보고 따졌으면 좀 달라졌을까. 엄마의 병세가 갑자기 악화돼서 병수발을 드느라 태경을 생각할 틈이 없었다. 엄마가 돌아가시고 난 후엔 태경에 대한 미움만 남아 연락할 생각 자체를 안 했다.

"결혼이요?"

당황한 여자가 손을 떨었다.

여자 친구도 있으면서 미래에 대한 기대를 품게 했다. 오직 그만 생각하게 만들어 엄마의 상태를 조금도 눈치채지 못하게 만들었다고 그를 미워했다. 그렇게 하지 않으면 다 자신 때문인 것 같아 견디기 힘들었다.

"……."

상처 받은 여자의 얼굴에서 제 모습이 겹쳐 보였다. 그러나 예서는 정정해 주지 않았다.

"주아 씨, 그럼 조심히 가세요. 저는 올라가 보겠습니다."

태경은 당황한 모습이었지만 곧 주아라는 여인을 돌려보냈다. 예서는 자신이 왜 이 상황에 끼어들었나 후회를 하며 돌아섰다. 모르는 척할걸.

윤태경을 곤란한 상황에서 벗어나게 해 주려고 한 일이 아니라 저 주아라는 여자에게서 과거 자신의 모습이 보이는 것 같아 한 행동이었다. 싫다는 사람 붙잡고 늘어지느니 다른 사람에게 시간을 쏟는 게 훨씬 나을 것이라 판단해서였다.

"내가 왜 그랬지, 진짜."

예서는 입술을 잘근잘근 물었다. 손에 든 커피만 없었어도 주먹으로 머리를 쥐어박았을 것이다.

"고마워요. 커피는 내가 들게요."

태경이 예서의 손에서 커피를 빼 가며 말했다. 왼쪽 눈가에 옅은 쌍꺼풀이 지어졌고, 입술이 웃을 듯 말 듯 실룩거렸다.

괜히 도와줬다. 도와준 이유를 물어보면 또 뭐라 답해야 하나. 윤태경의 뒤를 따라가며 예서는 가벼워진 손으로 머리를 콩콩 쥐어박았다.

다시는 윤태경 일에 참견하지 말자고 다짐하며.

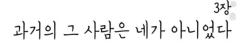

3장
과거의 그 사람은 네가 아니었다

오늘 아침은 유독 활기찼다. 오늘이 금요일이니 이틀은 쉴
수 있기 때문이다. 박철호는 이미 술 약속을 잡았다며 오전
내내 콧노래를 불렀다.

오늘도 경민이 출근과 동시에 인사팀 직원들 책상에 하나
씩 커피를 놓고 있었다.

"이건 예서 씨 꺼. 라떼랑 이건 우유."

"오늘도 감사합니다."

"고맙긴, 내가 더 고맙지. 예서 씨 덕분에 안면도 안 가서
마누라한테 예쁨 받았어."

"예쁨이요?"

예쁨 받았다는 어감이 재미있어서 예서가 품 웃으며 뚜껑을 열었다. 역시 오늘도 예쁘다. 우유 거품으로 그려진 하트 모양은 먹기가 아까울 정도였다.

"우와, 진짜 예쁘다."

빙글빙글 돌려 가며 구경하는 예서를 보던 철호가 의자를 쭉 당겨 앉았다.

"예서 씨, 오늘은 커피 말고 우유를 마시라고."

"우유요? 그러고 보니 주임님께서 우유를 주셨네. 왜 주셨지?"

예서가 우유갑을 손에 쥐고 이리저리 둘러보며 혼잣말을 했다. 그러고 보니 한 주 동안 유 주임이 커피를 배달한 것도 이상했다. 한 대리와 선경 씨, 철호 씨는 좋아하는 눈치였으나 예서는 어쩐지 찝찝했다.

주임 월급이야 뻔하다. 회사 카드로 모닝커피를 긁을 수 있는 것도 아니다. 사비로 굳이 직원들에게 커피를 사 줄 필요가 없는데.

만약 철호가 아침마다 커피를 사다 날랐다면 직원들에게 술 먹고 실수한 게 있다거나, 아니면 선경 씨한테 잘 보이려고 한다거나 이유가 떠올랐을 것이다. 그러나 경민은 5일 내내 지켜보아도 이유를 찾지 못했다.

"유 주임, 아침마다 커피를 사다 나르면 마누라한테 안 혼나? 우리야 좋다만."

입사 동기인 철호가 아이스 화이트 모카를 빨아 마시며 물었다. 얼마나 빨아들이는 힘이 좋은지 한 번 빨았을 뿐인데 반이 줄어들었다. 한 번 더 쪽 빨아 마시자 이번엔 바닥이 드러나는 소리가 들렸다. 물이든, 술이든, 커피든 역시 잘 마신다.

"팀장님께서 카드 주고 가셨어. 없는 동안 아침마다 직원들 커피 한 잔씩 사 주라고 하시더라. 약속을 했다고 하시는데, 무슨 약속인지 몰라서 그냥 시키는 대로 했지."

"그래서 한 대리가 팀장님 칭찬을 그렇게 했구먼. 귀가 따가워 죽는 줄 알았네."

"이따 오시면 다들 감사 인사 하고."

그 말을 끝으로 경민이 철호의 책상에서 서류 하나를 집어 자리로 돌아갔다. 예서는 유 주임의 말 중에 걸리는 부분이 있어 잠시 인상을 썼다가 풀었다.

"오늘 오신다고요?"

"응, 그래서 회식 잡혔다던데. 아침에 한 대리 심부름 가느라 못 들었구나. 오늘 저녁에 인사팀 드디어 회식한대."

"선배, 그렇게 좋아요? 저도 좋은데."

선경이 그 틈을 비집고 들어와 어깨춤을 추며 퇴근시간이 얼른 왔으면 좋겠다고 하였다. 회식 자리를 좋아하는 건 이 회사에서 저 둘이 유일할 것이다.

난 일찍 집에 가서 쉬고 싶은데.

"견과류 알레르기요? 진짜 미안해서 어쩌나. 앞으로 커피는
제가 살게요."

설마 진짜 미안해서 매일 커피 사는 건 아니겠지. 근데 또
과거의 일을 떠올려 보면 충분히 그럴 만한 사람이었다. 과
거에도 예서가 메밀 알레르기 때문에 고생한 이후 만날 때마
다 그가 계산을 했었다. 꽤 오랫동안.

그래도 설마. 예서는 아닐 거라 생각하며 고개를 저었다.

"오늘 점심은 뭐 먹어요? 부대? 김치? 순대?"

"우리 선경 씨 입맛이 참 나랑 잘 맞아. 여자 박철호야, 하
하."

"칭찬 아니죠? 여자 박철호라니."

선경이 샐쭉하게 웃으며 손등으로 이마를 짚는 시늉을 했
다.

"자자, 일들 합시다. 예서 씨는 오늘 점심에 약속 있다고
했죠? 저녁엔 회식 있으니까 빠지면 안 돼요. 우유는 꼭 먹
어 두고. 그래야 술을 많이 먹을 수 있다니까."

수다 삼매경에 빠지면 한도 끝도 없는 것을 잘 아는 철호

가 적당히 선을 그어 주었다. 다들 바퀴 달린 의자를 끌고 본인의 자리로 돌아갔다. 그나저나 회식이면 오늘 술 엄청 먹겠네.

"주미야, 여기."

예서는 주미가 미리 예약해 놓은 회전 초밥 가게로 갔다. 예서는 생선이라면 사족을 못 썼다. 초밥은 특히 더 좋아한다. 어릴 적에는 해산물이 워낙 비싸 어쩔 수 없이 고깃집에서 주로 만났다. 금액을 생각하며 손가락만 빨아야 했다. 어느 정도 돈을 벌게 된 이후로는 친구들 만날 땐 꼭 횟집이나 초밥집으로 불러 모으게 되었다.

"넌 지겹지도 않냐. 점심이 또 초밥이야?"

"맛있잖아."

먹어도 질리지 않는 그런 맛. 종류별로 맛이 다 달라서 지겨울 틈이 없었다.

"여기 우동도 맛있대."

"난 우동도 다 그 우동이 그 우동 같더라. 일단 먹자. 배고파 죽겠다."

주미가 초밥들이 회전하는 틈 사이로 고기가 올라간 초밥을 골랐다. 아니, 초밥집에 왜 육류를 올려놓는 거야. 예서는 항상 고기 초밥은 피해 가며 먹는데 반해 주미는 그것만 골라 먹었다. 다른 곳보다 고기와 밥의 궁합이 잘 맞는다며 좋아했다.

점심을 먹을 땐 예서의 식단에 따라 초밥을, 저녁밥을 먹을 땐 주미의 기호를 고려해서 육류를 선택했다. 그게 두 사람 사이에 암묵적인 규칙이었다.

한참을 먹던 두 사람의 속도가 현저히 느려졌다. 배가 부를 만큼 부른 것이다. 오랜만에 초밥을 먹어 기분이 좋은 예서가 배를 통통 두들겼다. 꽉 찼을 때의 희열을 느끼는 사이 주미의 핸드백 위로 흰색 종이가 보였다.

"너 가방에서 서류 빠지겠다. 저것 때문에 거래처 다녀온 거 아니야?"

"이게 왜 나와 있었지? 거래처 갔다가 팀장 청첩장도 줄 겸 챙긴 거야. 가을에 결혼식 한다면서 벌써부터 갖다 주래. 이상한 사람이야. 너도 한 장 줄까? 이거 남았는데."

"널 엄청 부려 먹는구나."

청첩장도 네가 돌리러 돌아다니니. 쯧, 우리 팀장은 아침마다 커피도 사 주는데. 무의식적으로 팀장을 비교하는 자신의 모습에 놀라 예서가 물을 벌컥 마셨다.

"주미야, 너 팀장이 윤기태라고 했지? 모바일 청첩장 있어?"

"당연하지. 보여 줄까? 성형 완전 잘 먹었다니까."

주미가 신난 표정으로 가방에서 휴대폰을 꺼냈다. 액정에 불이 들어오고 손가락으로 몇 번 누르니 금세 모바일 청첩장 화면이 떴다. 요새는 모바일 청첩장도 많이 해 결혼식에 가지 않아도 신랑, 신부 얼굴을 알 수 있었다.

"이 사람이 윤기태라고?"

"응. 잘 봐봐, 몰라보게 달라졌지? 예전에 진짜 오징어였는데. 이 얼굴에 여드름도 있었고…… 코가 주먹코였잖아. 무슨 손바닥으로 눌러놓은 것처럼. 나 진짜 그래서 한국대 지원 안 했다."

"성적이 안 된 거였잖아."

"티 났어? 무튼! 남자가 이렇게 교묘하게 성형 잘한 거 처음 봐. 취업하기 전에 좀 손봤나 봐. 쁘띠 성형인가?"

"네가 깐 멘토가 이 남자 맞아? 확실해?"

"응, 맞다니까? 네가 그러는 거 보니 진짜 성형이 잘 되긴 했나 보다. 그쪽에서도 날 기억하던데, 뭘."

내 얼굴이 흔하진 않지. 그쪽에서 날 기억하는 건 당연해. 주미가 본인을 칭찬하기 시작했다. 예서는 주미의 말을 한 귀로 흘리며 기태의 사진을 자세히 보았다.

자신이 기억하는 기태는 지금 사진 속의 사람이 아니라 윤태경이었다. 잘생긴 데다 키도 크고 여고생 마음에 불을 지를 정도로 성격까지 다정한 남자였다. 사진 속의 기태는 제가 아는 사람과 전혀 달랐다. 순간 멍해져 손이 떨렸다. 물컵에서 물이 쏟아졌다.

티슈를 왕창 뽑아 물을 닦은 후 예서가 휴대폰을 들고 일어났다.

"주미야, 나 들어가 봐야겠다."

"왜?"

"뭐 확인할 게 있어서. 오늘 회식도 있고."

생각을 정리해야 했다. 횡설수설하지 않게 먼저 정리를 하고 태경에게 물어봐야 할 것 같았다. 당시에 뭔가 자신이 오해를 한 것 같은데.

'오해였다'라는 생각만으로도 가슴이 아릿하게 아파 왔다.

오늘의 주인공인 태경을 기다리느라 처음엔 안주만 먹던 사람들이 맥주 한 잔이 들어가자 돌변했다. 일단 우리끼리라도 즐기자며 여기저기 술을 권하기 시작했다. 예서는 적당히 주는 술을 받아 마셨다.

"수원 대리점에 들린다고 하셨는데, 늦으시네."

"오늘 금요일이잖아요, 한 대리님. 차가 막히나 보죠."

"팀장님 주사도 보고 싶은데……."

"누구도 박철호를 피해 갈 수 없다."

철호가 세일러문의 자세를 취하며 결의를 다졌다. 정신을 또렷하게 붙들려면 술자리 게임이 제일 좋다며 마구잡이로 게임을 시작했다. 순발력이 좋지 않은 예서는 벌칙에 자주 걸리는 편이라 잠시 옆 의자로 자리를 옮겼다. 예서의 자리에 선경이 앉았고 술자리는 시끌벅적해졌다.

"윤태경은 언제 오나."

물어볼 말이 산더미인데. 분명 멘토는 윤기태였는데, 왜 윤태경이 되었나. 아니, 윤태경이었는데 왜 그때 윤기태로 나왔나. 어떤 질문이 맞는지 모르겠다. 술을 먹으니 머릿속이 꼬이는 것 같았지만 꼭 물어봐야 했다.

이게 다 우연이라면. 아니다. 우연이라고 하기엔 모든 정황이 이상하다. 과거에 자신이 그에게 속았다는 쪽으로 마음이 기울었다. 직감이 그랬다.

처음엔 9년이나 지난 일이라 굳이 그때를 떠올려 엄마에 대한 미안함과 죄책감을 다시 느끼고 싶지 않아서, 상사와 부하 직원의 관계가 상할까 봐. 여러 핑계를 갖다 대며 묻지 못했는데 이러다가 속병이 날 것 같다.

"팀장님! 여깁니다!"

때마침 윤태경이 문을 열고 들어왔다. 외근을 나갔다가 아예 집에 들러 옷을 갈아입고 나온 모양이었다. 면바지에 린넨 셔츠를 받쳐 입고 나왔는데, 한 대리와 선경이 그 모습을 보고 입을 딱 벌렸다. 슈트를 입었을 때도 멋지지만 캐주얼하게 입은 모습은 더 멋있었다.

"팀장님! 이쪽으로 앉으세요."

"아니에요, 팀장님. 막내인 제 옆에 앉으시는 게 맞습니다!"

"팀장님, 아예 술 드시려고 작정하고 오신 것 같습니다. 하하!"

경민과 철호를 밀어낸 두 여자는 손을 흔들며 태경을 반겼다. 웃으며 다가온 그는 예서의 옆자리에 슬며시 앉았다.

"늦어서 죄송합니다. 다들 시작해 볼까요?"

태경이 소매를 걷어붙이며 벨을 눌렀다. 그 후로 소주병과 맥주병이 얼마나 쌓였는지 모르겠다. 작정한 사람처럼 다들 게임으로 태경에게 몰아 준 바람에 그는 꽤 많은 술을 마셨다.

"솔직히 터놓고 말하세요. 기회입니다."

일하면서 어려운 부분이 있으면 말하라고 태경이 분위기를 만들었다. 직원들도 꽤 마신 상태라 긴장이 풀린 것 같았다.

"함 전무님이요."

"함영무 이사가 왜요?"

"비서들이 못 버텨서 큰일이에요. 여자 비서는 죽어난다고 해서요."

한 대리가 소주잔을 탁자 위에 세게 놓으며 이를 갈았다.

"상사의 요구대로 직원을 뽑는 게 저희 일이지만 상반기에 세 명이나 때려 쳤어요. 공 비서가 잘 버틸지 걱정도 되고요."

예서도 공감했다. 함 전무 비서실로 공 비서를 발령 내면서 다들 걱정을 했다.

대체적으로 함 전무의 괴롭힘 대상은 미혼 여성이었다. 유부녀인 공 비서는 괜찮으리라 판단한 점도 있지만 결정적으로 출산 휴가를 다 쓰지 않고 복귀한 것이 문제였다. 공석인 곳이 함 전무 비서실뿐이라 그쪽으로 보낼 수밖에 없었다.

"제가 함 전무 뵙고 나면 그 후에 다시 이야기하도록 합시다."

"네! 살살하라고 해 주세요. 제발요. 더 구하기로 힘들어요."

"팀장님! 남은 잔 마저 드시고 제 잔도 받으세요."

마지막까지 남은 사람은 역시 박철호 사원과 윤태경 팀장이었다. 예서도 머리가 어지러울 정도로 마시긴 했으나 태경에게 쏠린 시선 때문에 여러 번 쉴 수 있었다. 은근슬쩍 태경이 물을 채워 주기도 했고 말이다.

"팀장님, 술 진짜 세십니다."

"아닙니다."

꽤 많은 술을 마셨는데도 반듯한 자세의 태경이 철호의 잔에 소주를 가득 따랐다. 남은 소주병의 술들을 모아 맥주잔에 쏟아부은 그가 '치얼스'를 외치며 철호에게 잔을 흔들었다. 함부로 술로 대들지 말라, 그런 표정이었다.

철호도 질 수 없다는 오기가 들었는지 맥주잔에 든 소주를 무식하게 다 마셨다. 태경도 어쩔 수 없다는 듯 그를 따라 소주를 마셨다.

그게 철호의 끝이었나 보다. 그는 탁자로 이마를 툭 박으며 쓰러졌다. 태경은 철호를 확인하고 자리에서 일어나 계산을 한 다음 돌아왔다. 그때까지만 해도 태경의 걸음걸이는 일반인과 다름없어 보였다.

"유 주임은 부인이 온다고 했고, 한 대리가 선경 씨를 챙겨서 가시면 되겠고. 철호 씨는 제가 가는 길에 택시 태워 보내겠습니다. 예서 씨는 저랑 같은 방향이니까 잠시 기다리세요."

내가 윤 팀장하고 같은 방향이라고? 몰랐던 일이다. 마침 할 말도 있고 해서 예서가 고개를 끄덕였다. 그의 지시대로 일사불란하게 움직이고 나자 남은 사람은 자신과 팀장, 그리고 철호뿐이었다.

오는 택시에 철호를 태워 보낸 태경이 보도블럭 턱에 털썩 주저앉았다. 꽤 힘이 들었는지 무릎에 얼굴을 푹 박은 채 미동조차 없었다. 그러더니 휴대폰을 꺼내 급하게 엄지손가락을 눌러 문자를 보낸 후 다시 아까처럼 고개를 푹 숙였다.

"팀장님."

지금이 기회다. 예서는 태경에게서 한 발짝 옆으로 거리를 둔 채 도로에 앉았다.

"팀장님?"

대답이 없었다. 그의 어깨를 검지로 밀자 옆으로 픽 기우는 게 보였다.

"어어!"

깜짝 놀라 얼른 그의 등을 받쳤으나 이미 몸이 예서의 반대쪽으로 기운 상태였다. 땅에 닿으려 할 때였다. 오뚝이처럼 솟아오르더니 다시 무릎에 얼굴을 박는 게 아닌가. 저게 주사인가 싶어 예서가 한참 동안 그를 쳐다보았다.

"윤 팀장님? 윤태경 씨? 저기요."

불러도 님의 정신은 이미 안드로메다로 가 있었다. 어쩐지 너무 멀쩡해서 이상하다 했더니. 이제껏 안 취한 척을 한 것이다. 맥주잔에 소주를 따르고, 급하게 다들 집으로 돌려보낸 건 태경이 한계에 다다랐기 때문이었다. 아마 조금만 더 있었으면 이 모습을 직원들이 봤을 것이다.

예서는 한숨을 쉬며 이 남자를 어떻게 해야 하나 고민했다. 이미 취한 철호를 부를 수도 없고. 경민에게 연락해야 하나. 휴대폰 액정을 보며 두 사람 중 누굴 선택할까 고민하는 사이 오토바이 한 대가 골목길로 들어섰다.

빵. 빵.

"팀장님, 위로 올라오세요. 위로!"

예서가 태경을 부축해 위로 끌어 올렸다. 무겁긴 더럽게 무겁네. 몸이 단단해서 그런지 돌덩이를 옮기는 기분이 들어 예서가 눈썹을 실룩거렸다.

예서는 술집 바로 앞에 서 있고 태경은 술집 문을 바라보는 방향으로 앉아 있었다. 길바닥에 앉아 있어도 추해 보이지 않는 건 정신이 멀쩡해 보이기 때문이었다. 가로등 빛을 받아 술집 유리창에 자신과 태경의 모습이 보였다.

예서는 태경의 옆에 쭈그리고 앉아 유리 속에 비친 자신을 보며 머리를 질끈 묶었다. 어떻게든 팀장을 집으로 돌려보내야 한다. 아니면 회사에 버리고 오든지. 그게 부하 직원의 임무였다.

"예서야, 송예서."

또렷한 발음으로 태경이 예서를 불렀다.

"네? 팀장님, 정신 드…… 안 드셨네요."

그가 유리 속에 비친 예서를 보며 검지로 꾹 누르는 게 보였다. 여러 번 꾹꾹 누르더니 또 예서를 불렀다.

"이상하다. 왜 딱딱하지."

그게 유리니까 딱딱하지, 이 인간아.

예서는 손부채질을 하며 지나가는 사람이 없는지 흘깃 확인했다. 누가 볼까 무서웠다.

"예서야, 할 말이 있는데…… 여기서 나와 봐, 응?"

"고개를 45도 돌리시면 실물이 있는데요. 이쪽이라고요! 팀장님!"

예서가 태경의 어깨를 잡아 살짝 흔들었다. 이번엔 제대로 그의 눈동자가 예서를 향했다. 거울 속 예서와 실제를 번갈아 보더니 혼란스러운 표정을 지으며 고개를 갸웃거렸다.

"왜 송예서가 둘이지?"

"그러게요."

오늘 물어보는 건 포기해야겠다. 술 깨는 약이라도 사 와야 하나 싶어 주위를 둘러보던 예서는 좁은 골목길로 들어서는 차를 보았다. 골목길을 다니기에 큰 SUV였다. 헤드라이트 때문에 눈이 부셔서 예서가 손등으로 자신의 눈을 막았다.

"윤태경!"

운전석에서 내린 남자는 태경의 이름을 부르며 뛰어왔다. 급하게 왔는지 차와 어울리지 않는 후줄근한 옷차림이었다. 예서를 지나친 남자가 태경을 부축해 일으켜 세웠다.

"뭘 술을 이렇게 마셨어?"

예서는 남자를 빤히 쳐다보았다. 어디서 본 것 같은데. 눈을 가늘게 뜨고 자세히 쳐다보자 점심에 주미가 보여 줬던 모바일 청첩장 속 얼굴과 겹쳐졌다.

"윤기태!"

자신을 본 그가 황당하단 표정을 지으며 눈을 깜빡였다. 머리 하나는 더 작은 기태를 팔로 누르며 태경이 빳빳하게 고개를 들었다. 예서와 눈을 맞춘 그가 예쁘게 웃었다. 왼쪽 눈에 쌍꺼풀이 진 채로 웃는 모습을 보니 저 웃음에 심장이 사르르 녹았던 때가 절로 기억이 났다.

"누구세요? 저 아십니까?"

"아뇨. 그쪽은 누구고, 이쪽은 누구세요? 윤기태 씨라고요?"

하루 종일 정리했던 내용들이 뒤죽박죽 다시 엉켰다. 술을 마시니 머리가 돌이 된 모양이었다.

"나? 윤태경. 송예서가 좋아하던 그 윤태경."

그 와중에 태경이 제 할 말을 다 했다. 손짓까지 해 가며.

"그럼 저쪽은?"

"윤기태, 우리 형."

태경이 기태를 가리키며 형이라고 말했다. 머릿속이 멍했지만 일단 인사부터 해야 할 것 같아 예서가 고개를 숙였다.

"안녕하세요. 라인코리아 인사팀 직원 송예서라고 합니다. 오늘 회식이 있었는데, 윤 팀장님께서 꽤 많이 드셔서요."

혼란스러움이 목소리에 가득 묻어났다. 물어볼 게 너무 많은데 두 남자가 인사만 받고 가 버릴까 봐 초조했다. 오늘 꼭 궁금증을 전부 해결하고 싶었다.

"그런데 뭐 하나만 물어봐도 돼요?"

취해서 대답도 못 하는 윤태경 대신 이 남자에게 물어봐야겠다. 예서는 고개를 들고 기태를 똑바로 보았다.

빵!

"일단 타시죠."

골목길이라 차 두 대가 지나가기엔 좁았다. 기태는 태경을 부축해 뒷좌석에 태우고, 예서에게 보조석을 권유했다. 예서도 물어볼 말이 많아 거절하지 않고 냉큼 차에 올라탔다. 차에 타자마자 모바일 청첩장에서 봤던 사진들이 차 안에 가득했다.

대학생 때부터 사귀었던 분과 결혼한다고 들었다. 어디서부터 물어봐야 하나. 골목길을 지나 24시간 운영하는 카페 주차장에 차를 세운 후 기태가 시동을 껐다.

"물어볼 게 있으시다고요. 저 녀석과 관련된 것 같은데, 맞습니까."

그에게도 비장함이 묻어났다. 어쩐지 자신을 경계하는 것 같기도 해서 예서가 어깨를 살짝 움츠렸다. 이대로 물러설 생각은 없었다. 취해서 횡설수설할 태경보다 이쪽이 더 믿음 직해 보였다. 오늘 꼭 알아내리라.

"창문은 열어 둬야 하는 거 아니에요?"

예서가 시동이 꺼진 기태의 차를 보고 걱정스레 물었다. 뒷좌석에서 잠든 윤태경이 신경 쓰였다. 창문을 닫으면 산소가 부족하지 않을까 걱정이 된 것이다.

"창문이요?"

"네, 저기……."

예서가 기태의 차를 손으로 가리켰다.

"산소가 부족할 것 같아서요."

"산소요? 물어보실 게 많으신가 보네요. 잠시만요."

얼굴은 다른데 말투는 비슷했다. 아무거나 주문하라며 처음 보는 여자에게 카드를 쥐어 주고 나간 기태가 차의 창문을 살짝 열어 두었다. 그리곤 유리문으로 예서를 보더니 엄지손가락을 치켜드는 것이었다. 미션을 성공한 사람처럼 뿌듯해하며 말이다. 어쩔 수 없이 예서도 어색하게 엄지를 들어 주었다.

다시 카페 안으로 들어온 그는 때마침 울리는 진동 벨을 들고 가 커피와 아이스크림을 가져왔다.

예서는 아이스크림을 퍼먹었다. 시원함이 입안에서 시작돼 온몸에 퍼졌다.

"물어볼 게 있으시다고."

"네! 네. 그러니까 제가 고등학생 때요."

"고등학생이요? 잠시만요. 저 심호흡 좀 하고요. 생각하지 못했던 방향이라서."

당황한 듯 커피를 벌컥벌컥 마시더니 숨을 몰아쉬는 게 보였다.

"저, 괜찮으세요?"

오히려 상대방이 더 긴장을 하니 예서는 말을 꺼내기가 어려웠다. 도대체 내가 무슨 말을 할 줄 알고.

"네, 이제 괜찮습니다. 말씀해 보세요."

이마에 식은땀까지 흘리는 기태를 두고 예서는 더듬더듬 말을 이어 나갔다.

"제가 고등학생 때 멘토 멘티를 한 적이 있는데요."

"멘토요? 아."

고개를 갸웃거리며 이상하다는 표정을 짓던 기태가 짧게 탄성을 내며 고개를 끄덕였다.

"네, 그때 분명 윤 팀장님이 윤기태라고 했거든요. 처음엔 팀장님께서 개명했다고 생각했는데…… 홍주미 알죠? 지금은 가영으로 이름을 바꿨는데, 윤기태 팀장님 회사 직원이

제 친구예요. 곧 결혼한다고 청첩장을 보여 줬거든요. 주미가 기억하는 윤기태란 사람과 제가 기억하는 사람이 달라서요. 제 기억 속 윤기태는 지금 제 상관인 윤태경 팀장님이거든요."

"아."

기태가 관자놀이를 꾹 누르며 인상을 찡그렸다. 그러더니 놀란 듯 입을 벙긋거리다가 다시 다물었다.

"저 자식이 말 안 했어요?"

"네?"

"아니, 그게 뭐 어려운 거라고. 우리 집이 사정이 좀 복잡해요. 당시에 태경이가 과제에 치인 저 대신 하나 맡아서 해 줬는데, 그게 멘토 프로그램이었어요. 성적 나올 때까진 비밀로 하기로 약속했거든요. 그걸 진짜 지켰단 말이야? 윤태경, 은근 고지식하다니까."

그럼 당시에 윤태경이 윤기태 대신 과제를 하느라 멘토가 되어 자신을 만났다는 건가? 기태와의 약속 때문에 자신에게 이름을 밝히지 않았던 것이고.

"그 과목 교수가 좀 까다로운 편이라 윤태경인 걸 혹시 학생이 말하면 제가 F학점을 받을까 봐 그랬나 봐요. 처음부터 제가 했어야 했는데, 당시엔 제 공부가 벅차서 여유가 없었어요. 집안 사정까지 말할 순 없으니까 그건 나중에 태경이

한테 물어봐요."

"그럼 당시에 3년 된 여자 친구는…… 기태 씨의 여자 친
구였나요?"

"네, 곧 결혼할 제 신부죠. 윤태경이 거짓말은 또 못하는
성격이라 대놓고 물어보면 말해 줬을 텐데. 걔 거짓말할 때
엄청 티 나는데, 못 느끼셨나 봐요. 워낙 성정이 곧은 애라
거짓말하면서 엄청 찝찝해했겠네요."

그랬나. 그러고 보면 첫날 자신을 소개할 때 빼고는 딱히
그의 입에서 기태란 이름이 나온 적 없었던 것 같다. 그가 자
신을 뭐라고 부르라고 했더라. 당시를 떠올리며 예서는 웃었
다. 전부 안 좋은 추억만 남은 건 아니었다.

✳   ✳   ✳

그날은 봄치고 날씨가 제법 더웠다. 이상하게 아침부터 아
이스크림이 먹고 싶었는데, 학교에서 파는 건 쭈쭈바 밖에
없었다. 점심을 먹고 쭈쭈바를 쭙쭙 빨며 휴식을 취할 때였
다. 태경에게서 문자가 왔다.

〈오늘은 오후에 과제가 있어서 못 할 것 같다. 지금 점
심시간이지?〉

예서는 태경의 문자만 봐도 가슴이 떨렸다. 처음엔 이 정도는 아니었는데. 자꾸 휴대폰만 쳐다보게 된다. 중증이다. 태경에게 말도 못 하고 끙끙 앓느라 예서는 태경과 만나는 전날 밤이면 잠을 이루지 못하고 뒤척거렸다.

자신을 여자로 봐 줄까?

미성년자인 데다 태경처럼 좋은 대학을 다니는 것도 아니고, 미래도 불확실하다.

심지어 태경의 주변에 있는 대학생에 비해 예쁘지도 않다. 얼마 전부터는 옆구리에 살이 붙어서 몸매도 이상해지는 것 같았다. 예서가 한숨을 폭 쉬며 답장을 보냈다.

〈네, 점심 먹고 친구들하고 쉬고 있어요. 멘토님은요? 식사하셨어요?〉

아직까지 그를 뭐라 불러야 할지 몰라 멘토님이라고 부르고 있다. 오빠는 왠지 간지럽고 선배라고 부르기엔 그가 한백 고등학교를 졸업한 것도 아니었다. 기태 씨는 더 이상하다.

〈응. 잠깐 교문으로 나올 수 있어?〉

"쏭, 뭘 자꾸 킥킥대."

주미가 예서의 옆구리를 팔꿈치로 쿡 찌르며 말했다. 예서
는 배시시 웃으며 주미에게만 슬쩍 손짓했다.

"주미야, 멘토 왔대. 나 잠깐 교문에 갔다 올게."
"뭐? 얘 중증이네. 너 진짜 눈 낮아, 알아? 예서야, 대학교 가면
잘생긴 남자 많다니까."
"알아, 아는데…… 좋은데 어떡해! 나 수업 시작하기 전에 올
게. 애들한텐 비밀."

예서가 검지를 입에 딱 붙이며 고개를 휘휘 저었다. 짝사
랑이 뭐 어때서. 그렇지만 타깃이 되면 멘토 멘티를 하는 날
마다 휘파람을 불며 놀릴 게 분명하다. 예서는 주미 외에 다
른 아이들에게는 졸업할 때까지 비밀로 하기로 했다.

계단을 순식간에 뛰어 내려오자 정문에 서 있는 그가 보였
다. 이 학교 전체를 둘러봐도 저런 남자는 없을 것이다. 교복
차림의 남자만 보던 예서는 면바지에 셔츠로 깔끔하게 코디
한 그를 볼 때면 심장이 떨렸다. 멋있었다. 잘 어울렸고.

예서를 발견한 그가 손을 흔들었고, 예서는 양팔을 휘저으

며 고개를 절레절레 흔들다가 그에게 전화를 걸었다.

—응.

"멘토님. 거기서 앞으로 열 발자국만 가세요. 네네, 거기요. 경
비 아저씨 눈 피해서요."

예서의 고등학교는 하교 시간 전에 교문을 나가려면 담임
의 허락이 필요했다. 확인증을 주지 않으면 경비가 교문을
넘지 못하게 막았다. 예서는 처음으로 담임의 허락 없이 교
문을 넘어 보기로 했다.

"하, 떨려. 이게 뭐라고."

평소엔 소심해서 생각도 못 했을 일이지만 눈앞에 그가 보
이니까 없던 용기도 생겼다. 사랑의 힘은 대단한 것 같다. 그
와 잠시라도 대화를 나누고 싶었다. 예서는 심호흡을 하고
하나, 둘, 셋 마음속으로 숫자를 센 후 뛰었다. 붉으락푸르락
한 경비를 지나쳐 전속력을 다해 기태에게로 갔다.

"거기, 학생!"

뒤에서 경비가 예서를 불렀지만 무작정 그가 있는 방향으로 뛰었다. 영문을 모르는 그는 위에서 뛰어 내려오는 예서를 보며 고개를 갸웃거렸다.

"악! 내 앞머리!"

뛰다 보니 앞머리가 위로 말려 올라간 데다 표정도 이상해진 것 같았다. 예서는 자신의 못생긴 모습을 보여 주기 싫어 손바닥으로 앞머리를 가렸다. 그럼에도 민망해서 눈을 질끈 감고 입술을 깨물며 뛰었다.

"송예서, 눈 감고 뛰면 어떡해?"

넘어질 뻔한 걸 그가 잡아 주었다. 얼떨결에 그와 포옹을 한 예서는 바짝 굳은 채 얼굴이 토마토처럼 익어 갔다.

"열나?"

그가 예서의 이마를 짚으며 물었다. 예서는 고개를 휘휘 저었지만 코와 귀에선 뜨거운 김이 계속 나왔다. 부끄러워 눈을 내리깔기 무섭게 뒤에서 경비의 목소리가 들렸다.

"거기! 두 사람, 안 서?"

기어코 따라 내려온 경비 때문에 예서는 기태의 손을 잡고 비탈길을 뛰었다. 눈으로 빠르게 주변을 스캔한 후 주차되어 있는 차 중에서 가장 큰 차 뒤로 그를 이끌었다. 이쪽에 있으면 걸리지 않을 것 같았다.

"헥헥, 경비 아직도 와요?"
"아니, 반대쪽으로 갔어."

숨이 차서 죽을 것 같은데 그는 멀쩡해 보였다. 예서가 숨을 몰아쉬다가 꼭 잡고 있는 손을 보고 화들짝 놀라 얼른 놓았다.

"죄송해요."

손에 땀이 난 것 같아 손바닥을 교복 치마에 비비며 예서가 그에게 사과했다. 함부로 잡아서 죄송하다고.

"점심시간에는 밖에 못 나와?"

그는 자신이 궁금한 것을 물었다. 눈은 교문을 향해 있었다.

"아뇨. 돼요, 돼. 언제든지 돼요."
"안 되는 것 같은데."

그가 교문을 힐끗거리더니 인상을 찌푸렸다.

"왜, 왜요?"
"경비가 이쪽을 죽일 듯이 노려보는데."
"그 경비 시력 안 좋아서 여기까지 보이진 않을 거예요. 아마 교복 입은 여학생 찾느라 그런 거예요."
"찾으면 어떻게 되는데?"
"벌점?"
"거봐, 점심시간에 나오는 거 안 되는 거 맞네."

아씨, 말렸다. 예서가 입을 삐죽 내밀었다. 안 된다고 하면 정말 안 올까 봐 그런 건데. 자주 보고 싶은데 찾아갈 수도 없고. 일주일에 딱 하루, 그날을 기다리느라 입이 다 쩍쩍 말랐다.

"이거, 친구들하고 먹으라고."

"우와, 저 아이스크림 먹고 싶었는데! 멘토님, 정말 감사합니
다. 어떻게 아셨지."

신기하네. 예서가 속으로 생각하며 아이스크림 케이크를
받아 들었다. 맛없는 쭈쭈바 괜히 먹었다.

"언제까지 멘토님이라고 할 거야?"

"이상해요? 뭐라고 해야 할지 몰라서. 윤기태 씨라고 부를까
요?"

예서가 눈을 깜빡이며 묻자 그가 고개를 저었다. 그 모습
이 화보 같아서 속으로만 감탄을 한다는 게 입 밖으로 새어
나왔다.

"헤."

"어쭈, 웃어? 그냥 오빠라고 불러."

"기태 오빠?"

"……으음. 그래, 뭐. 오빠라고만 해."

그가 머리를 긁적였다. '오빠라고만 해'라고 말하며 어색한지 딴청을 피웠다. 예서는 열심히 고개를 끄덕였다.

그때는 그가 거짓말을 할 때 얼버무리고 딴청 피우는 버릇이 있다는 것을 몰랐기에 이상하다는 생각을 하지 못했다.

"아이스크림 녹겠다. 얼른 들어가."

"이거 경비한테 뺏기면 어떡하죠?"

"같이 가. 내가 잘 말할게."

믿어도 되나? 믿어도 될 것 같아.

학교가 가까워질수록 아쉬웠다. 대학생들은 자주 땡땡이 친다던데. 자신은 그럴 수가 없었다. 성적에서 출결은 아주 중요한 부분이었다.

그가 경비에게 가서 뭐라고 말했는지는 알 수 없었다. 다만 경비는 떨떠름한 표정을 짓더니 조용히 들여보내 주었다. 아까와 마찬가지로 그가 손을 흔들었고 예서도 덩달아 손을 흔들었다.

혹시 자신처럼 도망가는 학생이 있을까 봐 경비는 아예 철문으로 된 교문을 닫아걸었다. 말이 학교지 학생들은 교도소 같다고 종종 말하기도 했다. 갇히는 게 똑같다며.

비탈길을 내려가는 뒷모습에 대고 손을 흔들었는데 순간

그가 뒤를 돌아봐 주었다. 너무 좋네, 이거. 정말 로맨틱한
데.

교실로 돌아온 예서는 수업이 시작하기 10분 전이라는 것
을 깨닫고 아이스크림 케이크를 책상 위에 내려놓았다.

"이야, 이게 뭐야?"

먹잇감을 발견한 하이에나처럼 친구들이 몰려들었다. 어
디서 생겼는지 이미 다들 숟가락을 들고 입맛을 다셨다. 예
서가 뚜껑을 열어 아이스크림 케이크를 꺼내자 아이들이 숟
가락을 찔러 넣었다.

"사르르 녹네, 녹아."

아이스크림을 퍼먹을 때마다 킥킥 웃는 예서를 보며 주미
가 팔짱을 꼈다. 그러더니 친구들을 피해 귓속말을 했다.

"야, 솔직히 말해 봐. 너네 사귀지."
"뭐? 아니, 아니야."

어쩐지 달게 느껴지지 않아 예서가 숟가락을 내려놨다.

"오늘은 아이스크림, 내일은 사탕인가? 사탕 받는 애들 내일 다 풀어 놔라."

"김윤수, 네 것도 풀어라. 그럼."

"난 못 받을 듯. 내일은 사탕 파티나 하자."

"꺅! 사탕 파티래. 남친 있는 애들이 누구였더라."

"작년 화이트 데이 때 교문 앞에 누가 현수막 걸지 않았어? 남 친들한테 미리 말해. 현수막 할 돈으로 과자 한 박스를 사 달라 고."

친구들의 수다를 듣던 주미가 박수를 한 번 탁 치며 예서 의 옆구리를 쿡 찔렀다.

"쏭, 이거 화이트 데이 선물이네! 사귀는 거 맞지. 아님 이럴 수가 없어."

고개를 절레절레 저으며 주미가 예서를 밀었다. 예서를 살 짝 본 그녀는 '커플 지옥'이라고 입 모양으로 강조했다. 그 것 때문에 사 준 건가? 화이트 데이라 챙겨 준 거라 생각하 니 아이스크림이 달콤하게 보였다. 예서는 내려놓은 숟가락 을 들고 친구들 사이를 비집고 들어가 푹푹 퍼먹었다.

"와, 진짜 달다."

시큼한 부분마저 달게 느껴졌다. 아주 맛있는 아이스크림
이었다.

*　　　　*　　　　*

"궁금한 거 다 물어봤어요?"

"네."

오해는 풀렸다. 다만 서운하기도 했다. 그때 말하지 않은
이유가 자신을 믿지 못해서였음이 분명해졌다. 사실대로 말
했어도 주미한테만 전했을 텐데.

그러고 보면 당시엔 친구들 사이에 비밀이 없었던 것 같기
도 하다. '너한테만 말할게' 하고 들은 비밀이 가까이는 짝꿍
부터 멀게는 다른 반 친구들까지 모두 알고 있는 경우가 꽤
되었다.

"휴, 괜히 긴장했네."

기태가 손바닥으로 심장을 누르며 한숨을 푹 뱉었다.

"무슨 긴장이요?"

제 얘기에 긴장할 만한 거리가 있었나? 예서는 어리둥절

한 표정을 지었다. 그는 이제야 좀 안심한 눈치였다.

"주아 씨인 줄 알고요. 태경이가 전화를 안 받는다고 저한 테까지 연락을 하더라고요. 상식을 뛰어넘는 여자라. 고등학 생 때부터 태경이 쫓아다녔다는 줄 알고 긴장했네요. 성함이 뭐라고 하셨죠?"

아까 분명 부하 직원이라고 소개를 했건만 이미 까맣게 잊 은 모양이었다. 이 남자도 혹시 술 먹고 온 건 아닌지 의심스 러워 예서가 눈을 가늘게 떴다.

"송예서요."

아까 술 취한 태경을 챙기느라 정신이 없었던 건가. 술 마 신 것 같진 않은데.

"그런데 그 여자가 그렇게 무서워요?"

도대체 어떤 여자이길래 저러나. 실제로 봤을 때 예쁘장하 기만 했다.

"무서운 거라기보다…… 스토커라고 해야 하나. 실수로 우 리 동생 결혼할 여자 없다고 말하는 바람에…… 포기를 모르 더라고요. 태경이한테 혼났죠."

회사까지 찾아왔던 여자를 떠올렸다. 젊고 싱그럽고 예쁜. 주변 직장인들의 시선이 그녀에게 몰렸다. 그것도 잠시, 주 아가 입을 열자 커피를 마시던 몇몇 남직원들은 고개를 절레 절레 흔들었다. 앵앵대는 말투에 놀란 표정들이었다.

막무가내 스타일. 그 말의 의미를 알 것 같았다. 기태도 시달린 모양이었다. 자신을 주아로 착각해 지금까지 긴장했다고 생각하니 또 웃기기도 했다.

"윤태경 팀장이 인기가 많은가 봐요."

"학창 시절부터 많았을 걸요? 재수 없게. 내가 그것 때문에 또 얼마나 서러웠는데. 공부도 동생보다 딸려, 외모는 더 딸려. 부인한테 감사하며 살아야죠, 뭐. 부인 아니었으면 나 외국인하고 결혼했을지도 몰라요. 필리핀이나 우즈베키스탄이나 베트남이나."

"네?"

예서가 호탕하게 웃었다. 기태의 농담과 표정이 절묘하게 매치되어 더 웃겼다. 코에서 킁킁 소리가 날 정도로 웃으니 기태가 그렇게 웃기냐며 되물었다. 예서는 대답도 못 하고 고개만 끄덕였다.

"내 유머가 통하네. 그나저나 예서 씨가 우리 태경이 좀 구제해 줘요."

"제가요?"

"네. 저러다 태경이가 외국인하고 결혼할 판이에요."

"저 아니어도 인기 많을 것 같은데."

"진심으로 궁금해서 묻는 건데, 회사에서 썸 타는 여자 없어요? 아직도 태경이가 왜 라인코리아에 굳이 들어갔는지 이해가 안 가서요. 거기보다 연봉 센 회사들이 줄을 이었는데. 난 뭐 운명 같은 거 만났나 했죠."

"제가 또 팀장님과 사적인 대화를 할 정도로 친하진 않아서요."

그가 얼마를 받는지 누구와 썸을 타는지 알 길이 없었다. 그런데 주아와 잘 될 거라 생각하면 어쩐지 속이 쓰렸다.

"내 욕하면 재미있어?"

갑자기 나타난 태경이 예서의 옆에 털썩 앉았다. 그리고는 그녀가 들고 있던 스푼을 빼앗아 아이스크림을 한입 떠먹었다. 깜짝 놀란 예서는 꼼짝도 못 하고 그 자리에 굳어 버렸다. 언제 왔는지 발소리도 듣지 못했다.

"팀장님?"

"네, 송예서 씨."

"맞다. 너 취하기도 빨리 취하고 깨기도 빨리 깨지. 다 깬 거야?"

"응. 차 안이 얼마나 답답하던지."

태경이 완전히 깬 것을 확인한 기태가 차 키를 쥐고 일어났다.

"멘토 멘티 두 사람은 좋은 시간 보내고, 난 졸려서 간다. 예서 씨, 택시비는 꼭 태경이한테 내라고 해요. 이 녀석, 연애 안 한 지 오래돼서 돈 많아요. 쓸 데가 없어서 통장도 빵빵하답니다. 참고하세요."

"네?"

벙긋대는 예서를 보며 기태가 한쪽 눈을 찡긋거렸다. 주미의 말대로 성형을 했나 보다. 안면 근육이 어색해 보였다.

기태가 가고 나서 잠시 정적이 흘렀다.

"형하고 무슨 대화했어요? 친해 보이던데."

"친하긴요. 재밌는 분이시네요."

"웃기긴 하죠. 아이스크림 더 먹을래요?"

이미 바닥이 드러난 아이스크림을 흔들며 그가 물었다. 과거에 아이스크림 케이크를 주고 간 그날처럼 해맑은 표정이었다. 자신을 믿지 못했던 그가 야속해 예서가 태경을 확 째려보았다.

"왜 그렇게 봐요?"

"아뇨, 미워서요. 아! 생각해 보니까 좀 화나네요. 말도 안 해 주고. 난 이때까지 '기태'란 사람이 팀장님인 줄 알았단 말이에요. 멘토 이름도 몰랐잖아요. 그것 때문에 내가……."

얼마나 속을 끓었는데.

"미안해요, 미안. 갑자기 떠날 줄은 몰랐지."

정확히는 자퇴였다.

"연락이 갑자기 끊겨서 말 못 했어."

태경이 예서의 목에 팔을 두르며 장난스럽게 웃었다. 어깨에 올라온 그의 팔이 묵직했다.

"너 기억난 거 보니까. 나 말 놔도 되겠네. 그때처럼 오빠라고 불러."

"싫어요, 윤태경 팀장님."

"오랜만에 좀 듣자. 그 소리 얼마나 듣고 싶었는데."

"어휴, 술 냄새."

예서가 그의 팔을 밀어냈다. 고등학생 때였다면 이렇게 옆에 앉기만 해도 가슴이 떨려서 어쩔 줄 몰랐을 텐데. 시간이 흐르긴 흘렀구나. 어쩐지 서글픈 기분이 들었다.

"어머님은 잘 계셔? 연락처가 바뀌신 것 같던데."

그도 엄마를 종종 본 적이 있었다. 선생님, 감사합니다. 엄마가 태경을 볼 때마다 하던 말이었다. 한참 어린 태경에게 고개를 숙이며 딸을 잘 가르쳐 줘서 고맙다고 정중하게 인사를 하였다.

엄마가 아픈 걸 눈치도 못 챘지. 고통에 허우적거리는 엄마를 돌아보지 못했다. 짝사랑에 눈이 멀어 다른 건 전혀 보이지 않았다. 제 잘못인 걸 알면서도 태경에게 뒤집어씌웠다. 너 때문이라고 되뇌며 죄책감에서 벗어나려 발버둥 쳤었다.

"왜 그래?"

순식간에 눈물이 고인 예서의 모습에 놀라 태경이 물었다.

술은 한참 전에 깼으나 엄마 생각을 하니 눈가가 촉촉해졌다. 엄마가 그를 참 예뻐했었는데, 이렇게 큰 모습을 보면 더 좋아하셨을 텐데.

과거의 일이 오해였다는 말을 들으니 이상하게도 그가 밉지 않았다. 제 아집임을 알고 있어서 그런지, 아니면 시간이 지났기 때문인지는 모르겠다. 죄책감을 덜기 위해 쌓아 놓았던 미움은 어머님은 잘 계시느냐는 그의 말에 스러진 기분이었다. 엄마가 태경을 예뻐했던 기억만 떠올랐다. 어쩌면 오랜 시간이 지나며 사라졌는지도.

"돌아가신 지 벌써 9년이나 됐네요. 아마 잘 계실 거예요."

예서가 작은 목소리로 말하며 스푼을 만지작거렸다. 태경은 깜짝 놀란 얼굴로 입을 다물었다. 두 사람 사이에 짧은 정적이 흘렀다.

"송예서! 팀장님도 계셨네요. 홍보팀 김준성입니다."

"네, 안녕하세요."

준성이었다. 아까 기태가 차창을 열어 주려고 나간 사이 준성에게서 전화가 왔다. 어딘지 묻는 말에 카페 이름을 말해 줬는데 올 줄은 몰랐다.

"어쩐 일이야?"

"늦었으니까 데려다주려고."

"잠도 없다. 불금에 날 데리러 오다니."

"영광이지. 장난이고, 우리 팀도 회식이었어. 팀장님은 차 갖고 오셨어요?"

"아뇨."

"그럼 택시 잡아 드리겠습니다."

뭐? 가는 길에 데려다주는 게 아니고? 예서가 준성을 보며 눈썹을 찡그렸다.

"괜찮습니다. 저희 팀 직원은 제가 신경 쓸 테니 마저 회식하러 가시죠."

팔짱을 낀 준성이 물러설 수 없다는 듯 고개를 저었다.

"이미 회식이 끝나서요."

"그래요?"

태경이 예서의 옷자락을 쥐고 놓아주지 않았다. 그의 시선은 여전히 예서에게 꽂혀 있었다. 준성은 안중에도 없어 보였다. 일어서려다 도로 앉은 예서가 어깨를 비틀었다. 그의 손아귀에서 빠져나가려 했지만 쉽지 않았다.

"저흰 아직 회식이 안 끝나서요. 인사팀 회식 끝날 때까지 밖에서 기다려 주시겠어요?"

"네?"

"아직 안 끝났다고요, 회식."

아이스크림 통은 이미 비어 버린 지 오래였고 기태가 먹던 커피도 얼음만 남아 있었다. 테이블 위를 둘러보던 준성이 떨떠름한 표정을 지으며 물러섰다.

"우리 쏭, 그럼 밖에서 기다릴 테니까 끝나고 연락해."

"응."

준성이 태경에게 고개 숙여 인사하고 밖으로 나갔다. 직급이 높은 태경에게 뭐라 할 수 없었을 뿐더러 회식이 안 끝났다고 우기니 끼기도 애매했을 것이다.

"한국은 회식을 아침까지 한다던데."

"네?"

"나 술 깼으니까 다시 처음부터 시작이죠. 부하 직원 보호해야 하는 것도 있고."

유리문 너머로 준성의 차를 힐끗 본 태경이 예서의 눈을 응시하며 말했다. 예서는 그가 아직 술이 덜 깬 것이 아닐까 하는 생각이 들었다. 겉으로는 멀쩡해 보여도 정신이 제대로 돌아오지 않은 모양이다.

"팀장님, 아직 취하신 것 같은데······."

"그런가 봐요. 나 집까지 데려다줄래요?"

"택시 타고 가세요. 그 정도는 아닌 것 같은데."

"택시에서 잘까 봐 그래요. 자다가 고래잡이로 팔려 가면 어떡해요."

"그럴 일은 없어 보여요."

누가 당신을 보고 납치하겠어요. 주먹 한 번 휘두르면 납치하기도 전에 나가떨어질 것 같은데. 서글서글한 인상이지만 키는 큰 편이고 어깨가 딱 벌어져 위압감이 풍겼다. 손도 큰 편이라 주먹도 유독 커 보였다.

"이제야 제대로 웃네. 내가 직원 카드를 제대로 안 봐서 잘 몰랐어. 가족 사항 쪽은 자세히 봤어야 했는데."

감정이 널뛰기를 하는 것 같다. 장난스럽다가도 한순간 진지하게 사과를 한다. 피식피식 웃던 예서가 어떻게 답해야 할지 몰라 입술을 달싹였다.

"미안하니까 집은 내가 데려다줄게. 혹시 어머니 생각나서 울 수도 있으니까."

"네?"

"김준성 씨라고 했나? 먼저 가라고 해."

태경이 유리문 너머 준성을 가리켰다. 이 남자 아직 술이 안 깬 게 분명하다. 이상하다. 그렇게 판단한 예서가 준성에게 문자를 보냈다.

〈팀장님 아무래도 술이 안 깬 것 같아. 이상해. 먼저 모셔다드리고 집에 가자.〉

문자를 보낸 후 예서가 방긋 웃었다.

"문자 보냈어요."

그리고 준성이 카페 안으로 들어왔다.

"송예서의 흑기사 대령이오."

이쪽도 정신 줄을 놓은 건 마찬가지인 모양이었다. 예서는
두 사람을 흘겨보며 혀를 쯧 찼다.

4장
네가 좋다고

예서의 손 위에서 빙글 돌던 펜이 바닥으로 툭 떨어졌다. 벌써 몇 번째인지 모르겠다. 4월 1일을 하루 앞둔 날, 예서는 만우절을 핑계로 마음을 전해 볼까 고민에 휩싸여 수업에 집중하지 못하고 있었다.

"집중. 송예서, 집중 안 해?"

예서의 코끝을 볼펜으로 툭 건드리고는 길게 뻗은 손가락이 틀린 문제를 가리켰다.

"저번에도 알려 준 것 같은데."

한 번 알려 준 걸 또다시 틀리면 그는 무서운 표정을 짓곤 했다. 아무리 좋아해도 그의 무서운 표정에는 아직도 심장이 움찔거린다. 조용조용히 무서운 사람. 예서가 정의 내린 그의 내면이었다.

"저번에 알려 준 거 아니에요. 함수가 포함되어 있잖아요. 저번에는 도형만 있었는데. 전혀 다른 문제죠."

"그게 그거지."

하얀 연습장 위로 기태의 정갈한 글씨가 빼곡히 쓰여 갔다. 슥슥, 숫자를 쓸 때마다 그의 손바닥과 연습장이 기분 좋은 소리를 만들어 냈다. 그가 했기에 기분 좋은 소리일 것이다. 학교에서는 이 소리가 소음으로 들려 애들끼리 서로 눈치를 주기도 했었으므로.

고백을 할까, 말까?

혹시 그가 거절을 한다 해도 만우절이라는 핑계를 댈 수 있다. 그럼 관계가 어색해지지 않을 테니 일석이조였다.

막상 고백을 하려고 하니 손안에 땀이 잔뜩 고였다. 손바닥을 허벅지에 문질러 긴장을 풀어 보려 했지만 발끝이 자신도 모르게 까딱까딱 긴장을 드러내었다.

"역시 학생은 커피를 마시면 안 돼. 넌 다음부터 주스 마셔."

"네?"

"손, 발 떨리는 것 봐."

기태가 자신이 쓰던 펜을 예서에게 건네주었다.

"꼭 쥐어 봐."

"이렇게요?"

"응."

그의 말에 따라 예서가 검은색 볼펜을 꼭 쥐었다.

"어때? 떨림이 좀 멎지? 나중에 시험 볼 때도 긴장하면 펜을 꼭 손에 쥐어."

"우아, 이런 팁이. 감사합니다."

기태가 고개를 끄덕인 후 책상을 툭툭 두드렸다. 다시 문제에 집중하라는 뜻이었다. 해야 할 분량은 꼭 진도를 나가고야마는 철저한 그의 성격 탓에 예서는 한 달 만에 성적이 눈에 띄게 올랐다.

얼마 전에는 엄마가 감사하다고 인사했다. 예서는 조금만 누가 옆에서 봐주고 신경 써 주면 확 오를 성적대라며 오히려 저를 많이 칭찬해 주라고 그가 말했다. 문제는 상위 몇 퍼센트로 가는 과도기에 멈춰 있다는 것이다. 조금만 더 하면, 아주 조금만 더 하면 상위 4% 이내로 갈 것 같은데. 그걸 기태도 알고 있어 여유 시간을 내서 최대한 도와주려 했다.

이런 든든한 지원군을 잃는다면 예서에겐 큰 손해였다. 그런데도 마음을 알리고 싶은 욕심이 커져서 입이 다 간질거렸다. 여자 친구가 생기지 않게 미리 손쓰고 싶은 마음. 누가 어느 순간 홀랑 채 갈 것 같다.

그에게 고백을 해 기다려 달라고 하고, 그가 다니는 대학에 입학하는 것까지 한 달 동안 몇 번이나 꿈을 꾸었는지 모르겠다.

"진짜 좋겠다."

그런 일이 일어만 난다면 산신령이든 하나님이든 신이란 신에게 다 감사 인사를 할 것이다.

"뭐가 좋아? 너 또."

아예 펜을 내려놓고 팔짱을 낀 기태의 눈썹이 휘어졌다. 그리곤 아무 말 없이 예서를 길게 응시했다. 차라리 혼을 내면 좋겠는데 말없이 계속 보고 있으니 의도를 몰라 긴장감에 심장이 쪼그라들었다.

그의 입이 움직이는가 싶더니 다시 다물어졌다. 화났나? 시간을 내서 도와주는데 집중은 못할망정 딴생각이라니. 자신이 그의 입장이어도 화가 날 만했다.

그런데 앞으로도 계속 이럴 것 같다. 이럴 바엔 수도 없이 연습한 대로 그에게 고백을 하고 답을 듣는 게 낫지 않을까. 만우절이라는 좋은 핑계도 있으니까. 이후에 하는 고백에는 핑계를 댈 만한 것이 없었다.

예서가 손에 힘을 줘 허벅지의 살을 한 움큼 잡았다.

"오빠."

"……."

"화나셨어요?"

"아니, 네가 할 말이 있어 보여서."

기태가 차분히 대답을 하며 예서를 뚜렷이 응시했다. 그와 눈이 마주치자 화들짝 놀라 예서가 책상을 바라보았다.

눈을 보곤 도저히 말을 못 하겠어.

질끈 눈을 감았다 뜬 예서가 손가락을 꼼지락거리면서 말했다.

"혹시나, 혹시나 해서 묻는 건데요. 여자 친구는 없으시죠?"

"지금?"

"네."

"그렇지."

의도가 뭐냐, 그런 표정으로 기태가 예서를 보았다. 여자 친구는 없다고 했으니까 걸릴 것도 없다. 따지고 보면 그가 굳이 시간을 내서 공부를 봐주는 것도, 음료수를 매번 사 주는 것도, 집까지 바래다주는 것도 판단을 내리기에 충분했다. 분명 그도 호감 정도는 갖고 있을 것이다.

처음엔 착각이라 스스로를 다독여 보기도 했다. 그러나 친구들의 멘토들과 비교해 보면 그의 행동은 확실히 차이가 있었다. 그것이 예서의 생각에 확신을 심어 주었다. 제발 착각이 아니길 바라는 마음으로 예서가 입을 떼었다.

"좋아…… 아, 답답해."

개미 목소리만큼 작았다. 눈썹을 찡그리며 고개를 갸웃거리는 걸로 봐선 상대방은 듣지도 못한 눈치였다. 스스로도 답답해서 콧잔등을 찌푸리며 입술을 잘근잘근 씹었다.

"좋아합니다!"

우렁찬 예서의 목소리가 카페 안을 울렸다. 커피를 내리던 여직원이 이쪽을 바라보는 게 느껴져 예서는 쥐구멍으로 숨고 싶어졌다. 이번엔 너무 목소리가 컸다. 사실 목소리 데시벨이 얼마였는지는 잘 모르겠다. 아까 개미 목소리로 냈을 적에도 예서에겐 확성기보다 크게 들렸으니. 그런데 이번엔 남들도 모두 들을 수 있을 만큼 목소리가 컸나 보다.

"……"

역시 착각이었나. 그래도 말하고 나니 속이 후련해 예서가 어깨에 힘을 풀었다. 오묘한 표정을 짓던 기태가 피식 웃는 게 보였다. 왼쪽 눈에 연하게 쌍꺼풀이 졌다. 그가 턱을 짚으며 더 이상 웃지 않으려고 애를 쓰면서 말했다.

"웃으셔도 돼요."

"미안, 그게 아니고…… 뭐 좋아해?"

"네?"

"음식."

이 순간에 그게 중요한가. 예서가 입술을 삐죽댔다. 그래도 물었으니 대답을 해야지. 그녀는 자신이 좋아하는 음식을 곰곰이 생각해 보았다.

"밥이 제일 좋아요. 그다음으론 초밥이요."

초밥도 밥은 밥이다. 회라고 할 걸 그랬나. 예서는 초밥을 정말 좋아했다. 비싸서 못 먹지.

"그거나 먹으러 가자."

"공부는요?"

"너 오늘 공부 되겠어? 난 공부 안 될 것 같은데."

기태의 입가에 번진 미소는 여전했다. 그가 거절을 돌려 표현하는 것 같아 예서는 시무룩한 표정을 지었다. 만우절이라고 그냥 말해야 하나.

"내 대답 듣고 싶지."

"네."

"그럼 일단 수능부터 치고."

거절이라니. 여고생의 불타는 가슴에 물을 끼얹는구나. 이래서 엄마가 잘생긴 사람은 조심하라고 했나 보다. 얼굴값한다고. 예서가 입을 삐죽거렸다.

"그 후엔 네가 원하는 대답, 해 줄 수 있을 것 같아."

가방을 메고 예서의 두꺼운 문제집까지 든 기태가 그 말을 한 뒤 먼저 카페를 나섰다. 언뜻 스쳐 지나간 기태의 볼과 귀가 붉었던 것 같았다.

"뭐지? 승낙이야, 아니야. 주미라면 딱 알 텐데."

거절을 애매하게 하는 건가? 상황을 모면하려고 밥을 사 주는 건가? 제대로 답을 듣지 못해서 그의 마음을 알 길이 없다.

"같이 가요, 오빠!"

※　　　　※　　　　※

월요일 아침, 먼저 출근한 예서가 빈자리를 둘러보다가 팀 장실을 힐끗 보았다. 출근 시간이 어지간히 빨랐다.

금요일 밤, 부축하려는 준성을 만류한 그가 돌연 차 뒷좌 석에 먼저 올랐다. 보조석에 타려던 자신의 손을 잡아채 뒷 좌석에 앉힌 그는 제 어깨에 기댄 채 잠에 들었다. 역시 그날 술이 덜 깼던 게 분명했다.

"예서 씨, 일찍 왔네. 난 월요일이 제일 힘들던데."

"그거야 철호 씨는 주말 내내 달리시니까 그렇죠."

"어떻게 알았어? 내 음주 생활을 이해해 주는 건 예서 씨 밖에 없네."

내 남자 친구가 저렇다면 나도 그 문제로 싸울 것 같은데. 예서가 어깨를 으쓱하며 모니터로 시선을 돌렸다.

"그나저나 팀장님 술 엄청 세신 거 알아?"

"그래요?"

윤태경 팀장이 세다고? 예서는 회식 날 그가 했던 행동을 떠올리곤 피식 웃었다. 그건 확실한 주사였다. 얼굴이 빨개지고 눈이 흐리멍덩하게 풀리지 않아서 티가 덜 날 뿐이지, 말하는 거 보면 취한 게 분명했다.

"작작 먹이지 그랬어."

"대리님, 나오셨네요. 대리님도 같이 먹였으면서."

"내가? 언제? 예서 씨, 내가 그랬어?"

"네, 그러셨어요."

예서가 싱긋 웃으며 답변을 주었다. 자신을 제외한 모든 사람이 윤태경 먹이기에 동참했었다. 책임은 지지도 않을 거면서.

"마지막 커피 배달 왔습니다."

유 주임이 양손 가득 커피를 들고 직원들 사이를 비집고 들어왔다. 하나씩 커피를 빼 가자 예서 것만 남았다. 얼른 가져가지 않고 뭐하느냐고 캐리어를 흔들자 예서가 자기 몫의 커피를 들었다.

"왜 마지막이야?"

"이제 팀장님 카드는 팀장님께 돌려 드려야 해서요. 오늘까지 부탁받았거든요."

"아, 아쉽다. 아예 우리 지각하는 사람이 매일 아침 커피

쏘기 어때요? 자판기 커피로."

"좋네. 선경 씨, 오랜만에 한 건 했어."

한 대리가 엄지를 치켜세웠고 박철호를 빼고는 모두 동의했다. 집이 먼 철호는 대중교통보다 오히려 차를 몰고 올 때 지각을 했다. 차가 막히는 시간이기도 했지만 자차로 간다는 생각에 마음이 풀어지는 것 같았다.

예서는 자리에 앉아 모니터에 시선을 돌렸다. 네모난 알림 창이 떴다.

공윤서 비서에게서 쪽지가 도착하였습니다.

공윤서 비서면 함영무 전무의 비서인데…… 아무리 생각해도 개인적인 쪽지를 주고받을 사이는 아니라 예서는 고개를 갸웃하며 쪽지를 열었다.

예서 씨, 지금 바쁘지 않으면 잠깐 시간 내줄 수 있어요? 꼭 할 말이 있어서요.

어째 불안한 기분이 든 예서가 한 대리를 보았다. 말을 하고 가야 하나, 말아야 하나. 굳이 자신에게 쪽지를 보낸 이유가 있으리라는 예감에 함부로 말하면 안 될 것 같았다. 친분이 없는 만큼 더 조심스러웠다. 예서는 일단 공 비서를 만나고 난 뒤 한 대리에게 보고를 하는 쪽을 택했다. 발걸음이 괜히 무거웠다.

함영무 전무의 비서.

한 달도 버티지 못하고 관둔 여직원이 수두룩했다. 모멸감, 수치심, 인간답지 않은 대우. 언어폭력은 기본이고 여자직원의 엉덩이를 만지기도 한다는 소문도 있었다. 그래서 더 불안했다.

예서는 공 비서에게 휴게실에서 보자고 연락을 한 후 커피를 부적처럼 손에 꽉 쥐고 일어섰다. 고개를 돌리다 오픈 형식의 팀장실에 있는 윤태경과 눈이 마주쳤다. 그가 순식간에 눈을 피하며 헛기침을 하는 게 보였다.

은근 귀엽네, 윤태경 씨. 과거엔 귀엽다는 생각은 전혀 못했는데. 술주정한 걸 본인도 아는 모양이다.

회식의 여파로 태경은 주말 동안 회사에 나오지 못했다. 소주에 맥주, 나중에는 막걸리까지 섞어 마셔서 그런지 다음 날 머리가 깨질 듯이 아팠다. 속도 아파서 숙취 해소제를 구입할 정도였다.

술을 못 마시는 편이나 직원들에게 말리는 꼴은 죽어도 보여 줄 수 없어서 끝까지 멀쩡한 척 버텼다. 결국 마지막에 송예서에게 추태를 부렸지만.

잘 보여도 모자랄 판에 술주정이라니.

태경은 후, 한숨을 내뱉으며 창틀 쪽으로 몸을 돌렸다. 높은 빌딩 위에서 아래를 내려다보자 답답함이 좀 가셨다.

밀린 일까지 처리하다 보니 벌써 퇴근 시간이 다 되었다. 하나둘씩 직원들이 건물을 빠져나가는 걸 응시하며 팔짱을 끼었다. 누구는 오늘 밤늦게까지 야근을 해야 하는데 누구는 칼퇴근을 하고.

"송예서는 갔나."

일부러 팀장실에서 나가지도 않았다. 마주치면 민망할 것 같아서. 아직 인사하러 들어오지 않은 걸 보면 퇴근 전인 것 같다.

홍보팀 김준성. 일이 좀 마무리되니 그 이름이 문득 떠올랐다. 송예서와 꽤 친해 보였는데. 그 시간에 데리러 온 것만 봐도 보통 사이는 아니리라. 손에 자연스레 힘이 들어갔다. 경계해야 하는 대상인가.

사내에 적을 두고 싶지는 않으나 김준성은 적이라는 직감이 들었다. 올해 있다는 미국 본사 발령이 떠올랐다. 홍보팀에서 신청한 직원은 없는지 태경은 모니터에서 인사 발령 파일에 들어가 스크롤을 쭉 내렸다.

없다.

명단에 없는 '김준성'이라는 이름이 아쉬웠다. 영영 보내 버릴 방법은 없을까 고민하던 태경은 모니터를 끄고 잠시 피곤한 눈을 감았다.

갑자기 전화벨이 울렸다. 사촌 누나 현재인이었다.

"여보세요."

—한국 들어온 지가 언젠데 연락이 없어.

"바빴어."

윤씨의 씨를 말리고 싶다고 할 만큼 외가는 아버지를 싫어했다. 부모님이 이혼을 하신 후 연락이 끊겼으나 어머니가 암에 걸리게 되면서 다시 이어지게 되었다. 자주 찾아뵙지는 않아도 연락은 드렸었는데 한국에 들어온 다음 정신없이 바쁜 일상에 치여 전화 한 통을 못 하긴 했다.

현재인은 미국에서 유학 생활을 같이했기에 사촌들 중 제일 친했다.

—연애하냐? 바쁘게? 일 때문에 바빴다고 하지 마라. 내 남편 철야해도 애 만들 시간은 있더라.

"매형은 계속 바쁘시고?"

—언제 안 바쁜 적이 있었냐? 그래도 둘째 만들 시간은 만들어서 들어와. 아주 저걸 죽여 살려?

"무슨 일이야?"

—태경아, 알다시피 누나가 집에서 살림은 하지만 아는

사람이 꽤 있잖니. 얼마 전에 주은인지 주미인지 걔가 너랑 약혼한다는 소문이 돌길래.

새어머니한테서 소문이 새어 나간 건지 아니면 주아의 입인지 알 길이 없었지만 뒷목이 뻐근해졌다. 결혼 의사가 없다 뜻을 밝혔음에도 약혼과 결혼을 서두르는 새어머니를 이해할 수가 없었다.

형보다 좋은 상대와 결혼을 할까 싶어 전전긍긍하는 게 정말 꼴불견이었다. 차라리 빨리 결혼을 해 버릴까. 태경의 눈이 자연스레 인사팀 직원의 자리로 향했다. 예서의 자리가 비어 있었다. 퇴근을 한 건가. 인사도 안 하고?

"그럴 일 없어."

ㅡ모임 때문에 갔던 호텔에서 우연히 봤는데, 걔 성깔 있어 보이더라. 좀 막무가내 스타일? 내가 그런 애들 전문이잖아. 언제든지 맡겨. 머리카락을 다 뽑아 버리게.

"누나, 근데 매형이 주사 부린 적 있어?"

ㅡ주사? 예전엔 있었지.

태경은 피곤한 눈을 끔뻑거리며 탕비실 쪽으로 향했다. 커피라도 마셔야 정신이 좀 들 것 같았다. 혹시 누군가 통화 내용을 듣기라도 할까 싶어 발걸음을 비상구 쪽으로 돌렸다.

"어땠어?"

ㅡ뭐가? 주사가 어땠냐고? 아주 개 같았지. 남편 아니었

146

으면 버렸을 거야. 나까지 취하면 안 되겠다는 생각이 들더라고. 술이 인간을 개로 만들더라. 그건 왜?

"개는 아닌데."

자신의 주사는 조용조용한 편이었다. 아, 송예서가 별로라고 생각하면 어쩌지. 미간이 절로 찌그러졌다.

—왜? 너 주사 부렸어? 그래도 네 주사는 귀여운 편이잖아. 직원들이 봤어?

"그건 아닌데."

가장 중요한 상대가 봐 버렸다.

—윤태경이 유일하게 동생 같아지는 순간이지. 조카 보러 언제 올 거야?

"시간 내서 갈게."

—그래, 그럼 네 주사 본 상대도 데리고 와.

"눈치챘어?"

—내가 등신이냐. 네가 이유 없이 물어볼 리가 없잖아. 여자 측 무시하면 안 된다.

송예서에게도 측이 있을까. 그럼 내가 왜 이러는지 알 텐데. 전화를 끊은 태경은 비상구 문을 열려다 발을 멈췄다. 보안실 쪽에서 예서를 본 것 같았다. 태경은 슬그머니 돌아가 보안실 문을 살짝 열었다.

말도 안 되는 광경이 벌어지고 있었다. 함 전무의 손이 예서를 향하고 있었다. 정확히는 예서의 어깨를 밀며 무언가를 나무라는 눈치였다. 팀장인 자신도 모르는 일이 벌어지고 있다. 누구의 편을 들어야 할지 생각하기도 전에 몸이 움직였다.

"지금 뭐하시는 겁니까."

태경은 문을 벌컥 열고 들어가 예서를 자신의 뒤로 숨긴 후 큰 소리를 내었다. 입사한 지 얼마 되지 않았기에 임원들과 굳이 부딪칠 일은 만들지 않으려고 인사이동도 조심스럽게 하고 있었다. 그마저도 직원들은 단호한 인사 처리라고 말하지만 이전 회사에 비하면 조심스러운 축에 속했다.

그런 그가 입사 후 처음으로 내는 큰 소리였다.

"이게 무슨 상황입니까? 함 전무님, 저희 직원이 함 전무님께 무슨 잘못을 했습니까? 제가 납득할 만한 일이 아닐시 사내 규정대로 처리해도 되겠습니까?"

일단은 직원을 챙기는 게 먼저였다. 하필 그 직원이 송예서라니.

입사 후 그가 제일 먼저 한 일은 쳐 낼 대상들을 추리는 것이었다. 그중에는 함 전무도 속해 있었다. 회사 회계 장부와 대리점 점주들에게 뇌물을 받은 것까지. 물론 세탁하여 다른 계좌로 들어왔으나 태경은 바보가 아니었다.

태경의 매형은 금융회사를 다니고 있지만, 본업은 해커이다. 그의 뛰어난 정보력과 제 촉을 합쳐 뒤를 캐다 보면 털어서 먼지 하나 없는 사람은 존재하지 않았다.

회식 때 들은 이야기를 바탕으로 함 전무의 뒤를 매형에게 부탁해 더 자세히 알아봤다. 더러워도 이렇게 더러울 수가 없었다. 언제 터뜨릴지 기회만 보고 있었는데 굳이 앞당길 이유를 만들다니. 태경이 비릿하게 웃었다. 라인코리아 대표가 굳이 자신을 스카우트를 한 이유. 이런 늙은이를 쳐 내라는 뜻이었다.

오전에 만난 공윤서 비서는 출산을 하고 두 달 만에 복귀를 했다.

출산 휴가를 낼 당시 인력이 부족하다고 판단한 인사팀 내부에서 대표실 비서를 새로 뽑았다. 공 비서의 자리를 공석으로 두기엔 비서실에서 해야 할 일이 턱없이 많았기 때문이다.

그런데 고작 두 달밖에 되지 않았는데 집안 사정으로 공 비서가 복귀를 해야 할 것 같다는 말을 전해 왔다. 현재 공석은 함영무 전무 비서실뿐이라 그쪽으로 발령을 냈는데 거기서 문제가 생긴 모양이었다.

함 전무는 부하 직원을 벌레만도 못하게 취급하기로 유명했다. 특히나 미혼 여성을 무시하기로는 최고의 악명을 보유

해 모두가 고민했지만 갑작스러운 발령이 가능한 곳은 거기뿐이었다. 고민을 하던 인사팀은 일단 함 전무 비서실로 공문을 내려 보냈다. 설마 유부녀인 공 비서에게까지 그러랴 싶은 생각도 한몫했다.

"예서 씨, 내가 고민하고 또 고민하다가 이대로는 안 될 것 같아서 연락했어요. 찾아보니까 성희롱은 증거가 필요하다더라고요. 녹음 파일은 준비했는데 함 전무 비서실 CCTV 확보를 할 수가 없어서…… 전에 보안실에 아는 사람 있다고 예서 씨가 말했던 게 떠올랐어요. 미안한데 부탁 좀 할게요."

이런 사건은 팀장님께 보고를 하고 같이 머리를 굴려 보는 게 좋겠다고 답변을 했으나 공 비서는 녹음 파일을 먼저 들어 줬으면 좋겠다며 직접 이어폰을 꽂아 주었다. 예서는 떨떠름한 표정으로 귀를 기울였다.

─공 비서, 커피 한 잔만. 라테로.
─네, 금방 올리겠습니다.
─아, 난 우유 말고 다른 거 타 줘.
─어떤 걸로 할까요?
─공 비서 우유, 모유 타 줘. 상상할 거 아냐. 하하하.

오 마이 갓. 이 미친놈이 뭐라는 거야? 오만상이 다 찌푸
려지며 머리카락이 쭈뼛 섰다. 너무 즐거워 보이는 웃음소리
에 잠시 침묵을 지킨 공 비서가 거부 의사를 표시했다.

―전무님. 이런 농담은 안 하셨으면 합니다.
―뭐? 왜? 기분 나빠? 기분 나쁘면 어쩔 건데? 꼬우면 네가 상
사해.

저런 새끼가 상사라니. 자신이 당한 일도 아닌데 어깨가
파르르 떨렸다. 공 비서는 아예 고소를 할 생각이라고 하였
다. 인사팀에 보고를 하면 적당한 징계로 끝나 버릴 수도 있
으니 CCTV만 확보할 수 있게 해 달라고 부탁했다.

예서는 고개를 끄덕이고는 지인에게 연락했다. 보안팀 직
원은 준성의 친구로 오며 가며 인사하는 사이였다. 사내 쪽
지로 전무팀 비서실 CCTV를 부탁하자 직원들이 퇴근한 이
후에 찾으러 오라는 답변을 받았다. 예서는 일이 끝나기만을
기다렸다. 공 비서가 안타까웠다.

사무실의 절반가량이 퇴근했을 때 예서는 조용히 보안실
로 향했다. 그런데 거기서 맞닥뜨린 건 함 전무였다.

영문을 몰라 함 전무와 보안팀 팀장, 준성의 친구까지 번

갈아 보았다. 불길한 기운이 등줄기를 타고 올라왔다. 입술을 잘근잘근 물었다.

가타부타 설명도 없이 손바닥이 예서의 얼굴로 날아왔다. 예상치 못한 전개에 피할 틈도 없이 정통으로 맞았다. 몸이 휘청하며 귀에서 이명이 들렸다.

"햇병아리 주제에 어딜 나서."

"……."

"보안팀장이랑 저녁이나 먹으러 내려왔는데 저 친구가 내 CCTV를 보고 있지 뭐야? 찝찝해서 공 비서 행적을 좀 뒤졌더니 여기 피라미가 한 명 더 있었네?"

함 전무가 비릿하게 웃으며 예서의 이마를 손가락으로 탁 탁 밀었다.

"사람 봐 가면서 일을 해야지. 똥인지 된장인지 구분 못 해?"

"전 제 일을 한 겁니다, 전무님."

목소리가 달달 떨리는 와중에도 예서는 바닥을 보며 말했다. 두려움에 질려 목소리가 작게 나갔으나 상대방은 들은 눈치였다.

"네 상사가 누구더라."

잠시 생각을 하는 듯 팔짱을 끼더니 함 전무의 인상이 구겨졌다.

"그 새끼 밑이어서 네가 앞뒤 분간을 못 하는구나."

함 전무의 손가락이 예서의 어깨를 끊임없이 밀었다. 손가락 하나뿐인데도 어깨가 반이나 돌아가고 몸이 휘청거렸다. 더 말대꾸를 하면 저 손바닥이 다시 한 번 날아올 것 같아 예서는 두 주먹을 꽉 쥐고 입을 닫았다. 괜히 불난 집에 부채질을 해서 맞을 필요는 없었다.

태연한 척하고 있지만 사실 무서웠다. 가슴이 불안정하게 뛰었다. 누군가 구해 줬으면. 오만가지 생각이 스쳤다. 보안실 직원 중 단 한 명도 함 전무를 말리지 않았다. 도와줄 이가 없다는 것에 절망하고 있을 때였다.

"지금 뭐하시는 겁니까."

구원의 목소리였다. 태경의 얼굴을 보자마자 안도감이 먼저 일었다. 그의 얼굴을 보자 울컥 눈물이 날 것 같았다. 다른 이라면 몰라도 태경은 믿을 수 있다는 묘한 확신이 가슴속을 휘저었다.

"이게 무슨 상황입니까? 함 전무님, 저희 직원이 함 전무님께 무슨 잘못을 했습니까? 제가 납득할 만한 일이 아닐시 사내 규정대로 처리해도 되겠습니까?"

태경이 예서를 뒤로 숨겼다. 무슨 상황인지 모를 그가 제 편을 들어 주었다. 예서는 긴장이 탁 풀려 바닥에 주저앉았다. 어떻게 정신을 부여잡고 있었는지도 모르겠다. 이제야 맞은 볼이 화끈거렸다.

"보안팀장님, 예서 씨가 부탁한 자료 저한테 주시죠. 아닙니다. 제가 가져가면 되겠네요."

그걸 또 언제 봤는지 USB를 빼서 셔츠 포켓 주머니에 넣은 태경이 팔짱을 끼고 함 전무를 노려보았다. 그의 기에 눌린 함 전무가 헛기침을 하며 딴청을 피웠다.

"회사에서 매달 월급날마다 과분히 준다는 생각을 했습니다."

차분하게 말하다 태경이 잠시 멈추고 씩 웃었다.

"지, 지금 자네 나한테 하는 소린가?"

도둑이 제 발 저린다더니 딱 그 꼴이었다.

"아뇨, 저한테 한 말입니다. 양심은 있으신가 봅니다, 함 전무님."

"뭐, 뭣이!"

함 전무는 약자에겐 강하지만 강자에겐 약하다. 태경이 누구에게 스카우트 됐는지 이미 알고 있을 것이다. 그래서 태경에게 함부로 대하지 못했다. 붉으락푸르락해진 함 전무가 씩씩거렸다.

"이제 대표님께 죄송하지 않게 월급 주시는 만큼 열심히 일하려고 합니다. 예서 씨, 얼마 전에 공석이라는 곳이 어디였죠?"

예서는 오늘 아침 회의했던 내역을 떠올리다 조심스레 대답을 했다.

"베트남 하노이 생산팀 말씀하시는 건가요?"

"아, 거기가 베트남이었구나."

태경이 정확히 함 전무를 바라보며 말했다.

"회계 장부로 재미도 봤겠다, 말년은 베트남에서 보내시면 되겠네요. 원하시면 툭툭, 선물로 드리겠습니다. 그럼 이만. 예서 씨, 갑시다."

예서는 툭툭에서 참지 못하고 픕 웃었다. 보안팀 직원들도 툭툭을 알아들었는지 몇몇은 손바닥으로 황급히 입을 가리는 게 보였다.

예서는 그의 뒤를 따라 보안실을 빠져나왔다. 중요한 일을 몰래 처리하려 했다는 사실을 알게 되면 많이 혼날 것 같아 절로 시무룩해졌다.

여전히 볼이 화끈거렸지만 그의 기분이 더 신경 쓰였다. 세 발자국 정도 걸었을까, 갑자기 뒤를 돈 태경 때문에 예서가 그의 가슴에 이마를 부딪쳤다.

"옥상으로……."

정면으로 눈이 딱 마주쳤다. 태경이 놀란 듯 눈이 커지더니 예서를 스쳐 다시 보안실로 들어갔다. 곧이어 둔탁한 마찰음이 울려 퍼졌다.

"팀장님?"

둔탁한 소리에 놀라 예서도 보안실로 재빨리 들어갔다.

"생각해 보니 베트남 가면 쌀국수도 먹을 수 있잖아? 당신 같은 인간한테 쌀국수도 아까워."

얼마나 세게 맞았는지 함 이사의 코와 입술에 핏자국이 선명했다. 순식간에 일어난 일이라 보안팀 직원들도 멍하니 두 사람을 보고 있을 뿐이었다.

"너, 너 내가 누군 줄 알고?"

"함영무 전무, 47세. 대리점 점주들로부터 받은 뇌물로 두 딸은 미국으로 유학을 보냈고 지금은 회계장부를 조작하여 쏠쏠하게 재미를 보고 있음. 처남 친구의 명의로 필리핀에서 페이퍼 회사를 운영. 더 할까요?"

"……."

"베트남도 과분하지, 당신한텐. 여자를 때리는 건 개새끼도 안 해. 알아?"

"저, 저기 윤 팀장."

"협상은 없습니다. 권고사직? 그딴 거 개나 주라지. 당신은 그냥 해고야."

태경이 주먹을 쥔 채 손목을 돌리며 이를 꽉 물었다. 분이 풀리지 않았다. 어깨를 뒤로 당기자 함영무가 놀라서 뒷걸음질 치는 것이 눈에 들어왔다. 태경이 피식 웃었다. 어깨를 한 바퀴 돌리더니 보안실 직원들을 하나하나 눈에 담는 게 보였다.

"여자가 맞는데 가만히 보고 있습니까? 누가 이런 보안팀 믿고 일을 하겠습니까? 차라리 로봇을 고용하는 게 낫지. 로봇이 사람보다 나은 세상을 여기서 보게 될 줄 몰랐네요."

"……죄송합니다."

"송예서 씨는 내일부터 팀장실에서 같이 근무합니다. 오늘은 이만 퇴근하세요."

그는 그 말만 남기고 보안실을 빠져나갔다. 예서가 급하게 태경의 뒤를 따랐다. 엘리베이터 앞에 도착했을 때 그가 갑자기 뒤로 돌아섰다. 시선이 저를 향하는 것에 예서가 흠칫 놀라 어깨를 움츠렸다.

"뭘 그렇게 놀라?"

"말씀 못 드리고 혼자 일 처리해서 죄송합니다. 제가 사건 사고를 몰고 다니네요."

"……음."

태경이 팔을 뻗었다. 예서가 깜짝 놀라 눈을 감았다. 함 전무에게 한 번 맞아서 그런지 올라가는 손만 봐도 자동으로 몸이 반응했다.

그의 손이 예서의 볼에 닿았다. 간질거릴 정도로 부드럽고 조심스러운 손길이었다.

"USB 보고 나서 죄송하다고 인사를 받을지 말지 결정할 건데."

"……."

"분명, 잘했다고 칭찬할 거야. 송예서, 믿으니까."

말 한마디가 천리를 간다고 했다. 그의 말에 천군만마를 얻은 느낌이었다.

다음 날 아침, 예서는 평소보다도 일찍 출근해 짐을 쌌다.

어제 태경은 엘리베이터를 타지 않았다. 그는 보안팀과 할 이야기가 있다며 꼭 택시를 타라고 신신당부를 하고는 그대로 돌아갔다. 볼이 부은 채로 대중교통을 타기가 민망해 어차피 택시를 탈 예정이긴 했다.

아이스 팩을 붙이고 자긴 했는데 볼에 시퍼렇게 멍이 들었다. 피부가 예민한 편이 아닌데 가라앉기는커녕 부풀어 오르기까지 했다. 그만큼 함 전무의 손이 매웠던 것이다. 혀로 얼얼한 볼 안쪽을 쓸듯이 문지르다 한 대리와 눈이 마주쳤다. 얼굴 가득 놀란 표정을 지으며 가방조차 내려놓지 않은 채 다가왔다.

"예서 씨? 누구한테 맞았어? 이게 뭐야? 어떤 년이야? 근데 짐은 왜 싸? 어디가?"

"아, 그게."

어제 있었던 일을 구구절절 말해야 하나. 아직 팀장에게 제대로 보고도 못 했는데. 보고할 생각을 하니 머리가 지끈거렸다.

"안 그래도 오늘 아침에 함 전무 소식 듣고 놀랐는데. 주식 다 양도하고 사표도 냈다며. 경찰들도 와 있고. 어제 무슨 일 있었어? 아무래도 보안팀장한테 물어봐야겠다. 아까 다들 보안실 앞에 있던데. 예서 씨, 나 좀 갔다 올게."

한 대리가 가방만 놓고 후다닥 나가는 걸 본 후 예서는 서류들을 박스에 담았다. 팀장실 문을 두드리고 조심스럽게 들어가 빈 책상에 박스를 내려놓았다. 최대한 조용조용 자신의 짐을 꺼내다 약봉지를 발견했다.

멍이 난 곳에 바르는 연고였다. 예서는 태경 쪽을 바라보았다.

"감사합니다, 팀장님."

"감사하면 앞으로는 누구한테 맞고 다니지 맙시다."

그의 미간에 자잘한 주름이 생겼다. 여전히 불쾌해 보였다. 모니터를 보면서 말하던 태경이 의자를 밀며 일어섰다. 결국 예서의 앞까지 온 그는 연고를 빼앗아 뚜껑을 땄다.

"이거 봐, 멍들 줄 알았어. 어제 약 안 바르고 잤죠?"

"네."

"그럴 것 같더라니."

연고 뚜껑을 반대로 돌려 꽂았다. 작은 틈 사이로 하얀 연고가 조금씩 새어 나왔다. 태경이 연고를 묻혀 예서의 볼 쪽으로 손을 내밀었다.

"여, 여기 밖에서 다 보이는데요."

"그래서요."

"제가 바를게요."

"어제 밤에도 안 바른 거, 지금 바르겠어요? 그냥 내가 하고 말지."

태경의 손이 예서의 볼에 닿았다. 슥슥, 문지르는 그의 손 때문에 긴장을 한 예서가 어깨를 움츠렸다.

"아!"

예서가 아픈 신음을 터뜨렸다. 뻔히 멍이 든 걸 알면서 눌러 보는 건 무슨 심보야. 예서는 속으로 투덜거렸다.

"내가 누른 여기 아침, 점심, 저녁으로 약 발라요. 알았죠?"

"네."

"멍 빠질 때까진 같이 근무해요. 출, 퇴근 같이. 함 전무가 어떻게 나올지도 모르고."

"공 비서 사건 보고 드리지 않은 건 죄송합니다. 제가 혼자 처리하려다 일을 키운 꼴이 되었네요."

"알면 됐고."

태경이 퉁명스럽게 답했다. 공 비서를 도운 사건을 구구절
절 이야기하려다 입을 다물었다. 이미 알고 있는 눈치라 더
꺼내기도 민망했다. 예서가 책상 위에 있는 자신의 손끝을
말았다.

"공 비서님께 들었어요?"

"네, 아침에 제가 불렀어요. 예서 씨한테 미안하다고 전해
달래서 싫다고 했어요. USB도 확인했고 녹음 파일도 들었어
요."

"진짜요? 싫다고 하셨어요?"

딴청을 피우며 유리문 쪽으로 고개를 돌리는 태경의 모습
에 예서가 '허!' 실소를 터뜨렸다.

"참 이거 받아요."

뒷주머니에서 지갑을 꺼낸 태경이 그 안에서 카드 한 장을
빼 예서에게 주었다.

"아침마다 커피 한 잔씩."

"커피요?"

"제가 커피 사기로 했잖아요. 인사팀 전체 직원들 사 주느
라 허리 휠 뻔했네. 앞으론 예서 씨 것만 사 와요."

"안 그러셔도 되는데."

"견과류 알레르기요? 진짜 미안해서 어쩌나. 앞으로 커피는

161

제가 살게요."

태경이 했던 말이 떠올랐다. 굳이 안 사 줘도 되는데. 하긴 태경은 약속 하나는 잘 지키는 사람이었다. 기태와 한 약속 때문에 정말 감쪽같이 속이지 않았나.

"그래요, 그럼."

예서가 됐다고 하자 태경이 자신의 카드를 도로 지갑에 집 어넣었다.

"앞으로 무슨 일 있으면 나한테 꼭 말해요, 알겠죠?"

"네."

"이번 한 번만 봐줍니다, 딱 한 번만."

만약 상관이 다른 사람이었다면 예서도 크게 혼났을 것이다. 상관의 허가 없이 멋대로 일을 벌인 셈이니. 태경이 팀장으로 온 게 어쩌면 예서에게도 좋은 일일지도 모르겠다. 과거의 인연이 이렇게 쓸모가 있을 줄은 몰랐다.

한 주가 어떻게 지나갔는지 모르겠다. 달력을 보니 벌써 금요일이었다. 함 전무 때문에 일주일이 훌쩍 갔다. 그사이 마주치는 직원들마다 괜찮으냐고 물어와 예서는 팀장실에 있는 게 차라리 편했다.

정신이 들고 보니 팀장의 개인 비서가 된 느낌이었다. 바쁜 태경을 대신해 복사나 서류 정리를 도맡아 했고 이제는 팀장실 전화까지 예서가 받는 지경에 이르렀다. 동시에 울리는 전화를 나누어 받기 시작한 게 그 시초였다. 태경이 어려운 몇몇 직원들은 예서에게 전화해 전해 달라 말하기도 했다. 심지어 태경의 기분을 살피는 쪽지나 메일도 있었다.

아니나 다를까, 또 전화벨이 울렸다. 예서는 속으로 한숨을 내쉬며 수화기를 들었다.

"네, 인사팀 송예서입니다."

—예서 씨, 안녕하세요? 저예요, 선경.

"선경 씨? 어쩐 일이세요?"

—얼굴 보기가 힘들어서요. 팀장님은 잘해 줘요?

"네, 잘해 주세요."

—나 하나만 물어볼게요. 팀장님 주먹이 그렇게 크다면서요, 황소 주먹처럼. 정말 커요?

"주먹이요?"

본 적이 없어 모르겠다고 답하려다 며칠 전의 기억이 떠올랐다. 확실히 본 기억이 있었다. 함 전무의 피가 묻은 주먹은 묵직하고 강해 보였다. 남들보다 손이 커서 그런지 유독 마디가 올록볼록해 단단하게 느껴졌다.

—네, 주먹.

"컸던 것 같아요. 남자들 주먹은 다 크지 않나요?"

―어머, 다 크긴요. 주먹도 남자 나름이죠. 예서 씨, 좋겠네요.

"제가요? 왜요?"

―아! 대리님 잠시만요. 이제 물어볼게요. 예서 씨, 미안요. 점심도 팀장님하고 드시니까 따로 물어볼 시간이 없어서요. 팀장님, 안 계시죠?

옆에서 한 대리도 같이 듣고 있었나 보다. 투명한 벽을 사이에 두고 웬 전화 통화람. 예서가 선경의 자리를 보았다. 두 사람도 그녀를 보고 있었는지 눈이 마주쳤다. 예서가 검지와 엄지로 동그라미를 만들었다.

―다행이다. 팀장님이 예서 씨한테 호감 있다고 소문이 돌던데…… 둘이 진짜 뭐 있어요?

"네? 아뇨?"

―그래요? 1층 카페 주인이 썸 탄다고 그랬대요. 대리님, 아니라는데요? 일단 예서 씨, 나중에 봐요. 팀장님 지금 그쪽으로 가세요.

예서가 전화를 끊고 떨떠름한 표정을 지었다. 윤태경 팀장과 사귄다는 소문이 났다고? 출퇴근 시간이 같긴 하지만 그의 차를 탄 적도 없고 사석에서 본 적도 없다. 점심시간에 점심을 먹은 게 다인데.

"안녕하세요, 팀장님."

예서는 태경에게 고개를 숙여 인사했다.

"좋은 아침입니다."

탁, 소리가 나게 예서의 책상 위에 커피를 놓은 그가 재킷을 벗어서 제 의자에 걸쳤다.

"팀장님, 혹시 커피 1층 카페에서 사 오세요?"

"응. 맛 별로야?"

"아뇨, 맛있어요."

고작 커피 가지고 썸 탄다는 소문을 내다니. 수다스러울 때부터 알아봤다. 예서는 카페 주인에게 이상한 소문 내지 말라고 한마디 해야겠다 생각했다.

"예서야!"

휴대폰으로 전화를 받던 태경이 급하게 예서 쪽으로 걸어와 화분을 빼앗아 들었다. 입 모양으로 장소를 묻는 태경에게 팀장실 구석을 가리켰다. 그는 자연스럽게 화분을 옮겨 놓았다.

얼마 전 점심 식사를 하고 오다가 꽃들이 너무 싱그러워서 넋을 놓고 본 적이 있었다. 그날 오후, 태경은 사무실이 너무 삭막하지 않냐며 갑작스레 화분 몇 개를 주문했다.

"더 있어?"

예서가 고개를 끄덕였다. 화분을 4개나 샀으면서 기억도 못 하는 모양이었다. 얼추 통화를 마친 그가 그녀를 따라나섰다.

"제가 할게요. 별로 무겁지도 않은데요."

"분무기에 물이나 떠 와요. 딱 보기에도 무겁게 생겼는데."

팀장실 밖에 쪼르르 세워져 있던 화분들을 태경이 하나씩 들고 들어왔다. 점심시간에 다녀간 택배 기사가 바깥에 세워 둔 것이었다. 예서는 그의 말대로 분무기에 물을 담아 왔다.

"뭐 더 시킬 일 없어? 한 번에 하게."

"아뇨, 없는데요……."

말하고 나니 이상했다. 남들이 들으면 누가 팀장인지 아리송하지 않을까? 당황한 예서가 어물어물 말을 줄였다. 그러고 보면 폐기할 서류들을 파쇄기까지 종종 들어다 주곤 했다. 팀장실 안에 있는 정수기의 물도 그가 직접 갈았다. 어느 순간부터 예서가 갈기 전에 이미 꽂혀 있는 경우가 대부분이었다.

"시킬 일 있으면 언제든 시켜요. 남는 게 힘이라서."

역시 이상하다. 뭔지 모르게 찜찜하다. 자리에 앉아 모니터로 시선을 돌리는 태경을 힐끗 보았다. 이상한데 뭐가 이상한지 모르겠다.

한 달 뒤에 있을 워크숍 때문에 오후 시간은 숨 가쁘게 돌아갔다. 어느덧 시계를 보니 퇴근 시간이 지나 있었다. 예서는 기지개를 켜며 태경의 자리를 보았다.

회의 시간의 그는 꽤 멋있었다. 소매를 걷어붙이고 사람들의 말을 귀담아 들으며 면밀히 자료를 살피는 모습이 떠올랐다. 대화 도중 그가 생각하기에 잘못된 부분이 나오면 조목조목 이유를 대 가며 상대방을 설득시켰다. 회의하는 내내 목소리를 높이지도 않았다.

회계팀, 인사팀, 관리팀. 세 팀 사이에서 오가는 은근한 견제들도 중심을 잡아 주었다. 가운데서 조율하는 것이 자연스러워 모두 그가 주도하는 분위기에 따라 의견을 내었다. 옆길로 새는 경우가 생기면 티 나지 않게 본 화두로 이야기를 끌어왔다.

직원들의 아이디어가 마음에 들 때는 한쪽 입꼬리를 말아 올리며 고개를 끄덕였다. 연하게 쌍꺼풀이 졌다.

예서는 멍하게 펜을 돌리며 태경을 생각하다 손바닥으로 볼을 툭툭 두들겼다.

설마, 송예서.

아닐 거야. 또 마음을 주는 바보 같은 짓은 하지 않겠지. 예서는 고개를 저었다.

생각해 보면 과거에도 태경은 의미심장하게 행동했다. 그가 모든 사람에게 친절한 건지, 아님 자신이 공주병인 건지. 자꾸 사람을 헷갈리게 하니 예서는 마음이 뒤숭숭했다.

주말에 추가 근무를 피하려면 야근이 불가피했다. 워크숍 예산 때문에 회계팀과 조율이 제대로 이루어지지 않아 몇 가지 프로그램을 조금 더 저렴한 쪽으로 바꾸기로 했다. 작년 워크숍은 질이 형편없었기에 신경을 썼더니 그래도 이번엔 손볼 구석이 많지 않았다. 이 정도면 큰 수확이다.

서류를 보며 여러 업체를 비교하던 와중이었다. 모니터 화면에 메시지가 떴다.

쏭, 우리 쏭. 뭐해? 안 바쁘면 탕비실로 와 봐.

준성이었다. 예서는 휴대폰을 테이블에 올려 둔 채로 일어섰다. 팀장이 올 때까지 기다리기도 뭣해서 얼른 다녀올 생각으로 조심스레 문을 열었다.

탕비실로 내려간 예서는 코끝을 스치는 냄새에 집중했다.

"초밥! 우동!"

"와, 너 귀신이다."

"얼른 꺼내 봐."

잠이 쏙 달아났다. 준성이 쪼개 준 나무젓가락을 건네받은 예서는 포장된 초밥을 와사비가 잔뜩 풀어진 간장에 찍어 먹었다.

"꿀맛이다. 나 야근하는 거 어떻게 알았어?"

"회의하는 거 봤어. 길어지는 거 보니까 오늘 야근하겠다 싶더라고. 물도 마셔 가며 먹어."

준성이 물병을 따서 예서에게 주었다. 예서는 물을 받아 드는 대신 우동 국물을 그릇째로 잡아 후루룩 마셨다.

"물보단 이거지. 넌 안 먹어?"

"응. 너 먹는 거 보고 퇴근하려고."

"너 오늘 너무 친절하다? 왜 또 차였어? 주말에 같이 술 마셔 줘?"

"말은 바로 해. 차인 건 딱 한 번뿐이지."

준성이 예서의 입에 묻은 밥풀을 떼어 주며 말했다.

"왜 그렇게 봐?"

준성이 뚫어져라 보는데도 예서는 초밥을 밀어 넣었다.

"내가 이렇게 보는데 밥이 넘어가?"

"안 넘어갈 건 또 뭐야?"

허겁지겁 먹으면서 말했더니 그의 옷에 밥풀이 튀었다.

"미안, 이걸로 닦아."

예서가 일회용 물티슈를 주며 왼손으로 초밥을 입에 넣었다. 우적우적 먹는다는 표현으로도 차마 그녀의 모습을 다 설명할 수 없었다.

"말을 말자."

"왜? 해."

"됐다. 갈 길이 너무 멀어."

"그럼 빨리 귀가해. 근데 너 집 별로 안 멀잖아? 이 시간이면 20분이면 갈 텐데? 갈 길이 멀긴."

먹느라 한글이 다 파괴된 발음을 알아들은 준성이 예서의 볼에서 밥풀을 떼어 냈다. 그의 손길에도 예서는 먹는 속도를 늦추지 않았다.

"지금 몇 시야?"

"7시 34분."

"으엣? 벌써?"

어느새 초밥이 반이나 비워져 있었다. 10분만 쉴 생각이었는데 20분이나 지나 버렸다. 예서는 자신의 주머니를 더듬거렸다. 아무것도 만져지지 않아 당황한 예서가 하얀 봉지와 초밥이 들어 있던 일회용 접시를 들어 보며 입술을 삐쭉 내밀었다. 그러다 책상 위에 두고 온 걸 떠올렸다.

"나 들어가 봐야겠다. 휴대폰 두고 왔어. 팀장님 오셨을 것 같아."

"이따 데리러 올까?"

"뭣하러? 불금인데 놀러 가. 너 노는 거 좋아하잖아."

"쏭, 내 이미지가 좀 그런데?"

"뭐래. 놀기 좋아하고 여자 친구는 한 트럭에 가끔 차이기도 하고. '한 사람한테 정착하기 전까진 많이 만나 보는 게 좋다'가 네 연애관이잖아. 나 간다. 진짜 늦었어."

"야, 나 안 그래!"

"널 본 세월이 얼만데."

예서가 준성의 등을 퍽 한 대 때리고 팀장실로 발을 재촉했다. 누구보다 빠르게 뛰어간 예서는 어느새 돌아와 서류를 넘기고 있는 태경과 눈이 정면으로 부딪쳤다.

"죄송합니다."

"아냐, 가서 일 봐."

태경의 말에 예서가 고개를 한 번 더 숙이고 자리에 앉았다. 휴대폰을 켜 보니 윤태경에게서 전화가 다섯 통이나 와 있었다.

"팀장님."

"왜?"

퉁명스런 목소리였다. 잠깐 자리를 비운 게 화낼 일인가. 같은 공간에 있다 보니 별걸 다 신경 써야 한다. 남자 직원들은 일하다가도 담배 피러 가 10분, 20분씩 알아서 옥상에서 쉬고 오고. 여자 직원들도 화장실만 갔다 하면 10분이었다. 잠깐 쉰 건데 괜히 찜찜했다.

"급한 일 있으셨어요? 전화가 많이 와 있어서요. 시키실

일 있으면 지금 주세요."

"아니, 없어."

예서의 말이 끝나자마자 태경이 바로 대답을 했다. 사람 말이 끝나기도 전에 대답한 느낌이었다.

똑똑.

"네, 들어오세요."

몇몇 직원들이 퇴근 인사를 하러 들어왔다. 팀장실에 있다 보니 태경이 인사를 받고 나면 예서도 일어서서 선배들에게 인사를 해야 했다. 이건 또 이거대로 귀찮았다.

한 대리까지 전부 퇴근을 한 시각은 9시였다. 예서도 기지 개를 쭉 펴며 슬슬 갈 준비를 했다. 얼추 일도 마무리되었고 보고서는 주말에 집에서 쓸 생각이었다. 더 이상은 눈이 핑 핑 돌아서 견딜 수가 없었다. 급하게 먹은 초밥이 속에서 부 대끼고 있었다.

"팀장님, 먼저 퇴근하겠습니다."

"응."

예서가 핸드백에 휴대폰과 파우치를 넣고 지퍼를 닫았다. 운동화로 갈아 신은 후 서랍에서 캡 모자를 꺼내서 눌러썼 다. 오랜만에 집 앞에 있는 헬스장에 갈 계획이었다. 좀 뛰어 야 음식이 꺼질 것 같다.

"송예서."

"네?"

"밤길 위험하니까 조심히 가라고."

"지금 9시밖에 안 됐어요. 위험하긴요."

"주말에 뭐해?"

"보고서 작성하고 집에서 좀 쉬려고요."

"운동화 예쁘네."

예서는 자신의 운동화를 보았다. 흰 운동화에 중간중간 때가 껴서 누가 봐도 새로 산 운동화는 아니었다. 나중에 뭐 사달라는 건가?

"감사합니다."

"원래 모자 쓰고 다녀?"

퇴근하려는데 자꾸 말 거는 건 무슨 의도일까. 이건 신종 괴롭힘인가? 예서가 모자를 벗고 다시 책상에 앉았다.

"시키실 일도 없으면서 자꾸 말 거시는 거! 먼저 퇴근하지 말라는 거죠?"

"아냐, 퇴근해."

"진짜 가요?"

"응."

예서는 의심스런 눈초리를 보내며 모자를 푹 눌러썼다.

가끔 예서는 허물없는 표정을 지을 때가 있었다. 태경이 상사여서 그런지 툴툴거리는 표정이 그대로 드러났다. 과거에 꽤 친하게 지냈던 만큼 종종 이렇게 고등학생 때의 그녀로 돌아가는 것이다. 가끔은 존댓말과 반말이 섞여 나오기도 했다.

"송예서."

"왜 또! 왜요?"

"아니, 김준성 사원하고는 친해?"

"네, 좀 친해요. 룸메이트에다가 엄마들끼리도 친구셨고, 서로 힘들 때 소주 한 잔씩 하는 사이예요. 됐죠?"

목 끝이 뻣뻣해졌다. 피곤함이 몰려와 졸리기도 했다. 체력이 좋지 못한 예서는 금요일만 되면 피곤이 누적돼서 힘들어했다.

"룸메이트?"

"아."

예서가 아차 싶어 눈이 커졌다. 태경이 어느새 자리에서 일어나 다가오고 있었다. 이제껏 일부러 출근도 따로 했는데, 제가 먼저 꺼내다니. 너무 조심성이 없었다.

"팀장님, 다른 직원들한테 말씀하시면 안 돼요. 아셨죠?"

여직원들에게 미움을 사고 싶지 않은데. 이상한 소문이라도 날 경우를 생각하자 눈앞이 아찔해졌다. 얼른 준성의 집에서 나와 독립을 하던지 해야지. 미국 본사 발령이 날 때까지만 기다리면 되는데. 그러고 보니 발령 신청도 안 했다. 요

즘 정신없이 돌아가는 회사 상황 때문에 대기를 건다는 걸 깜빡했다.

예서가 고개를 숙여 인사를 하고 재빨리 팀장실을 벗어났다. 태경의 벙 찐 표정이 마음에 걸렸다. 월요일에 꼬치꼬치 캐묻는 건 아니겠지. 굳이 직원의 사생활을 폭로하진 않을 것 같고. 직원들의 정보를 관리하는 인사팀의 특성상 입 무거운 사람이 대부분이었다. 태경도 물론 그럴 것이다.

애써 스스로를 다독인 예서가 엘리베이터로 향하다가 탕비실을 흘끗 보았다. 사람들이 모두 모여 있는 모습에 호기심이 든 그녀는 탕비실 문을 열었다.

"다들 퇴근 안 하셨어요?"

"예서 씨, 이제 퇴근하는구나. 이거 먹을래?"

"와, 초밥이네요."

예서는 얼른 한 자리를 차지하고 앉아 나무젓가락을 반으로 쪼갰다. 아까 제대로 못 먹었는데. 준성이 사 온 것보다 더 고급스러워 보였다. 회를 뜬 지 얼마 안 됐나? 윤기가 좔좔 흘렀다.

"여기가 초밥 맛집이래."

"그래요? 한 대리님, 잘 먹겠습니다."

예서가 한 대리에게 인사를 하고 초밥을 꿀꺽 삼켰다. 연어였다. 부드럽게 퍼지는 연어의 향과 와사비가 조화를 이루었다.

"근데 양이 좀 적네요. 이거 우리 먹으라고 사 준 거 맞아
요?"

선경이 고개를 갸우뚱하며 한 대리에게 물었다. 그러고 보
니 한 대리와 선경, 딱 두 사람이 먹을 양이었다.

"혹시 팀장님이 예서 씨 주려고 산 거 아니야?"

"네?"

놀리는 말투에 먹던 초밥이 목에 걸려 예서의 얼굴이 빨개
졌다. 한 대리가 챙겨 준 물을 꿀꺽꿀꺽 삼켰다. 와사비 때문
에 눈가에 눈물이 맺혔다.

"선경 씨, 예서 씨 그만 좀 놀려. 울려고 하잖아."

"반응이 너무 재미있어서요. 이왕 사 올 거면 많이 좀 사
오시지."

초밥 3개를 집어 먹으니 접시가 텅 비었다. 아쉬움이 느껴
질 만큼 꿀맛이었다. 다만, 팀장이 사 왔다는 말이 걸렸다.
그러고 보니 윤태경은 저녁도 안 먹고 일하는 것 같던데. 잠
깐 외출한 게 이것 때문이었나. 같이 먹으려고 사 온 걸까.

"아, 맛있다. 나중에 여기 어딘지 물어봐야겠다."

"예서 씨, 바로 퇴근?"

"아뇨, 먼저 가세요. 저 사무실에 두고 온 게 있어서요."

"그래요, 그럼."

예서는 찜찜한 마음으로 나무젓가락을 치우고 물티슈로 닦으며 정리를 했다. 함께 치우던 선경의 말도 들리지 않을 만큼 심란했다. 선경과 한 대리가 엘리베이터에 타는 것까지 본 후에야 예서는 팀장실 쪽으로 발걸음을 돌렸다.

모닝커피, 초밥, 의미심장한 말투.

사람을 착각하게 만드는 행동 때문에 예서는 직원들에게 놀림까지 받았다. 과거엔 물어보지 못했지만 지금은 과거의 송예서가 아니었다. 태경의 행동 때문에 직원들이 오해한다 는 것을 일깨워 주어야 했다.

송예서와 김준성이 룸메이트라니.

태경은 일이 손에 잡히지 않아 등을 기대고 눈을 감았다. 단순한 친구인 걸까. 그러고 보니 회식을 할 때도 김준성이 데리러 왔던 것 같다.

이대로 가만히 있을 순 없다.

투지를 불태우며 태경이 의자에서 일어났다. 천천히 송예 서의 마음을 열려던 계획을 수정해야 했다. 아침저녁으로 붙 어 있을 두 사람을 생각하니 얼른 그곳에서 예서를 빼내야겠 다는 생각이 앞섰다.

준성은 예서에게 분명 관심이 있는 것 같았다. 초조해지니 손끝이 다 저렸다.

거래처 본부장과의 미팅 때문에 저녁 식사를 하고 온 태경은 야근을 할 예서를 생각해 초밥을 샀다. 유명하다는 초밥집은 웨이팅만 30분이었지만 태경은 개의치 않았다. 좋아할 그녀의 얼굴만 아른거렸다.

가벼운 마음으로 들어왔으나 그녀는 보이지 않았다. 혹시나 집에 간 건 아닌가 걱정이 돼 자리를 훑어보았다. 가방은 항상 두는 책상 아래에 놓여 있었다. 화장실이라도 갔나? 태경은 서류를 확인하며 그녀를 기다렸다.

5분이 지나도 오지 않아 전화를 걸었다. 방금 회를 떠서 만든 초밥이라 바로 먹어야 맛있을 텐데. 혹시 옥상에서 쉬고 있나 싶어 엘리베이터로 가던 태경은 탕비실에서 들려오는 예서의 목소리에 그쪽으로 향했다.

또 김준성이었다. 예서는 초밥을 맛있게 먹고 있었고 김준성은 그런 예서를 사랑스럽게 바라보고 있었다. 분명 사랑스럽다는 표정이었다. 순간 열이 솟구쳤다. 제 안에 있는지도 몰랐던 화가 용암처럼 들끓었다. 당장 문을 열고 들어가 접시를 엎어 버리고 싶은 심정을 내리누르며 태경은 팀장실로 돌아왔다.

9년도 기다렸는데 저런 모습 한 번에 눈이 돌다니.

"그래도 룸메이트는 심했잖아."

남자가 있을 수도 있다고 생각했다. 결혼을 했다면 차라리 포기했을 것이다. 그런데 결혼도 아니고 룸메이트라니.

마음이 복잡했다. 소리라도 지르고 싶다고 생각하던 그때 예서가 나타났다. 할 말이 있다는 표정으로 입을 오물거리는 모습을 보니 또 이상하게 기분이 좋아졌다. 내가 이렇게 단순했던가? 태경은 쓰게 웃었다.

룸메이트라. 집에 안 보내고 싶다. 술을 먹여야 하나. 어떻게 하면 내 생각만 하게 할 수 있을까. 눈앞에 예서를 두고도 여러 가지 생각이 맞물렸다.

"팀장님."

"퇴근 안 했어요?"

"네, 할 말이 있어서요."

"뭔데요?"

아까 퉁명스럽던 말투는 온데간데없어졌다. 한 대리에게 직원들과 먹으라고 초밥을 건네면서도 태경의 화는 쉽사리 가라앉지 않았다. 유치한 걸 알면서도 예서에게 툭툭 말을 던지기도 했다. 평소처럼 감정 조절이 쉽지 않았다. 아니, 상대가 그녀이기 때문에 어려웠다.

지금은 퉁명스럽게 대할 때가 아니다. 더 다정하게 굴어야 한다. 두 사람의 관계에서 갑은 예서였다. 갑에게 을은 충성해야 하는 법. 태경은 말투를 부드럽게 바꿨다.

"아침마다 커피는 안 사 주셔도 돼요. 견과류 알레르기 때문에 올라왔던 붉은 반점들도 다 사라졌고 충분히 미안해하셨으니 괜찮아요. 제가 기억 안 난다고 속여서 그런 거니까요."

"모닝커피가 부담스러워?"

"네, 조금요. 주변에 이상한 소문이 퍼져서 인사팀 직원들이 놀려요. 팀장님하고 썸 타냐고."

"썸?"

"네, 썸이요."

알아서 소문까지 내 준 카페 주인에게 감사 인사라도 해야 할 지경이었다. 이 소문이 김준성 귀에 들어가야 할 텐데.

"다른 직원들한테 하는 것처럼 저한테도 막 시키세요. 저도 정수기 물통 들 줄 알고 화분도 옮길 줄 알아요. 남자 직원들처럼 힘세요."

"체력이 좋은가 보네."

"네, 그니까 버렸죠. 그리고 가장 중요한 건!"

"중요한 건?"

"일하는 중에 자꾸 저 쳐다보지 마세요. 신경 쓰인단 말이에요. 감시하는 것도 아니고."

예서의 툴툴거림이 귀여웠다. 신경 쓰이는 걸 보면 의식은 하는 모양이다. 의식만으론 부족한데.

"모닝커피는 부담스럽다면 안 사 올게. 체력 좋다니까 참

고할 거고."

"네."

"그런데 쳐다보는 건 나도 어쩔 수가 없는데."

일하다가 문득 눈이 가는 걸 어떡하라고. 처음엔 신기해서 계속 봤다. 눈앞에 예서가 있다는 게 믿기지가 않았다. 꿈에서나 봤던 예서의 얼굴. 과거에 교복을 입고 있던 그녀와 겹쳐져서 웃음도 났다.

이렇게 매일 같이 있고 싶다. 얼른 그녀의 귀여운 볼을, 입술을, 앙증맞은 코를, 볼우물을 마음껏 만지고 입 맞추고 싶다.

보는 것만으로는 만족이 되질 않았다. 그런데 쳐다보지도 말라니. 어차피 지킬 수 없는 일이라 태경은 솔직하게 말하기로 했다.

"팀장님, 진짜 이상한 거 알아요?"

"아뇨, 나 이상해요?"

"네. 지금뿐만 아니라 과거에도 이상했어요. 자꾸 그렇게 행동하시면 제가 착각하게 되잖아요. 고등학생 때도 혼자 착각해서 얼마나 쪽팔렸는데."

"착각?"

태경은 내심 안도했다. 그렇게 표현했는데도 아예 못 느꼈다는 건 도리어 관심이 없다는 의미와 다를 바 없었다. 사실 그녀가 연애 방면으로 눈치가 있건 없건 상관없었다. 그냥 송예서라 좋았다.

"네, 팀장님께서 자꾸 그러니까…… 제 입으로 말하기도 민망한데 혹시나 절 좋아하시는 건 아닐까 하는 그런 착각이 들어요. 제가 공주병은 진짜 아니거든요? 감도 안 좋아서 남녀 관계에선 헛발질도 많이 해요. 그러니까 팀장님께서 조심해 주셨으면 좋겠어요."

준비해 온 멘트마냥 두 호흡 만에 많은 말들을 쏟아 냈다. 태경이 한쪽 입꼬리를 올리며 웃었다.

조심하라니, 이제야 네가 알아줬는데.

"알아요. 저도 공주병인 거 안다고요. 웃지 마세요."

예서의 볼이 붉어졌다. 손부채질을 하는 모습이 깨물어 주고 싶을 만큼 귀여웠다.

"도대체 저한테 왜 이러세요. 과거 일 기억 못 한 척해서 이러시는 거라면……."

날 뭐로 보고. 기억 못 해도 상관없었다. 좋은 기억들을 만들면 그만이니까. 기억 못 하는 척해도 괜찮았다. 속상하긴 하겠지만 처음 보는 사람처럼 다시 알아 가면 될 일이다. 그래도 오해는 바로 잡아야겠다. 절대 장난삼아 하는 표현이 아니었다. 예서에게 진심을 전할 때가 되었나 보다.

태경은 진지한 얼굴로 예서의 두 눈을 오랫동안 바라보다가 허리를 살짝 굽혀 눈을 맞췄다. 몸을 슬쩍 뒤로 빼는 예서의 등에 살며시 손을 댔다. 넘어지지 않게끔 잡아 주었다.

"착각 아니야."

예서가 두 눈을 크게 떴다. 절로 벌어지는 아랫입술이 예뻐 태경이 낮게 웃었다. 영혼이 가출한 양 넋이 나간 그녀의 얼굴 가까이로 그가 다가갔다. 볼 근처에 닿을 듯 말 듯 아슬아슬한 거리에서 그가 속삭였다.

"네가 좋다고, 송예서."

그리고 그대로 볼에 입을 맞췄다. 보조개가 쏙 들어가는 위치에 말이다. 여기다 꼭 입 맞춰 보고 싶었는데. 막상 입술이 닿으니 떼고 싶지 않아졌다.

고등학생 때는 차마 상상도 못 했던 일이었다. 고백을 하고 입을 맞출 엄두도 못 냈다. 범죄자가 된 기분이 들었기 때문이다. 얼른 커라, 얼른 대학생이 돼라. 속으로 되뇌며 자꾸 야릇한 상상을 하는 자신의 머리를 쥐어박았었다.

과거와 지금은 다르다. 송예서는 다 자랐다. 자신과 똑같은 성인이었다.

코끝에 닿는 예서의 체향이 달콤했다. 부드러운 볼, 아니 입술에 입 맞추고 싶었지만 태경은 아쉬운 표정으로 입술을 떼어 냈다. 등을 받쳐 주던 손이 떨어지자 예서가 휘청거렸다.

"네 질문에 대한 답변은 이제 됐지? 주말 내내 생각해 봐."

태경의 손이 어깨를 잡기도 전에 예서가 뒷걸음질로 재빨리 팀장실을 벗어났다. 두두두두, 뛰는 발소리가 들렸다. 많이 당황했나. 자신이 한 말이 있으니 이틀은 꼬박 기다려야 할 터였다. 그녀가 어떤 생각을 할지 알 수 없으니 이번 주말은 여느 때보다도 갑갑할 것이다.

"월요일 날 고백할걸."

그래도 주말 내내 자신을 생각할 게 뻔해 태경은 웃을 수 있었다. 조금씩 그녀의 머릿속이 자신으로 가득 차게 만들면 될 것이다.

네가 정말 좋다, 송예서.

마음이 자꾸 커지기만 한다. 눈에 보이는 만큼 깊어져 큰일이다. 초밥은 자신하고만 먹었으면 하는 유치한 생각을 난생처음 해 봤다. 자신에게 이런 면이 있나 고민하게 만드는 그녀가 볼수록 더 갖고 싶다. 좋아지는 마음의 속도를 머리가 따라가지 못했다. 그녀를 차지하고 싶어 돌아 버릴 지경까지 왔다.

얼른 받아 줬으면…….

창밖으로 예서가 택시를 타는 모습이 보였다. 어디선가 튀어나온 김준성이 그녀에게 다가갔지만 예서는 눈치채지 못

했는지 그대로 출발했다.

잘했네. 앞으로도 그렇게 해. 속으로 예서의 행동을 응원하며 준성의 행적을 살폈다. 갓길에 세워 둔 차에 시동을 거는 모습을 본 태경은 삽시간에 인상을 구겼다.

두 사람, 행선지가 같잖아. 제길.

5장
되로 주고 말로 받은 격

"주말 내내 생각해 봐."

태경의 말이 시시때때로 머릿속을 맴돌았다. 준성이 부르
는데도 듣지 못하고 방으로 좀비처럼 들어가 침대에 털썩 누
웠다. 그 어떤 말도 들리지 않았다.

나를 좋아한다고? 윤태경이?

그의 입으로 듣는 건 처음이었다. 과거에 그토록 바랐던
일이었는데 어쩐지 지금은 달갑지 않았다.

"네가 좋다고."

그 말을 들었을 땐 설레었다. 분명 순간 가슴이 미친 듯이 뛰었다. 그런데 집에 돌아오니 바람 빠진 풍선처럼 힘이 쭉 빠지고 멍하기만 했다.

이게 현실인지 꿈인지 분간도 잘 안 되고 어떻게 해야 하는지 알 수가 없었다. 예서는 한숨을 폭 쉬었다.

"연애 좀 해 볼걸."

주미한테 상담을 할까 싶다가도 아직 시작 단계도 아닌데 굳이 다른 이에게 알리는 건 섣부른 짓 같았다. 그래도 고 계집애가 연애 상담은 귀신같이 잘하는데.

"송예서!"

"어?"

준성이 예서를 부르며 방문을 열었다. 걱정스런 표정의 준성이 보였다.

"문을 두드려도 답이 없길래. 회사에서 무슨 일 있었어?"

"아, 아니?"

"이상한데. 열나나?"

준성이 예서의 이마에 손을 올렸다. '열은 없는데'라며 고개를 갸우뚱한 준성의 눈에 붉어진 뺨이 보였다.

"열은 없는데 왜 볼이 빨개. 너 울었어?"

"울었으면 눈이 빨갰겠지. 얼른 나가! 여자 방에 멋대로 들어오다니. 베개로 맞기 전에 얼른 나가라, 얼른!"

예서가 준성을 방문 밖으로 밀어냈다. 방문에 등을 딱 붙인 채로 준성이 버텼다.

"맥주 한잔할래?"

"맥주? 좋지. 옥상에서 먹자. 야경도 보고."

"애가 무드도 없어. 맨날 옥상 타령이야."

준성은 1층으로 내려가 냉장고에서 맥주 캔을 꺼냈다. 땅콩과 과자를 챙겨 쟁반에 담은 후 예서와 함께 옥상으로 올라갔다. 숙경 이모가 청소를 안 했는지 옥상 바닥에는 담배꽁초가 가득했다.

예서는 옥상 구석에 놔둔 집게를 가져와 봉지에 담배꽁초를 담기 시작했다.

"여기다 담배 버리지 말라고 했지? 넌 왜 그러냐, 진짜."

"설마 이 많은 걸 내가 다 폈을까?"

"응."

준성은 새로운 여자를 만날 때, 헤어졌을 때, 썸을 탈 때 여자와 관련해 고민이 있을 때면 종종 옥상에서 맥주를 마시곤 했다.

작년쯤 만나던 여자와 헤어진 후로 같이 옥상에 올라오는 일이 거의 없었다. 정신을 차린 건지, 아니면 연애가 질린 건지. 그사이 옥상엔 담배꽁초가 늘었다.

"김준성아."

"왜?"

"내가 눈치가 좀 없나?"

"없지. 좋게 말하면 순수, 나쁘게 말하면 멍청한 건데 너랑 연관된 사람에 따라 판단이 달라지겠지. 나는 전자 쪽. 왜? 팀장이 너 눈치 없대?"

"그건 아닌데."

막상 준성이 저렇게 말하니 정말 눈치가 없나 싶어 예서가 울상을 지었다. 그럼 일할 때도 자신도 모르게 눈치 없게 굴어 누군가에게 오해를 불러일으키거나 난처하게 만든 건 아닌가 하는 고민까지 엉기어 심각해졌다.

"아냐, 아닐 거야."

예서는 얼추 담배꽁초를 주운 뒤 맥주를 마셨다. 그리고 휴대폰을 꺼내서 주미에게 전화를 걸었다. 주위가 시끄러운 걸 보니 술집인 모양이다.

─어. 쏭, 왜?

"주미야, 나 하나만 묻자. 내가 눈치가 없어? 김준성이 내가 눈치 없다네. 멍청하대."

예서가 가늘게 눈을 뜨고 그를 째려보며 고자질하듯 말했다.

"내가 또 언제 멍청하댔어. 순수하다고 했지."

어느새 맥주 한 캔을 다 비운 준성이 새 캔을 따며 말했다.

—야, 너네 사랑싸움하냐? 이 언니의 연애 사업을 방해할 만큼 중요한 거 아니면 끊는다. 그리고 너 안 멍청해. 눈치가 없다기보다 연애 고자여서 그쪽으로 빙신인 거지. 다른 데서는 멀쩡해.

그리고는 전화가 끊겼다. 연애 고자. 제대로 연애를 해 본 적이 없으니 고자가 맞다. 고백도 몇 번 받긴 받았다. 한 번은 대답을 차일피일 미루다 승낙으로 오인한 상대 때문에 어영부영 연애를 했었다. 어떻게 헤어져야 할지 몰라 전전긍긍하자 준성이 거절하는 법까지 알려 줬다. 한 마디면 된다고 했다.

꺼져.

실제로 술에 취한 준성이 장난을 친답시고 상대에게 저 문자를 보냈다. 그것 때문에 사과하다가 2주나 더 사귀었다. 그러니까 총 한 달, 연애 같지도 않은 연애였다.

"하……."

"답답하다, 쏭. 말을 해야 해결책을 주지. 집에 와서부터 한숨만 쉬면 어떡해?"

"같은 사람한테 같은 이유로 상처를 받으면 두 배로 아프겠지?"

작성한 본사 발령 지원서를 서랍에 넣어 두었다. 연수에서 돌아오는 대로 한 대리에게 제출하려 했는데 태경이 팀장으로 오면서 정신이 없었다.

이번에 지원하면 될 것 같은데.

쉽사리 지원서를 내지 못하는 이유가 하나 더 늘었다.

태경의 고백, 그 고백이 싫지 않은 자신. 머릿속이 복잡하다.

"……."

예서는 자신을 묘하게 바라보는 준성 때문에 어색한 기분이 들었다. 괜히 침묵을 깨 보려 하다가 입을 다물었다. 아무 말도 안 했건만 준성이 오늘 있었던 일을 전부 눈치챈 것만 같은 기묘한 예감이 들었다.

"응, 상처를 두 번 받으면 아픔은 네 배지. 네 배 더 되려나?"

"그래? 그렇게 아파?"

"쉽게 비유를 할게. 네가 키운 강아지가 죽었어. 그런데 똑 닮은 강아지가 나타나서 새로 키웠는데 그 강아지도 얼마 못 가서 죽었어. 그럼 첫 번째 강아지가 죽었을 때 트라우마까지 겹쳐서 더 아프지 않을까? 난 연애할 때 그렇던데. 그래서 시간이 지날수록 더 조심스러워."

"네가 오늘은 좀 달라 보인다."

조용한 옥상을 훑고 지나가는 알림음에 예서가 휴대폰 액정을 켰다. 팀장이었다. 맥주로 풀어졌던 가슴이 다시 긴장을 하기 시작했다.

〈집에 잘 들어갔어? 난 이제 퇴근. 인내심이 한계에 도달한 것 같아. 아무래도 주말에 봐야겠다. 출근하세요, 송예서 씨.〉

주말에 생각해 보라고 한 지 몇 시간이나 지났다고 주말에 출근을 하란다. 집에 잘 들어갔냐는 문자가 단순히 안부를 묻는 것처럼 보이지 않았다. 꼭 연인 사이에 주고받는 사랑의 메시지처럼 느껴져 가슴이 뛰었다.

"왜?"

고개를 쑥 내미는 준성 때문에 놀란 예서가 휴대폰을 등 뒤로 숨겼다. 의심스러운 표정을 지었으나 어색하게 웃었다.

"우리 사이에 비밀 만들기야?"

"김준성, 여자의 프라이버시는 좀 지켜 주지?"

"나한테 송예서가 여자이긴 해."

"뭐야, 그 말투."

쓸데없이 강아지로 예를 들어 가지곤. 강아지를 좋아하는 예서는 준성의 말에 꽤 깊숙이 이입했다. 과거에도 윤태경 때문에 많이 아팠는데, 혹시 또 아프게 된다면.

무섭다.

상처를 극복할 자신이 없었다. 오랫동안 아팠고 외로웠으며 쓸쓸했던 그때보다 더 큰 감정의 폭풍이 온다면 어떻게 버텨야 할지 아득해졌다.

거절해야겠지.

차라리 기한을 오래 줬으면 이리저리 꼼꼼히 생각해 봤을 텐데. 태경은 깊이가 깊고 급해 보였다. 그 속도에 따라갈 자신이 없다.

거절해야겠다.

결론을 내리고 나니 마음이 편했다. 그의 성격으로 보아 거절한다고 바로 손을 뗄 리가 없다. 집요한 남자였다. 공부를 배울 때 그가 얼마나 집요하고 독했는지 떠올리며 예서가 어깨를 떨었다.

미묘한 표정의 김준성이 보였다. 예서는 준성의 어깨에 팔을 올렸다.

"친구야."

"왜?"

"그냥, 친구 좋다는 게 뭔가 싶어서."

너 좀 이용해 보자. 미국 본사에 발령받길 원하는 입장이다 보니 인사팀 팀장이자 관리부 총괄 팀장인 윤태경의 입을 무시하긴 어려웠다. 윤태경이 아니더라도 상사를 쉽게 거절할 수 없는 을의 입장을 떠올리며 예서는 자신의 치사한 행동에 합리성을 부여했다.

주미가 들었으면 밥맛이라고 욕을 한 바가지 했을 테지만 다른 방법은 떠오르지 않았다.

"친구 아닌데?"

"그럼 뭔데?"

"남자?"

어깨를 으쓱이는 준성에게 시답지 않은 소리 한다 핀잔을 주며 자신의 방으로 먼저 내려왔다.

주말에 출장이 잡혀 목요일은 돼야 회사에 복귀한다는 태경의 문자에 예서는 한시름 놓았다. 그를 보면 자신도 모르게 얼굴이 토마토처럼 익을 것 같다. 거절하기로 결심한 마음은 어디로 갔는지 그의 목소리가 자꾸 귓가에서 아른거렸다.

말한 대로 이루어진다. 생각하는 대로 행해진다.

개뿔, 말한 대로 이루어지긴. 생각한 대로 행해지기는. 말과 생각이 전혀 다른 방향으로 움직이고 있었다. 왜 시간이 갈수록 그의 고백이 더 선명해지는 건지. 거절하기로 마음먹었으면서.

대기업 전무가 상습적으로 직원들을 성희롱하고 차명 계

좌로 횡령을 한 것까지 신문에 오르내리며 라인코리아의 주식이 떨어졌다. 회사 측에선 발 빠르게 처리하려 했으나 본사에서 대표를 불러들였고 담당자인 태경도 함께 가게 된 것이다.

함 전무는 경찰 조사를 받게 되었다. 윤태경은 함 전무를 본보기로 삼아 다른 임원들의 목을 조였다. 내 손에 당신들의 자료가 다 있으니 알아서 기라는 뜻이었다.

그는 함 전무를 끝까지 몰아갔다. 합의도 없었다. 회사 측에서 절대 합의를 볼 수 없게끔 손을 쓰고 어느 누구도 함 전무를 도와주지 못하도록 만들었다.

태경은 오늘부터 복귀할 예정이었다. 예서는 책상 위에 있는 거울을 만지작거리며 매무새를 다듬었다. 볼 터치가 과한 것 같아 쿠션을 꺼내서 톡톡 볼을 두드렸다. 그랬더니 볼 터치가 아예 사라져 버렸다.

"이건 또 너무 병자 같나."

핸드백에서 립스틱을 꺼내 입술을 발랐다. 가뜩이나 빨간 입술이 쥐 잡아 먹은 것 같아 결국 쿠션을 입에 두드렸다. 색을 다 죽이고 보니 이래저래 화장이 마음에 안 들었다. 그러다 왜 이런 걸 신경 쓰고 있나 하는 생각이 들어 파우치에 화장품을 넣고 서랍 안에 처박았다.

주말 동안 생각해 낸 계획을 실행하기 위해 휴대폰을 꺼낸 뒤 김준성을 '♥'로 바꿨다. 팔뚝에 한기가 돌아 소름이 돋았다. 금방 다시 바꿀게. 준성아, 미안. 속엣말을 하는데 팀장실 문이 열렸다.

"좋은 아침."

태경이 모닝커피 한 잔을 들고 들어왔다. 사 주지 말란다고 정말 안 사 주나려나 보다. 예서가 의자에서 일어나 고개를 들고 그를 보았다. 그리고 깍듯이 인사했다.

"이거 마셔요."

"아뇨, 괜찮은데요."

"한 잔만 샀으니까 썸 탄다는 소문은 안 날 거야."

그러면서도 태경의 입가엔 미소가 만연했다. 예서는 떨떠름하게 커피를 받아 들고 책상에 올려 두었다.

"고맙습니다."

"고맙긴."

"근데 왜 자꾸 웃으세요? 저 얼굴에 뭐 묻었어요?"

예서가 고개를 갸웃했다. 오늘 아침을 생략했으니 이에 뭐가 꼈을 리도 없고 웃기게 생긴 얼굴도 아닌데.

"하는 행동이 왜 이렇게 귀여워? 이럴 때 보면 고등학생 때 생각난다니까."

"예?"

"저번엔 홧김에 그런 거야. 나도 장소 봐 가면서 한다고.

그러니까 굳이 피부색하고 입술 색을 똑같이 하고 다니진 않아도 돼."

태경은 아예 호탕하게 하하 웃었다. 그제야 예서는 손거울을 들고 제 얼굴을 보았다. 입술 색과 얼굴색이 동일했다. 쿠션으로 입술 색을 죽인 후 다시 립글로즈를 발라야 하는데 까먹었다.

괜히 별게 다 신경 쓰이는 기분이라 파우치에 다 넣어 버린 것이 기억났다. 예서의 볼이 붉어졌다.

"볼만 빨가니까 더 귀여운 거 알아? 만화영화에서 나온 애 같다. 아침부터 미치겠네."

태경이 손바닥으로 예서의 머리를 헝클였다. 귀여워 죽겠다는 표정을 보는 것이 어색해서 예서가 콧잔등을 찌푸렸다. 그리곤 태경의 손을 치워 내고 자리에 앉았다. 태경은 자리에 앉아서도 웃었다. 오늘 하루가 참 즐거운 모양이다.

예서는 점심을 먹는 내내 일부러 휴대폰을 만지작거렸다. 준성과 문자를 한 것뿐이지만. 이럴 때 아무나 눈치를 좀 채주면 좋으련만.

"예서 씨, 남자 친구 생겼어?"

"네?"

"내가 안 보려도 해도 자꾸 보이네. 아니, 왜 난 밥 먹는데도 옆에서 문자하는 것까지 보이지?"

인사팀 직원들의 시선이 예서에게 꽂혔다. 어색하게 웃으며 물을 한 모금 마신 뒤 대답을 회피했다. 옆에 앉은 선경이 한 대리의 말에 동의하며 남자 친구가 있는 게 확실하다는 쪽으로 몰고 갔다.

"저도 봤어요. 아까 계속 검은 하트한테서 문자 오던데요."

"음."

"요새 예뻐진다 했더니 남자 친구가 있었나 보네요. 여자는 사랑을 해야 예뻐진다던데. 난 언제 예뻐지려나."

"선경 씨도 예뻐."

"철호 씨 말에는 안 넘어가거든요? 여자 직원들 다 예쁘대. 립 서비스 좋은 건 알아줘야 해요."

태경이 숟가락을 내려놨다. 콩알만 해진 예서의 심장이 빠르게 뛰었다. 거짓말을 하니 심장에 무리가 갔다. 일부러 태경의 눈을 피해 젓가락으로 반찬만 끼적거리고 있는데 그가 먼저 일어나겠다며 자리를 벗어났다.

"팀장님, 무슨 일 있으신가? 예서 씨가 얼른 가 봐."

"제가요?"

"응. 비서잖아."

"저 팀장님 비서가 아니라 인사팀 식구잖아요. 한 대리님,

서운해요."

"예서 씨, 이게 무슨 앙탈이야. 다른 직원들보다 예서 씨를 신임하는 것 같아서 그래. 나도 참 눈치 없게 남자 친구 있는지도 모르고 괜히 썸 타냐고 물어봤네."

팀장실에 함께 있다 보니 인사팀 직원들조차 예서를 팀장의 비서로 여겼다. 예서도 숟가락을 놓고 태경을 따라 사무실로 복귀했다. 설마 남자 친구 있냐고 화를 내거나, 전화해 봐라, 골키퍼 있다고 골이 안 들어가느냐는 둥 막장 대사를 하진 않겠지.

예서는 탕비실에서 자판기에 동전을 넣고 캔 커피를 뽑았다. 커피가 뇌물처럼 보이는 건 착각이 아닌가 보다. 이런 식으로 거절을 해서 양심이 찔리긴 했다. 상사만 아니어도 제대로 거절하는 건데.

"팀……장님, 저 들어갈게요."

예서가 문을 두드린 후 굳이 자신이 왔다고 알리며 팀장실로 들어갔다. 자리에 없었다. 담배 피러 갔나?

팀장의 책상 위에 커피를 놓았다. 책상을 정리해 줄까 하다가 괜히 잘못 건드려 서류가 없어지거나 하면 의심만 받을 것 같아서 고개를 휘휘 저었다.

그러다 우연히 태경이 책상 위에 세워 둔 액자들을 발견했다.

"뭘 그렇게 자세히 봐?"

"아, 안 봤는데요."

소리도 못 들었는데 어느새 태경이 등 뒤에 있었다.

"그래?"

"사실 봤어요. 예전에 카레이싱 하셨나 봐요. 우승이라고 쓰여 있던데."

"응, 한창 폭주했던 시기가 있었지."

"의외네요. 위험한 스포츠 좋아하시고."

부드러운 운동을 좋아할 것 같은데. 생각해 보니 운동 중에 부드러운 건 없는 것 같아 예서가 머리를 긁적였다. 뭐랄까, 태경은 헬스장 러닝머신 위에서 땀 흘리며 뛰는 이미지가 잘 어울렸다.

"남자 친구 진짜 있어?"

"네……에?"

이렇게 빨리 대놓고 물어볼 줄 몰랐다. 갑자기 질문이 훅 들어와 예서가 얼떨결에 '네'라고 대답하며 끝을 올렸다. 상대방은 이미 있다는 뜻으로 받아들였는지 망연자실한 표정을 지어 보였다.

"젠장."

낮게 읊조리며 주먹을 꽉 쥐는 그를 보며 예서가 움찔했다.

"룸메이트도 알아? 남자 친구 있는 거."

"글쎄요."

"가서 일 봐."

태경이 그녀의 자리를 손으로 가리켰다. 예서는 고개를 주억거리며 자신의 자리로 돌아갔다.

'또 폭주하게 생겼네.'

언뜻 그를 지나칠 때 예서가 들은 말이었다. 최대한 태경과 눈을 마주치지 않으려고 서류를 읽고 또 읽었다. 이럴 때 일거리가 많아서 다행이었다.

다른 직원들이 하나둘 팀장실에 인사를 왔다. 퇴근을 한다는 무리를 따라 예서도 슬그머니 자리에서 일어났다. 다른 때보다 찬바람이 부는 팀장실 분위기에 인사팀 직원들은 엘리베이터가 내려갈 때까지 또 누군가의 모가지가 날아가나 심각하게 토론을 했다.

예서가 터벅터벅 골목길을 걸어 올라가 집 앞에 도착했을 때쯤 문 앞에서 서성이는 숙경을 발견했다.

"숙경 이모."

"그냥 엄마라고 해. 엄마나 다름없잖아."

준성의 엄마였다. 예서에게 세상에서 제일 감사한 사람을 꼽으라면 고민할 것도 없이 숙경이었다. 숙경이 아니었다면 어떻게 됐을지 상상도 할 수 없다. 세상에 홀로 두지 않은 고마운 사람이다.

"집에 안 들어가고 왜 여기 계세요?"

"나도 방금 왔어. 휴대폰은 배터리가 없고 열쇠는 잃어버렸어. 스마트폰은 켜 두기만 해도 배터리가 다네."

"그거 그룹 카톡 알림 때문에 그럴 거예요. 이모 밴드도 하고 카톡도 하고, 이것저것 많이 하잖아요. 알림이 자꾸 떠서 그런 거예요. 잠시만요."

예서가 가방에 손을 넣어 뒤적거렸다. 보통은 숙경이 집에 있어 열쇠를 꺼낼 일이 없었다. 예전에 안쪽 주머니에 넣은 것 같은데.

"없어?"

"다른 가방에 있나 봐요."

"이 기회에 그냥 바꿔야겠다. 준성이는?"

"모르겠어요. 같은 회사여도 잘 못 봐요."

"휴대폰 좀 빌려줄래? 아들한테 전화 좀 해 봐야지."

예서는 가방에서 휴대폰을 꺼내 숙경에게 주었다. 진즉 아저씨가 디지털 도어록으로 바꾸자고 할 때 바꾸시지. 열쇠가 녹슬어서 여러 번 돌려야 열리는 것 같던데. 예서는 차라리 잘된 일이라 생각했다.

전화를 걸던 숙경의 얼굴이 굳었다. 그러더니 종료 버튼을 누르고 휴대폰을 힘 있게 꽉 쥐는 게 보였다.

"이모, 어디 아프세요?"

예서는 숙경의 이마에 왼쪽 손을 올리고 오른쪽 손은 자신의 이마에 올렸다. 열이 나는 것 같진 않았다.

"예서야."

"네?"

심각한 숙경의 목소리에 예서가 고개를 갸우뚱했다. 지금까지 숙경의 집에 얹혀살면서 이런 목소리는 처음 듣는 것 같다. 목소리에서부터 자신을 거부하는 느낌이었다.

"너 준성이 만나니?"

"아뇨? 그게 무슨 말씀, 아……."

하트. 아직 하트를 김준성으로 바꾸지 않았다. 준성의 번호를 누르면 검은 하트가 떠 숙경의 입장에선 오해할 여지가 충분했다. 예서는 사정을 설명하려고 입을 뗐지만 숙경이 더 빨랐다.

"내 말 서운하게 들리겠지만 이건 확실히 하고 넘어가자. 나는 널 딸처럼 생각할 수는 있어도 준성의 짝으로는 아니야. 네가 날 속물로 볼 수도 있고 어떻게 사람이 겉과 속이 다르냐고 생각할 수도 있어. 그래도 두 사람 감정이 깊지 않다면 헤어졌으면 좋겠다. 나는 널 며느리로 절대 받아들일 수가 없구나."

차라리 먼저 선수 쳐서 말할걸. 예서는 자신의 멍청함을 탓하며 입술을 잘근잘근 씹었다. 그러게 왜 하지도 못할 거짓말을 한다고 일을 꾸며서 굳이 듣지 않아도 될 말을 듣게 만든 건지.

이래서 거짓말을 하면 안 된다고 어릴 때부터 강조하나 보다. 사귀는 게 아니다, 오해를 풀어 주는 건 쉬운 일이었다. 그런데 딸은 되도, 며느리로는 안 된다는 숙경의 마음이 예서의 가슴을 아프게 했다.

조금 많이 아팠다. 상처를 주는 쪽도 찜찜한 듯 고개를 돌려 집 쪽만 응시했다. 고마운 사람, 유일하게 의지할 수 있는 엄마 같은 사람. 그것들이 한순간에 다 무너졌다. 만약 숙경이 정말 자신을 딸처럼 생각했다면 이런 말을 하진 않았으리라.

"이모, 제가 감사하고 많이 사랑하는 거 아시죠?"

"알지. 그래서 내가 지금 네 눈도 못 쳐다보고 있잖니."

"김준성과 저 그런 사이 아니에요. 오해예요. 이따 준성이 오면 물어보세요. 그럼 오해는 금방 풀리실 거예요."

예서가 담담한 목소리로 말했다. 할 수 있는 모든 평정을 끌어와 차분하게 이야기했다. 눈가가 촉촉하게 젖어 들었는지 시큰거렸지만 예서는 눈에 있는 힘껏 힘을 주었다. 울더라도 방에 들어가서 울자. 주먹을 꼭 쥐었다.

"그리고 저 미국 본사 지원했어요."

"그래, 네가 나한테 거짓말을 하진 않겠지. 그래도 혹시 준성이를 짝사랑하는 거라면 네가 마음을 접었으면 좋겠다."

그냥 거기서 그만하시지. 예서의 눈에 기어코 눈물이 고였다. 참았던 눈물이 떨어질 때쯤 준성이 앞을 막아서며 숙경에게 큰 소리를 쳤다.

"어머니!"

"김준성, 잘 왔어. 네가 대답해 봐."

"뭘?"

"예서랑 너 만나는 사이 아니지?"

"아니야."

"그래, 내가 오해했나 보구나. 그럴 리 없지."

예서는 손바닥으로 두 눈을 꾹 누르며 감정을 억제시켰다. 이 집이 앞으로는 더욱 불편해지겠구나. 같이 함께 산 9년의 시간이 허무하게 느껴졌다. 지금까지 자신에게 한 행동이 가식은 아닐 테지만 자꾸 속이 상했다.

숙경의 말이 한편으로 이해가 가는 것이 더욱 슬펐다. 버림받은 기분이었다. 세상에 혼자만 남겨진 것처럼 외로웠다. 예서는 감정이 더욱 벅차올라서 코끝이 아렸다.

"무슨 일인지 모르겠지만, 엄마."

"왜?"

준성이 뒤로 손을 뻗어 예서를 철저히 감춘 후 말했다.

"예서가 아니라, 나야. 나한테 말해. 내가 송예서를 좋아하는 거라고."

"너…… 너!"

숙경의 목에 핏대가 섰다. 예서는 놀라서 손바닥으로 입을 틀어막았다. 언제부터 김준성이 자신을 좋아했는지 알 수가 없다. 분명 작년까진 여자 친구가 있었다. 이제까지 준성이 했던 말들이 떠올랐다. 난 대체 얼마나 눈치 없이 군거지?

예서는 집으로부터 멀리 벗어나야 된다는 생각에 골목길을 뛰어 내려갔다. 철저히 혼자가 된 기분이었다.

예서는 떨리는 손으로 주미에게 전화를 걸었다. 울먹이는 목소리에 주미가 당황한 것 같았다.

—쏭, 당장 튀어 와. 누가 우리 쏭 울렸어? 마음도 약한 애를…… 누구야, 진짜.

다른 누구도 아닌 나야. 내가 사건을 꼬이게 만들었어. 예서는 자책했다. 왜 이럴 때 태경이 떠오르는지 모르겠다. 태경이 했던 말처럼 예서도 오늘은 폭주할 것 같은 날이었다.

❋　　　　❋　　　　❋

"이 맹추야!"

나무젓가락이 날아왔다. 어깨 너머로 날아간 나무젓가락을 집어 예서가 반으로 딱 쪼갰다. 눈앞에 있는 안주를 먹으려던 예서는 끝내 나무젓가락을 내려놓고 한숨을 쉬었다.

"왜 거짓말을 해서 이 사달을 만들어! 그냥 너 싫어, 꺼져 하면 되지."

"그게 어려운걸."

"하긴, 나도 한 세 명? 만날 때까진 헤어지자고 말하는 게 어렵더라. 미안하고. 지금은 양심의 가책도 안 느끼지만."

주미가 어깨를 으쓱하며 맥주 캔을 따서 시원하게 입안으로 털어 넣었다.

"이제 어쩌려고?"

"김준성 거절하고 그 집에서도 나올 거야."

20대를 그 집에서 보냈다. 가족이라 다름없다고 자부했다. 어쩌면 살아생전 최고로 귀한 대접을 받았다고 단언할 수 있을 정도로 숙경은 예서에게 잘해 줬었다. 준성에게 보약을 해 줄 때 예서의 것도 꼭 챙겼고, 준성에게 슈트를 선물할 때에도 정장 세트를 선물했었다. 미리 주는 취업 선물이라며.

그런데 이렇게 한순간에…….

예서의 눈에 눈물이 고였다. 왜 이렇게 속상한지 모르겠다. 숙경이 나쁘다고 할 수 없다는 것을 알고 있음에도 그녀를 떠올릴 때마다 원망에 손이 부르르 떨렸다.

지금까지 그 집에 살게 해 준 것만으로도 감사해야 마땅한데 원망하는 자신을 보면 이래서 머리 검은 짐승은 거두지 말라는 말이 생겼나 싶다.

"그래서 네 마음은 어디쯤인데?"

"내 마음?"

"김준성은 확실히 아니고. 윤 팀장에 대해선 싫다, 좋다 명확히 못 하잖아."

싫은 것도 좋은 것도 아니다. 과거였다면 마냥 좋았으리라. 그러나 지금은 좋고 싫음의 딱 중간이었다. 호감은 있는데 부담스럽기도 했다. 자신의 감정이 어떤지도 모르는 상황에서 함부로 시작할 수 없었다. 그도 자신도 누군가를 함부로 만날 나이가 아니었다.

결혼 상대로도 생각을 해야 하는데.

회사 업무로 지칠 때 주미와 수다를 떨면 공허함이나 그날의 힘들었던 감정이 눈 녹듯 씻겨 내려가곤 했는데 오늘은 아니었다. 날카로운 송곳이 가슴 언저리를 쿡쿡 찌르는 것 같았다. 눈을 감으면 자연스레 떠오르는 숙경의 말이 가슴을 긁고 지나갔다. 외롭다는 생각이 자꾸 들었다.

이상한 점이 있다면 태경이 생각난다는 것이다.

누군가에게 위로를 듣고 싶었다. 그게 태경이었으면 하는 마음이 자꾸만 들었다. 머리가 복잡해 술 생각이 간절했다.

아무 생각 없이 맥주나 마시고 싶었다.

"그럼 오늘 어떤지 알아봐."

"오늘?"

"응."

벌떡 일어선 주미가 누군가에게 손을 흔들고 있었다. 예서도 주미를 따라 고개를 돌렸다. 가장 보고 싶고, 한편으론 보기 싫은 사람이 눈에 들어왔다.

윤태경 팀장이었다.

"윤기태 알지? 일 때문에 팀장님이랑 연락하다가 너랑 술마신다고 했더니 합석해도 되냐고 묻더라고."

그래서 말도 안 하고 승낙했다 이거지.

"나 그럼 화장실 좀."

윤기태보다 태경이 먼저 보였다. 술 때문인지 화끈거리는 볼을 감추며 예서가 일어났다. 아까까지만 해도 태경은 기분이 좋지 못했다. 오늘 하루 폭주할 것 같다고 했었다.

자꾸만 꼬이는 일에 거짓말한 것을 뼛속까지 후회하며 화장실로 걸음을 옮겼다.

기분이 왜 이렇게 엿 같은지 모르겠다. 오랜만에 술이나 한잔할까 싶을 때 기태가 연락을 해 왔다. 태경은 기태의 회사에 들러 그를 태웠다. 누군가와 문자를 하던 기태가 괜찮은 바라며 네비게이션에 주소를 찍기 시작했다. 태경은 별 의심 없이 그쪽으로 차를 몰았다.

그런데 송예서가 있을 줄이야.

어디 앉을지 둘러보다가 송예서를 발견했다. 그 후엔 예서만 보였다.

임자가 있으면 빼앗으면 그만이지. 결혼한 것도 아닌데.

태경은 자신이 꿀린다고 생각해 본 적 없다. 어떤 남자를 갖다 대도 이겨 먹을 수 있다고 자부했다. 일을 할 때도, 사랑을 할 때도.

그런데 송예서를 생각하니 행동이 함부로 나가지 않았다. 혹시라도 예서가 그 자식을 더 좋아하는 상황이라면…… 생각만 해도 화가 머리끝까지 솟구치고 가슴팍에 힘이 들어갔다.

거기다 오늘 그녀가 본사 발령 지원서를 냈다. 이제 겨우 만났는데 그녀는 다른 곳으로 가려 한다.

"여긴 우리 회사, 김가영 사원. 개명 전에는 홍주미라고, 네 원래 멘티."

"윤태경입니다."

손을 내밀어 악수를 한 후 태경은 술을 바로 주문했다. 맥주 따위로 채워질 마음이 아니었다.

"주말에 어쩌다가 예서 씨랑 데이트예요? 남자 친구는 어쩌고?"

"누구요? 저요?"

"둘 다. 금요일인데."

주미가 어깨를 으쓱이며 대답하려는 순간 모르는 여자가 태경의 어깨를 찔렀다. 태경은 신경질적으로 뒤를 돌아보았다.

술을 마시러 온 건지 몸을 팔러 온 건지 모를 정도로 헐벗고 있는 여자가 태경을 보며 눈웃음 치고 있었다.

"아까 들어오실 때부터 봤는데요. 여기 여자 한 사람이 비는 것 같아서요."

눈웃음을 날리는 여자한테 태경이 비웃음을 던졌다. 회사에서 종종 대리점 점주들로부터 접대를 받는 경우가 있다. 이름도 모르는 여배우부터 요새 베이글녀로 주가가 높다는 가수와 아직 데뷔도 못 한 연습생까지 아주 다양했다.

해외에서도 이런 일이 없진 않았다. 심지어 미팅을 하러 온 회사 임원이 추파를 던지는 경우도 있었다. 여자가 자신의 어깨를 만졌다는 사실만으로 기분이 불쾌해져 아예 재킷을 바닥에 내동댕이쳤다.

"재킷에 지갑 있습니다. 그거 가지고 가세요."

"네?"

온순한 성격이 가끔 한 번씩 터질 때가 있다. 취미로 레이싱을 할 정도면 성격은 말 다 한 것 아니겠는가. 태경은 주먹을 쥐었다 펴며 웃어 보려 얼굴에 힘을 주었다. 비웃음 섞인 웃음조차 안 나와 표정을 굳혔더니 상대방이 어깨를 움찔하는 게 보였다.

"자고 싶으면 딴 새끼 찾아요. 술 먹을 돈이 없는 거면 지갑 갖고 가든지."

"뭐, 뭐!"

고개를 돌리자 당황한 표정으로 입을 벌리고 있는 주미와 기태가 보였다.

"태경아?"

기태가 태경을 조심스레 불렀다.

"어, 형."

"너 오늘 너무 까칠한 거 아니야? 안 그러던 녀석이."

"오늘 좀 기분이 많이 안 좋아. 오늘내일 이러고 말 테니까 신경 꺼. 주미 씨, 죄송합니다."

"그래도 아침이랑 너무 다른 거 아니야?"

"아휴, 팀장님도. 사람이 어떻게 매일 똑같겠어요? 그럴 수도 있죠. 아까 남자 친구 물어보셨죠? 저 요새 만나는 사람 없어서 매우 한가하답니다. 매일 야근하다가 까였어요."

"내 탓이라는 거지?"

태경은 별말 없이 술만 마셨다. 바닥에 내팽개쳐진 재킷을 지나가던 직원이 주워서 태경의 의자에 걸어 주었다. 재킷에서 그 여자의 향수 냄새가 나는 것 같아 쓰레기통에 처박으려다 그것조차 짜증나 가만히 두었다.

"아닙니다. 누구네 팀장님은 야근도 별로 안 시킨다는데."

"그 누구가 누군데?"

"있어요, 제 친구 팀장님. 아니, 시간도 남아도는데 왜 연애를 안 하나 몰라."

"그 친구네 회사는 엄청 한가한가 보네."

기태가 어깨를 으쓱하며 너스레를 떨었고 주미도 호탕하게 웃으며 테이블을 똑똑 두드렸다.

화장실을 간 예서가 돌아오면 괜히 더 심란해질 것 같다. 차라리 20대였다면 송예서가 어떤 감정인지 누구를 좋아하는지 신경 쓰지 않고 무턱대고 밀어붙였을 텐데. 생각만 많아진 현실이 답답하게 느껴졌다.

또 멋대로 밀어붙였다가는 미국으로 떠나 버릴 것만 같아 이러지도 저러지도 못하게 생겼다.

"팀장님네 회사 한가해요?"

"한가할 때도 있고…… 아닐 때가 더 많습니다."

"거봐요, 여기도 일 많은데 예서는 매번 칼퇴근한다니까요. 시간이 많아도 연애를 못 하는 바보긴 한데."

주미가 말을 하다가 손바닥으로 입을 탁 가렸다. 이미 마지막 말을 들은 태경이 눈썹을 위로 치켜 올리며 주미를 빤히 응시했다.

"송예서 씨, 남자 친구 없다는 말입니까?"

"아, 그게…… 일단 예서가 말할 때까지 비밀로 해 주세요. 내가 왜 말했지? 아오, 이걸 어쩌나. 얜 왜 화장실에서 안 오고 난리야."

홀로 자책을 하는 주미를 보며 태경이 팔짱을 끼고 등받이에 등을 기댔다. 송예서, 네가 거짓말을 했다 이거지. 앙큼하게 자신을 속인 예서의 행동을 되짚어 보다가 거짓말임을 눈치채지 못한 자신이 한심해서 피식 웃었다.

"팀장님 왜 웃고 그러세요, 무섭게."

"아뇨."

재미있는 생각이 났다. 태경은 이걸 기회로 삼아 예서를 붙들어야겠단 생각이 들었다. 던진 돌에 제대로 맞은 지 하루도 안 돼서 돌이 아님을 깨달았다. 태경은 나른하게 웃으며 테이블로 돌아오는 예서를 보았다.

"송예서 씨, 잠깐 빌립시다."

"네?"

"긴히 할 말이 있어서요. 주미 씨가 말한 거 비밀로 하겠습니다."

태경은 예서가 테이블로 오자마자 벌떡 일어섰다. 손목을 잡고 바깥으로 당긴 그가 예서의 귀 가까이에 입술을 가져다 댔다. 닿을 듯 말 듯 한 위치에서.

"얘기 좀 해."

일단 다른 거 다 제쳐 두고 미국으로 가는 것부터 막자.

거리로 나온 두 사람은 24시 카페로 들어갔다. 예서는 거짓말을 실토하고 잘못했다 말할 예정이었다. 설마 거절한다고 회사에서 보복을 하진 않겠지. 설사 그런 일이 일어난다 해도 예서는 잘 버틸 자신이 있었다.

"팀장님, 저 팀장님께 할 말 있어요."

"응, 그 전에."

예서의 앞에 시원한 생과일주스를 가져다 준 그가 선수를 쳤다.

"내가 곰곰이 생각해 봤는데 네가 남자 친구가 있든 없든 상관없을 것 같아."

"네?"

"눈앞에 계속 어른거리는데 어떻게 포기하겠어?"

고민에 고민을 거듭한 결과가 포기하지 않을 거라는 선포라니. 술을 마시면서 풀어 헤친 넥타이 사이로 셔츠 깃이 벌어져 굵은 목선이 보였다.

"내가 널 언제부터 갖고 싶었는데. 지금은 보기만 해도 통째로 삼켜 버리고 싶을 정도인데, 어떻게 포기하겠어?"

"저기, 그러니까…… 팀장님."

"표현을 안 해서 잘 모르나 본데 내 감정이 네가 생각하는 것보다 큰 것 같다. 꽤 오래 묵혀 뒀다고."

태경이 한숨을 뱉으며 창밖으로 시선을 돌렸다. 가슴이 답답한지 셔츠의 단추를 더 푸는 모습에 예서는 무심코 태경의 손을 붙잡았다. 태경이 세 번째 단추에 손을 대고 있었다.

"여기서 이러시면 안 됩니다, 팀장님."

"왜?"

"속살이 너무 보이잖아요. 얼른 잠가요."

얼굴이 빨개진 예서가 태경의 옷을 여며 주었다. 안 그래도 아까부터 눈이 반쯤 풀린 여자들이 태경을 주시하고 있었다. 하긴 멘토 멘티를 할 때도 여자들의 시선은 항상 따라다녔다. 옆 사람 민망하게.

"너밖에 안 보이는데."

"아니에요. 우리 옆 테이블에서도 보일 거고 제 등 뒤에서도 충분히 보일 거예요."

물론 누가 본다고 닳는 건 아니었다. 그럼에도 어쩐지 내 남자를 뺏기는 듯한 기분에 예서는 열심히 태경을 보호했다. 과거에 그랬던 것처럼.

"내 눈엔 너밖에 안 보여. 그러니까 나 좀 봐 줘."

태경이 예서의 볼을 검지로 톡 짚고는 셔츠의 단추를 다시 잠갔다.

"그 전에 저도 할 말 있어요. 사실 남자 친구 없어요. 거짓말해서 죄송합니다. 팀장님께서 너무 빨리 다가오시고 제 마음도 아직 알 수 없고…… 부담스러워서 그랬어요."

고개를 푹 숙인 예서가 입술을 잘근잘근 씹었다. 거짓말 하나가 일을 키웠다. 그도 상처 입었고 자신도 상처 입었다. 몰라도 될 일들을 너무 많이 알게 되었다. 준성의 마음과 숙경의 진심.

"거짓말이라고?"

태경이 알면서도 표정을 굳히며 되물었다. 죄 지은 사람처럼 풀 죽은 모습이 안쓰러웠지만 봐줄 생각은 없다.

"상사의 진심이 우스웠나 봐."

"그게 아니라……."

"난 진심으로 고백했고 그간 내 행동들의 이유도 설명했어. 거절을 하려면 예의를 갖췄어야지."

"죄송해요. 화나셨죠?"

속눈썹을 파르르 떨며 예서가 태경의 눈치를 보았다.

"제가 팀장님 화 풀리실 때까지 하라는 대로 다 할게요. 죽을죄를 지었습니다."

예서가 고개를 숙였다. 그러는 사이 태경은 손으로 입을 가리며 웃었다. 일단 본사 지원부터 막아야겠다.

"내가 하란대로 할 거야?"

"네."

"그럼 본사 지원 취소해."

"네?"

"지원서 내가 삭제한다."

이게 아닌데. 예서가 혼잣말을 하다가 태경과 눈이 마주쳤다. 인상을 쓰며 무언의 압박을 하자 예서가 고개를 끄덕였다. 그제야 태경은 편히 웃었다.

"네가 김준성하고 룸메이트라는 걸 알았을 때, 남자 친구가 있다고 했을 때, 거짓말이라는 걸 알았을 때 모두 돌아 버릴 것 같았어. 질투하는 내 자신도 우습고 얼마나 싫었으면 거짓말까지 했을까 싶어서 비참했어. 그럼에도 나는 네가 좋아."

"······."

"다른 놈한테 못 주겠어."

날것의 눈빛이었다. 평소와 달리 거칠어진 태도가 예서를 당황하게 만들었다. 그럼에도 시선을 피할 수 없었다. 자신을 직시하는 눈빛이 강렬했다.

"사실은요. 싫어서 거짓말을 한 게 아니라 제 답이 너무 지연될 것 같아서, 기다리게 할 수 없어서 그랬어요. 또······

상처 받기 싫은 것도 있고."

지금 연애를 하면 결혼으로 가야 해피 엔딩일 것이다. 태경과의 연애, 결혼. 상상이 되지 않아 무서움이 앞섰다. 또 짝사랑으로 끝난다면, 그가 운명을 만난다면 이번엔 얼마나 더 깊은 상처를 받아야 할지 두려웠다.

"답이 지연될 것 같다는 말은 마음이 없다는 건 아니네."

"그렇긴 한데……."

예서가 머뭇거리는 사이 태경이 그녀의 턱을 살며시 올렸다. 그리고 얼굴을 가까이 대고 코끝을 살짝 부딪치며 한쪽 눈에 쌍꺼풀이 지도록 부드럽게 웃었다.

"그럼 고민하지 말고 연애해."

"……."

"잘해 줄게. 네가 원할 때까지 손끝 하나 안 건드려."

"진짜요?"

"그럼. 그까짓 거 못 기다릴까."

"나 연애에 되게 서툰데."

"잘 리드할게."

"여자가 얼마나 많았길래."

"없었어."

"거짓말."

순식간에 입술이 부드럽게 닿았다가 멀어졌다. 예서가 주위를 둘러보며 손바닥으로 입술을 가렸다.

"손끝 하나 안 댄다면서."

"손끝 하나 안 대고 입술을 부딪쳤지."

예서가 허, 하고 웃었다. 어차피 이렇게 될 걸 왜 거짓말을
해서 돌고 돌았는지.

"자책하지 마. 더 밀어붙이지 못한 내 죄니까."

"그러니까 괜히 더 미안해지잖아요."

예서가 주스를 빨아 먹으며 말했다. 거짓말을 한 건 자신
인데 태경이 저자세로 나오니 미안함이 배가 되었다. 그러다
가도 금세 장난기 넘치는 모습으로 돌아온 그 덕분에 웃음이
나왔다.

"근데 거짓말한 건 혼나긴 해야 돼."

"혼낸다고요? 연애하기로 했는데?"

"연애는 연애고 벌은 받아야지."

태경이 어떤 벌을 줄까 고민하며 예서를 위에서부터 아래
로 쭉 훑어 내렸다. 그게 왠지 낱낱이 파헤쳐지는 것 같아 예
서의 어깨가 절로 움츠러들었다.

"당분간 야근해. 나랑 같이."

"네? 야근이요?"

"응, 이건 상사로서 명령이야."

"싫다고 하면요? 본사 지원 취소할 건데…… 그거면 벌로

충분하잖아요."

그건 안 된다며 태경이 고개를 저었다. 예서가 이건 권력 남용이라며 반박하자 태경이 콧잔등을 찌푸렸다.

"같이 있고 싶어서 그래."

처음부터 그렇게 말하지. 그 한마디에 예서의 볼이 붉어졌다. 야근의 이유가 같이 있고 싶어서라니. 태경이 자신을 많이 좋아하는 것 같아 기뻤다. 뭐라 형용할 수 없는 감정들이 가슴을 긁고 지나갔다.

행복했다. 태경의 마음이 자신에게 향해 있다는 것이. 준성의 고백은 여전히 부담스러웠으나 태경의 말 한마디는 마법을 부리는 것처럼 심장이 간지럽기만 했다.

지이이잉, 지이이잉.

진동이 울렸다.

사실 아까부터 끊임없이 울리고 있었다. 끈질기게 오는 전화에 어쩔 수 없이 가방에서 휴대폰을 꺼냈다.

〈숙경 이모〉

목소리를 들으면 울어 버릴 것 같은데…….

예서는 받을까 말까 고민하며 손가락을 휴대폰에 가져갔다가 떼어 내길 반복했다.

"팀장님!"

태경이 그런 예서를 빤히 보다가 휴대폰을 빼앗아 아예 전원을 꺼 버렸다. 순식간에 암전이 된 듯 어두워진 화면을 바라보는데 그가 가방에 휴대폰을 넣고 어깨를 으쓱했다.

"데이트할 땐 핸드폰 보는 거 아니야."

고개까지 절레절레 흔들며 단호하게 말하는 태경 때문에 예서는 또 웃었다. 그래, 오늘부터 연애하기로 했으니까 충실히 해야지. 예서는 애써 생각나는 기억을 지우려 눈을 지그시 감았다가 떴다. 태경이 보였다. 저절로 입가에 미소가 지어졌다.

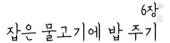

6장
잡은 물고기에 밥 주기

"꺄아아! 몇 년 만에 솔로 탈출이냐, 송예서."

"글쎄? 너무 오래돼서 기억도 안 나."

"제대로 연애하는 거 처음 아냐? 이리 와 봐. 내가 뽀뽀해 줄게. 이 언니가 다 기쁘다."

주미가 술 냄새를 폴폴 풍기며 예서에게로 다가왔다. 기겁하며 침대 위로 피신한 그녀는 주미가 아끼는 곰돌이를 방패 삼아 피했다.

"야, 네가 만지고 있는 인형 참고로 2년 동안 안 빨았다."

"아악! 왜 안 빨았어?"

"귀찮아서. 그건 그렇고 태경 씨, 박력 터지더라."

"박력?"

"무서운 구석이 있더라고."

주미가 음흉하게 웃으며 팔짱을 꼈다. 임원들의 압력에도 지지 않고 제 뜻대로 실행하는 걸 보면서 독하다는 생각은 했다. 눈 하나 꿈쩍 않는 성격이 무엇보다 마음에 들었다.

그러나 무섭다고 느낀 적은 단 한 번도 없었다. 주미가 태경을 잘못 본 것 같았다.

"잘못 봤을 거야. 무섭긴. 다정한 편인데?"

"넌 태경 씨 코털도 건드리지 마."

"주미야, 나 아까 숙경 이모랑 김준성 생각…… 하나도 안 났다? 연애가 원래 이런 거야? 사실 내 감정이 어디쯤인지 모르겠고 미래도 걱정되고 그랬는데 막상 연애를 시작하니까 가슴이 하늘에 붕 떠 있는 것 같아. 멍하고 떨리고. 생각만 해도 둥둥거려."

귓가에서 태경의 숨결이 느껴지는 기분에 숨 쉴 때마다 심장까지 저릿했다.

"찬물을 끼얹어서 미안한데, 너 집은 어떡하려고?"

"원룸을 구해야겠지?"

"해외 간다고 돈 모을 땐 언제고."

"고시원으로 가야 하나?"

해외 발령은 이미 물 건너간 것 같다. 연애가 참 신기하다.

라인코리아에 입사하면서부터 꿈꿔 왔던 일이 쉽게 포기가 되었다. 하긴 처음부터 해외 발령은 도피였다.

"그래, 일단 집을 구하는 게 먼저겠다. 주말에 집 구한 다음 인사드리고 나와, 이 기회에."

그 사건 하나로 연을 끊을 정돈 아니지만 이제 정리를 해야 될 것 같았다. 실제로 피도 섞이지 않은 자신을 마음으로 거둬 준 것은 분명 숙경의 진심이었을 것이다. 딸은 되도 며느리는 절대 안 된다는 말 또한 진심이겠지만.

"윤기태 팀장은 모르겠는데 태경 씨는 몸 좋더라."

"그래?"

"내가 대충 남자 보면 사이즈 나오거든? 슈트에서 그 정도 피트가 나오는 거면…… 야, 벗으면 장난 없겠다. 너의 첫 남자로 너무 세다, 세."

"이제 시작했다, 우리. 그런 농담은 사절이거든!"

예서의 볼이 발갛게 물들었다. 태경이 몸 좋은 건 이미 사내에 소문이 나서 잘 알고 있다. 직접 본 적은 없지만 적어도 배가 앞으로 나오고 가슴이 여자인지 남자인지 모를 만큼 살로 뒤덮이진 않은 것 같다. 아직 볼 준비가 안 됐는데 주위에서 자꾸 그쪽을 강조하니 궁금해지기도 했다. 여전히 보는 건 부끄러운데.

"나 같으면 첫날에 자빠뜨린다."

"주미야, 자제하자. 시집도 안 간 처녀가."

"지금이 조선 시대도 아니고. 시집 안 갔으니까 즐기고 사는 거지. 시집가면 즐기지도 못해. 한 남자랑 평생 자야 돼."

"그래, 너 잘났다!"

예서는 2년 동안 한 번도 세탁한 적 없다는 곰돌이를 주미에게 던졌다. 그걸 받는다고 뒤로 발라당 넘어진 주미가 켁켁거리며 기침을 하는 사이 예서는 태경을 떠올렸다. 집에는 잘 들어갔나 궁금했다. 휴대폰을 꺼내는데 손끝이 간질거렸다. 너무 간질거려서 가슴이 울렁거린다.

〈잘 들어갔어? 데이트하고 싶은데 일이 많이 밀려 있어서 보기 힘들 것 같아. 월요일 날 회사에서 봐. 잘 자고.〉

나도 좋다. 너무 좋다.

예서는 주먹을 쥐었다 펴며 주미처럼 누워서 발을 위로 쭉 뻗고 발끝을 까딱거렸다. 술기운 탓인지 기분까지 몽롱해서 공중에 떠 있는 느낌이었다.

〈오빠도요, 월요일 날 봐요.〉

문자 하나 보내는 게 이렇게 힘든 일이라니. 지웠다가 쓰

226

는 걸 반복하며 키득키득 웃었다. 그런 예서의 옆으로 어두운 그림자가 다가왔다.

"으악!"

"오빠도요? 하트는 왜 빼."

"너 때문에 놀랐잖아."

"잡은 물고기에 밥 안 주는 경우 많으니까…… 항상 조심해. 여자는 밀당을 잘해야 돼. 나도 그걸 못해서 단기 만남밖에 못 하지만. 흑흑."

예서는 밀당을 해 본 적도 없고 할 줄도 몰랐다. 연애를 하는데 뭐 그리 피곤하게 하는지 이해가 되지 않았다. 좋아하는 감정을 숨길 줄도, 문자의 답신을 기대하게 되는 걸 아닌 척할 줄도 모른다. 그냥 내 식대로 할 생각이었다.

일요일 날 예서는 준성의 집으로 가 그의 부모님께 감사하다는 인사를 먼저 했다. 이때까지 베풀어 주신 은혜를 갚을 길은 없지만 평생 감사하며 살 것이라는 말도 전했다. 방을 구하기 전까진 주미네 집에서 잠시 묵기로 했다고 말씀드렸다.

준성의 아버지가 갑자기 무슨 일인지 물어보았으나 숙경은 대답하지 않았다. 예서의 눈을 피하며 한마디를 덧붙였다.

"그래, 그러렴."

잡아 줄 줄 알았는데. 준성과 엮이는 건 아닌가 걱정이 되었나 보다. 울컥 올라오는 감정을 억누르며 예서는 그 집을 나왔다. 집 앞에서 준성이 그녀를 기다리고 있었다. 준성에게도 확실히 거절을 했다.

"미안, 전처럼 지낼 순 없을 것 같아. 네 마음 잘 정리됐으면 좋겠어."

친구처럼 지내 온 세월이 길었다. 준성은 금방 다른 여자를 사귈 것이고 자신에 대한 감정도 식을 것이다. 부디 자신이 준 상처가 빨리 아물기를 바라며 예서는 씁쓸한 웃음을 지어 보였다.

"예서야."
엘리베이터 앞에서 태경을 만난 예서의 얼굴엔 환한 미소가 만연했다. 꽃이 핀 것처럼 활짝 웃는 그녀를 보던 태경도 입가에 미소가 번졌다. 얼마나 반가웠는지 보자마자 양팔을 벌렸고 예서는 주위를 보다가 슬쩍 태경의 가슴에 이마만 콩

찍고 뒤로 물러났다.

"뭐야, 감질나게."

"회사 앞이잖아요."

"일부러 기다렸는데."

"기다렸다고요?"

"나 출근 일찍 하잖아. 너 올 때 된 것 같아서 내려왔지."

"뭘, 또."

예서가 손가락을 오므렸다. 기분이 좋음에도 말이 툴툴 나온다. 실제로 커피를 사러 온 건지 자신을 데리러 온 건지 알수 없지만 거짓이라도 너무 좋았다.

"진짜라니까."

"에이, 커피 사러 내려온 거죠?"

"겸사겸사. 오늘 데이트하려고 주말에 밤샘했는데 한 번 안아 줘 봐."

그러는 사이 엘리베이터가 1층으로 내려와 곧 문이 열렸다. 엘리베이터에 둘 외에 아무도 타지 않으면 그때 안아 줄생각이었다.

아무도 타지 마라.

제발, 아무도 타지 마라.

윤태경 씨 품에 안겨 보자. 제발, 타지 마라.

조금씩 닫히는 문을 보며 예서가 마음속으로 박수를 쳤다.

정말 개미 한 마리도 보이지 않았다. 오예, 주먹을 꽉 쥐려는 찰나 문이 열렸다.

헥헥, 숨을 들이켜고 있는 박철호였다.

"제길."

태경이 조용히 읊조렸다.

"네? 팀장님, 안녕하십니까!"

내가 잘못 들은 건가? 철호가 갸우뚱하며 태경에게 인사했다. 고개만 끄덕여 대답한 태경은 속으로 한숨을 쉬었다. 괜히 아쉽다. 평소엔 굼뜨더니 오늘따라 왜 일찍 출근을 한 것인가.

"어제 술을 안 마셔서 오늘 눈이 일찍 떠지더라고요. 예서 씨, 주말 잘 보냈어?"

"네, 저야 뭐."

"그럼 오늘 술 한 잔 어때? 내가 좋은 칵테일 바 알아냈는데."

"저희 둘이서요?"

"왜? 싫어?"

예서에게 어깨동무를 하려는 철호의 손을 태경이 막아 냈다. 인상을 찌푸리며 살벌하게 쳐다보는 눈 때문에 철호가 다시 한 번 갸우뚱했다. 오늘 따라 팀장님 기분이 안 좋은가. 혹시 사내 연애를 싫어하시는 건가.

찔러보는 것도 안 되나. 나도 연애 좀 하고 싶은데.

속으로 생각하던 철호는 태경에게 붙잡힌 손이 점점 아파올 때쯤 미약하게 신음을 뱉어 냈다. 너무하잖아, 이거! 성추행범으로 몰린 것 같은 느낌이었다.

"팀장님, 손, 손 좀 놔주세요."

"싫습니다."

"네?"

"송예서 씨."

예서는 자신을 뚫어지게 쳐다보는 태경의 눈을 보면서 고개를 휘휘 저었다. 연애한다고 말할까 봐 두려웠다. 상사랑 연애를 하는 걸 주변에서 알게 된다면…… 상상만 해도 끔찍했다. 직원들에게 둘러싸여 태경에 대해 질문 공세를 받게 될 것이다.

어떻게 시작하게 되었는지 보다 연애할 때의 태경의 모습을 궁금해할 거고 주미처럼 야한 방면으로 농담하는 사람도 생길 것이다. 피곤해질 게 분명해서 예서는 다시 고개를 저었다.

"남자 친구 있죠?"

얼른 대답하라는 듯 태경이 턱짓을 했다. 예서는 일단 다죽어 가는 철호부터 풀어 줘야겠다는 생각에 발끝을 세우고 두 사람의 맞잡은 손을 풀었다. 태경이 말하기 전에 자신이 먼저 선수 쳐야 했다.

"없, 없는데요. 없습니다!"

아직은 안 돼요, 팀장님. 밝힐 시기가 아니에요.

고작 이틀밖에 안 됐는데 밝히는 건 무리가 있다. 예서의 말에 태경이 콧잔등을 찌푸리더니 엘리베이터가 도착하자마자 휑하니 먼저 내렸다.

혹시 밝힐 생각이었나.

사무실에 들어가서 기분을 풀어 줘야겠다고 생각하며 예서가 철호에게 다가갔다.

"철호 씨, 괜찮아요?"

"네. 그나저나 내가 팀장님한테 잘못한 게 있나?"

"글쎄요."

"뼈 부러지는 줄 알았네. 무슨 악력이 저렇게 세."

작년 워크숍 팔씨름 대회에서 우승까지 한 전적이 있는 철호가 손을 탈탈 털며 호호 입으로 불었다.

"박력 터지네."

"선경 씨, 먼저 와 있었네요."

"네, 잠시만요. 저 카톡만 마저 하고요."

선경이 전투적으로 휴대폰을 두드리는 걸 지켜보며 예서가 잠시 기다렸다. 선경에게 받아 갈 자료가 있었다.

"미안해요. 연애 상담 때문에요. 남자는 왜 사귀고 나면 행동이 변하는 거예요? 좋다고 쫓아다닐 땐 언제고. 잡은 물고기에 밥 안 준다 뭐 그런 건가? 연애만 하는데도 변하는데 결혼을 하면 완전 다른 남자랑 사는 줄 알겠네."

혼잣말을 하며 선경이 철호의 등짝을 세게 내리쳤다.

"왜 딴청 피워요! 남자는 왜 잡은 물고기에 밥을 안 주냐니까요."

"남자들의 정자는 원래 그렇게 프로세싱 돼 있어."

"지질이네요."

두 사람이 언제 저렇게 친해졌는지 모르겠다. 아직 19금 농담에 면역이 없는 예서가 빨개진 볼을 감추며 얼른 선경에게 자료를 받아 팀장실로 들어왔다. 자리에 앉은 다음 태경 쪽을 힐끗 보고 모니터로 시선을 돌렸다.

정자의 프로세싱. 휘휘, 괜히 고개를 돌리며 이상한 쪽으로 상상의 나래를 펼치려는 자신의 머리를 쾅 쥐어박았다.

❋   ❋   ❋

"없, 없는데요, 없습니다!'

팀장실로 들어온 태경은 빈 예서의 자리를 흘끗 쳐다보았다. 방금 전 예서의 목소리가 귀에서 울리는 것 같았다. 연애

233

하는 게 숨길 일인가? 술김이었나? 그러고 보니 예서에게서 좋다는 말을 들은 적이 없다. 연애도 닦달해서 시작한 것이 아닌가.

괜히 또 초조해지네.

오늘 아침 일찍 출근을 한 준성과 옥상에서 마주쳤다. 자신도 모르게 꽤 오랫동안 그를 쳐다보고 있었던 것 같다. 한숨을 푹푹 쉬며 세상이 무너진 듯한 표정을 짓는 모습에서 묘한 쾌감을 느낀 태경은 준성을 뒤로하고 1층으로 내려왔다.

공주미인지, 박주미인지, 신주미인지. 어쨌든 예서가 친한 친구 집으로 들어갔고 곧 원룸을 구한다는 말을 들었다.

그의 표정과 그녀의 행동력이 오버랩 되면서 김준성은 예서에게 차였다는 확실한 결론을 내렸다.

연애를 결심하고부터 주변을 알아서 정리하는 예서 덕분에 기분이 좋아진 태경은 그녀를 보자마자 팔을 벌렸다. 안아 주고 싶었다. 하루에도 감정이 하늘과 바닥을 오가는 구나. 사랑을 해서 좋긴 한데 정신 건강은 피폐해지는 느낌이다.

오늘은 머리카락에 웨이브를 넣어 붉은 입술이 더 돋보였다. 당장에 끌어안아 입술을 누르고 싶지만 이곳은 회사였다.

둘이서만 있고 싶다는 생각이 머릿속을 채웠다. 일찍 출근한 덕에 엘리베이터 앞엔 둘뿐이었다. 태경은 하늘이 도왔다고 생각했다. 둘만 있는 엘리베이터, 갇힌 공간, CCTV도 없겠다 내 세상을 만난 것처럼 즐거워했으나 그것도 잠시였다. 박철호가 문틈으로 손을 내밀었다. 반갑게 인사를 하는 그가 전혀 반갑지 않았다. 태경은 자신도 모르게 고개만 끄덕거렸다.

하늘도 무심하시지.

두 사람이 하는 이야기를 듣고 있던 태경은 철호의 손이 예서의 어깨에 닿을 듯 말 듯 다가가는 걸 보고 그의 손을 잡아챘다. 결혼 적령기의 철호는 동기보다 승진이 늦었다. 동기인 경민이 결혼도 하고 주임까지 달 동안 결혼도, 승진도 못 한 철호는 안달이 나 여러 여직원을 찔러본다는 소문을 익히 들었다. 그래서 그 손이 곱게 보이지 않았다.

손 마디마디에 악력 테스트를 하듯 힘을 주었더니 그의 잇새에서 미약한 신음이 흘러나왔다. 그럼에도 태경은 손을 풀 생각을 못 했다. 이걸 부러뜨려, 말아.

"팀장님."

"네."

"그렇게 보시면 일 못 해요, 저. 남자 친구 없다고 한 건 상사와의 스캔들이 불편해서예요. 팀장님한테 호감 품고 있는 여직원들한테 입으로 맞고 싶지 않아요."

"입으로 맞아?"

"손으로 때리는 것보다 소문이 더 무서워요. 누군가의 안 줏거리가 되기도 싫고요."

진저리가 난다는 듯 예서가 어깨를 떨었다. 외국에선 사내 연애를 신경 쓰는 이가 아무도 없었다. 그런데 한국 기업은 좀 다른가 보다. 연애를 하는 게 누군가의 안줏거리가 될 수 있다니.

송예서가 그렇다면 그런 거다. 태경은 예서가 원할 때까지 비밀 연애를 하기로 마음먹었다. 숨기고 싶지 않았지만 당분 간은 그렇게 하기로 정했다.

"비밀 연애해 보자. 네 말뜻 이해했어."

"정말? 고마워요. 제가 용기가 많이 부족해서 오빠 마음 잘 모르고 느려 터지고, 자꾸 생각만 많이 해서 미안해요."

"아냐, 생각해 주는 것만 해도 고맙지. 알아주는 것만으로 도 감사해. 그러니까 일해."

"정말이요? 나 지금처럼 연애하면 돼요? 잘하고 있어요?"

태경이 고개를 끄덕이자 예서가 방긋 웃으며 박수를 쳤다. 연애를 잘하고 말고가 어디 있어? 그냥 하는 거지. 학교에서 숙제를 검사 받는 아이처럼 예서는 자신의 말 한마디에 좋아 했다. 귀엽긴.

저렇게 귀여우니 남 주기 싫지. 김준성에게 빼앗겼으면, 또 다른 누군가가 예서를 통째로 삼켜 버렸으면. 상상만으로도 짜증이 치솟은 태경이 이를 아득 물었다. 이왕 내 어항 안으로 들어온 이상 놓아줄 생각은 전혀 없었다. 이대로 평생 가둬 두고 다른 남자 따위 만나게 두지 않을 것이다.

결혼 적령기인 예서가 폴폴 꽃향기를 뿌리는 게 문제긴 하지만. 지금은 바싹 엎드려 예서에게 잘 보여야 했다. 태경은 예서 말대로 사적인 감정을 배제하고 공과 사를 구분하기 위해 표정을 차갑게 굳혔다.

제발 사람 속 불나게 귀여운 짓만 안 하길 바라며.

"근데 화내지 말고 들으세요."

"뭔데?"

"저 김준성 좀 만나고 올게요."

"싫어."

"10분만요. 옥상에서 만나기로 했어요."

떨떠름한 표정으로 태경이 고개를 끄덕였다.

"10분 안에 안 오면 올라간다."

"네!"

쪽지를 확인하고 옥상으로 올라간 예서는 준성을 기다렸다. 친구로 사귄 세월과 함께 산 기간이 길어 실 자르듯 끊어

낼 수 있는 사이가 아니었다.

"왔어?"

피부가 거칠어진 준성이 담배를 물다 주머니에 도로 넣으며 인사했다. 어색한 공기가 두 사람 사이로 흘렀다.

"너 팀장님과 연애해?"

친구였을 땐 어떻게 알았냐며 당분간 비밀로 해 달라고 하거나 솔로 탈출 축하주라도 사라며 장난을 쳤겠지만 지금은 어색하게 고개만 끄덕였다.

"너희 안 어울리는 거, 네가 제일 잘 알 거라 생각하는데."

"그렇긴 한데……."

"내가 안 된다고 꼬장 부리는 것도 맞지만, 윤 팀장은 아니야. 널 9년 키워 준 우리 엄마도 반대하는데."

굳이 예서의 아픈 부분을 왜 건드리는지 모르겠다. 예서가 불쾌한 표정을 지으며 준성을 노려보았다.

"너와는 상관없어."

"왜 상관이 없어? 예서야, 우리 같이 미국가자. 너 가고 싶어 했잖아."

"뭐?"

"나도 지원할게. 친구처럼 더 지내다 보면 언젠가……."

준성이 애원하듯 말했다.

"그 언젠가도 친구 이상의 감정은 아닐 거야. 나 지금 너

불편해. 내려갈게."

예서가 등을 돌렸다. 9년의 친구 관계가 한순간에 깨졌다. 이미 예견된 일이었다.

점심 식사를 마치고 나온 인사팀은 1층 카페로 갔다. 팀장님이 입맛을 버려 놨다며 다들 눈물을 삼켰다.

"매번 원두커피 먹다가 다방 커피 먹으려니까 이상해. 이게 다 팀장님께서 비싼 커피로 입맛을 바꿔 놓으셔서 그래. 안 그래요, 유 주임?"

"끝에만 존댓말 쓰는 거 안 어울려. 밖에 있을 땐 그냥 반말해, 하던 대로."

"난 언제 승진할까?"

"이번에 기대해 봐."

아이스커피의 반을 마시며 철호가 빨대를 뱅뱅 돌렸다.

"왠지 이번에 승진 힘들 것 같아."

"왜?"

"팀장님한테 밉보인 것 같아."

"밉보였다고? 딱히 밉보일 일도 없잖아."

"그러게나 말이에요. 시선에서 적대감이 느껴졌어요. 예서 씨도 봤지?"

"네?"

"왜, 출근할 때 엘리베이터에서 나 손목 부러뜨리려고 했잖아."

"글, 글쎄요?"

부러뜨리려고 했던 것 같다. 그때만큼은 태경도 진심이었으리라. 이러다가 연애하는 걸 들킬 듯해 예서가 모르겠다는 표정을 지었다. 어색했으려나.

"뭐야, 그 과한 긍정은. 예서 씨가 너무 과하게 표현하니까 더 진짜 같잖아. 잘 가라, 승진이여."

철호가 씁쓸한 표정을 지으며 손을 흔들었고 선경은 배꼽을 잡고 웃었다. 태경은 오늘 연구개발팀 팀장과 점심 약속이 있어서 점심을 따로 먹었다. 인사팀 직원들의 커피가 반이상 줄어들었을 때쯤 1층 카페로 오는 태경과 연구개발팀 팀장이 보였다.

"주 팀장은 빠지는 데가 없네."

"사내에 소문 다 났어. 남직원들한테 추파 던진다고."

"한 대리님, 이건 사실이잖습니까? 주 팀장님 빠지는 데가 없는 거. 팀장님은 같이 식사도 하시고, 좋겠다."

인사팀 식구를 발견했는지 태경이 웃으며 다가왔다. 예서도 직원들을 따라 태경에게 깍듯이 인사했다.

"팀장님, 커피 제가 살게요."

"아닙니다, 주 팀장님. 제가 사야죠."

"점심도 사 주셨는데."

두 사람이 이상야릇한 대화를 하는 동안 예서는 등골이 간질거렸다. 약 오르는 기분.

"제가 살게요."

"송……."

"네, 송예서입니다. 아메리카노 아이스로 두 잔 주세요."

"이름 기억 못 해서 미안해요. 예서 씨가 커피를요? 아니에요, 제가 살게요."

주 팀장이 예서의 카드를 물리며 제 카드를 꺼냈다. 왠지 지는 느낌에 뒤를 휙 돌자 태경이 손바닥으로 입을 가리고 있었다. 눈가가 살짝 휘어진 것이 분명 웃는 게 틀림없다.

생각해 보니 태경은 직원들에게 너무 친절했다. 여직원에겐 덜 친절해도 되는데. 밥도 잘 사 주고 커피도 잘 사고. 지갑이 너무 열려 있잖아.

"한 대리, 오랜만이네요."

"네, 주 팀장님. 잘 지내셨죠?"

"안 그래도 오면서 윤 팀장 여자 친구 이야기 했는데, 본 적 있어요?"

"아니요?"

"사진 보여 달래도 없다고 하고. 여자 친구는 있다는데 아무래도 약 치는 것 같단 말이죠."

태경 쪽을 보며 주 팀장이 찡긋거렸고 그는 어깨를 으쓱하며 제스처를 취했다.

"실제로 눈앞에 데려오기 전까진 아무도 안 믿을 것 같은데요, 팀장님. 한 대리도 잘 모르겠다는 표정이잖아요."

"있어요."

"네, 있다고 듣고 없다고 판단할게요. 윤 팀장이 사 주는 국수는 먹고 싶지 않아요. 거부하겠습니다."

말도 센스 있게 잘하네. 빨대를 우적우적 씹으며 예서가 주 팀장을 보았다. 태경처럼 대표가 직접 스카우트해 온 팀장이었다. 외국에서 석·박사 학위를 땄다고 했다. 여자가 버티기 힘들다는 공대에서 성적도 상위권이었다고. 빠지는 것이 없는 여자였다. 괜히 더 심술이 돋아 예서가 빨대를 더 격하게 씹었다.

"데이트는 하는 거예요?"

"네."

"팀장님 정도면 잡은 물고기에 밥 안 줘도 행복해할 것 같습니다."

철호가 태경의 옆에서 딸랑거리기 시작했다. 승진이 걸려 있어서 그런지 억지로 웃는 입가 근육이 파르르 떨렸다.

"잡은 물고기에 밥을 왜 안 줍니까? 더 줘야지. 뚱뚱하게 키워서 어항 구멍으로 못 나가게 해야죠."

"은근 무섭네요, 윤 팀장."

"주 팀장, 저 은근 무서운 남자니까 관심은 사절입니다."

잘했다, 내 새끼.

예서가 기쁜 마음으로 빨대를 빨았다. 얼마나 씹었는지 음료수가 잘 안 빨렸다. 빨대를 교체하려고 데스크로 향할 때였다. 예서의 눈앞에 스트라이프 모양의 빨대가 왔다 갔다 했다.

"예서 씨, 빨대."

태경이었다. 그는 웃으며 빨대를 새로 꽂아 주고 씹어서 문드러진 빨대는 도로 가져가 쓰레기통에 넣었다. 그리곤 물티슈로 손에 묻은 녹차 라떼를 문질러 끈적거림을 없앴다.

"빨대 씹다가 이 상하면 주는 밥 못 먹습니다."

태경의 농담에 예서의 볼이 붉어졌다. 비밀 연애라니까! 손부채질을 하며 열 오른 얼굴을 식혔다. 그리고 태경이 주는 밥을 열심히 먹다 포동포동해져 그에게만 매달려야 하는 상황을 떠올려 보았다.

그래도 좋다. 그게 뭐든.

태경이 옆에 있다면 돼지이든 아니든, 어항에 있든 밖에 있든 다 좋을 것 같았다.

"예서야."

"응?"

"다음 주부턴 네 자리로 돌아가."

펜으로 포스트잇에 서류 분류 네임을 적던 예서는 잠시 멈추고 태경 쪽으로 고개를 돌렸다.

"함 전무 사건도 마무리됐는데 계속 네가 여기 있으면 사람들 보기에 이상할 것 같아서."

안 이상한데. 사람들은 개인 비서쯤으로 알고 있던데.

"비밀 연애하자며."

왜 기분이 나쁘지. 비밀 연애하는데 같이 있는 시간까지 줄여야 하나? 공과 사는 구분하자고 해 놓고 막상 구분 못하는 건 자신이었다. 그의 말 한마디에 풀이 팍 죽었다.

"네, 내일 방 뺄게요."

"말투가 왜 그래?"

"아니야."

"저녁에 초밥 먹을까? 너 좋아하는 거로."

"응."

감정의 기복이 왜 이렇게 심한지 모르겠다. 아침엔 좋았다가, 점심엔 나빴다가 다시 좋아졌고 지금은 또 최악이다. 회사에서 사내 연애를 반기지 않는데는 분명한 이유가 있었다.

괜히 일하는 것도 전보다 속도가 느려졌다. 태경이 자꾸 보였다. 일을 할 때 집중하는 그가 얼마나 멋있는지 다른 사

람은 모를 것이다. 만년필로 사인을 할 때 슥슥 긁히는 소리
가 얼마나 달콤하게 들리는지 절대 모를 것이다.

"흠."

자꾸 쳐다보는 걸 느꼈는지 태경이 헛기침을 하며 일어섰
다. 예서는 일을 하는 척 모니터로 눈을 돌렸다. 볼펜의 촉이
종이가 아닌 하늘을 향하고 있다는 것도 모르고.

태경이 나간 후 1분도 지나지 않아 문자가 왔다.

〈5층 비상구. 잠깐만 보자.〉

예서는 태경의 문자를 받고 5분 뒤에 나갔다. 발길이 가벼
웠다. 짧은 틈에도 같이 있고 싶어 하는 그의 마음이 느껴졌
다. 팀장실은 트여 있고 옥상도 누구나 올 수 있는 공간이었
다. 직원들의 눈을 피하려면 둘만의 공간이 필요하다 보니
그나마 인적이 덜한 5층 비상구를 선택했나 보다.

엘리베이터를 탄 예서가 5층에서 내렸다. 비상구 쪽으로
향하며 누가 있는지 없는지를 꼼꼼히 확인했다. 5층은 로펌
회사가 있는 곳이었다. 설레는 마음으로 문을 열자 남자의
손이 문틈을 비집고 나와 예서의 허리를 잡아당겼다. 순식간
의 비상구 문이 닫혔다.

"팀장님?"

그의 얼굴이 예서의 눈앞에 있었다. 기분 좋게 웃고 있었다.

"신경 쓰여서 일을 못 하겠어."

"신경 쓰여?"

볼펜 째깍거리는 거? 내가 오빠 쳐다보는 거?

"네 마음을 따라가려 했는데 그게 잘 안 돼. 그래서 내 맘대로 하기로 했어."

"그게 무슨 소리야?"

고개를 갸우뚱하자 태경의 큰 몸이 예서를 덮쳐 왔다. 등이 비상구 벽에 닿았고 예서의 입술은 태경에게 먹혔다. 살며시 닿은 입술이 달콤하게 감겨들었다. 살짝 입술을 떼어내 아랫입술만 머금은 태경이 예서의 허리를 손바닥으로 살살 쓸었다.

"으음."

달다, 달콤하다. 부드러운 입술을 만끽할 때쯤 태경의 혀가 밀려 들어왔다. 그의 혀는 예서의 입안 구석구석을 훑고 지나갔다. 한 곳도 빠짐없이 맛보겠다는 의지가 담겨 있었다. 수줍게 물러서는 예서의 머리를 손바닥으로 감싸 깊이 당기며 더 깊숙이 맛보았다.

"하……."

숨이 찼다. 갑자기 어디서 불이 붙은 건지 남자의 혀는 거침이 없었다. 허리 쪽을 살살 쓸던 손이 옷 사이로 숨어들었다.

"잠깐!"

"싫어."

입술을 지나쳐 내려온 입술이 턱 선에 닿았다가 떨어졌다. 목에서 느껴지는 홧홧함에 예서의 손가락이 오므라들었다. 간지러웠다. 오늘 목에도 선크림 발라서 화장품 맛이 날 텐데 하면서도 한쪽 눈이 저절로 찡그려졌다.

"같이 있으면 자꾸 이런 생각뿐이야."

"……."

"미치겠다. 얼른 방 빼라, 예서야."

"당장 뺄까?"

"아니, 내일."

아쉽다는 듯 놓아주던 태경이 예서를 다시 안았다. 어깨에 폭 이마를 묻고 거칠게 숨을 몰아쉬었다. 동시에 손으로는 예서의 등을 훑고 내려가 엉덩이에 닿을 듯 말 듯한 위치에서 멈췄다.

"비밀 연애 정말 싫다."

"왜요? 아니, 왜?"

"비밀이라고 하니까 더 감질나."

"근데 우리 언제부터 반말했지?"

"몰라. 그게 뭔 상관이야?"

"일하다가 갑자기 반말이 툭 튀어나올까 봐."

예서가 입을 앞으로 쭉 내밀며 코를 찡긋했다. 분명 팀장님이라 부르고 끝에 요를 철저히 붙였던 것 같은데. 언제부터 반말을 한 건지 기억이 안 난다.

태경의 입술이 다가오는 것을 보며 예서가 손으로 막았다. 태경이 그녀의 손을 떼어 냈다.

"그마……안."

태경이 입술을 다시 부딪치자 예서가 웅얼거리며 말했다. 키스해 달라고 입술을 내민 게 아닌데. 버릇이었다. 고민할 때 입술을 쭉 내미는 거 말이다.

그러고 보니 과거에 집중을 할 때마다 태경이 제 입술을 손으로 쭉쭉 잡아당겼었다. 꽤 아프게.

태경은 과제를, 예서는 문제집을 풀고 있었다. 잘 풀리지 않는 문제를 고심하며 예서가 볼펜으로 머리를 긁었다. 할머니들이 바느질을 할 때 바늘을 머리에 긁는 것처럼 볼펜을 긁어 봐도 답이 나오지 않았다.

눈을 가늘게 뜨고 문제를 노려보았다. 여전히 모르겠다. 문제 속에 답이 있다는 걸 믿는 예서는 세 번 정도 문제를 정독했다.

"이거 공식이 있었는데."

문제 푸는 공식이 있었는데. 붉은 입술을 오물거리다 툭 내밀고 눈을 감았다 떴다. 절로 코끝이 벌렁거렸다.

애기 때부터 뭐에 집중만 하면 입술을 내밀고 턱을 아래로 당겼다고 엄마한테 들었다. 그 버릇은 여전했다.

"아앗!"
"문제를 입술로 풀어?"

입술을 쭉 내밀 때마다 손이 다가왔다. 코도 아니고 입술을 앞으로 쭉 잡아당기는 태경 때문에 예서가 손등으로 입술을 벅벅 문댔다.

"가뜩이나 빨개서 스트레스 받는데! 오빠가 이렇게 잡아당기면 튀어나올 것 같단 말이에요. 붉은데 튀어나오기까지 하면 얼마나 이상할까?"
"괜찮을 것 같은데."
"아니에요! 진짜 싫어요!"

예서가 입술 말고 차라리 귀나 코를 잡아당기라고 태경에게 항의를 했다.

"입술이 몰캉해서 손이 자꾸 가는데?"
"……콤플렉스를 건드리고 그러냐."
"냐?"
"건드리시나요. 소녀, 맘에 상처를 입었사옵니다."

꽤 친해진 태경에게 장난을 치며 두 입술을 안쪽으로 말아 넣었다. 몰캉대서 만진다고 하니까 기분이 이상했다. 콤플렉스를 정확히 꼬집어 줘서 너무 속상했다. 이런 건 좀 모른 척해 주지.

아예 보여 주지 않을 생각으로 입술을 말아 넣은 예서가 웅얼거렸다.

"알겠어. 입술 안 꼬집을게."
"진짜죠?"

예서가 안쪽으로 말아 넣었던 입술을 해방시켰다. 안쪽 입술이 혀에 닿아 촉촉해져 한층 더 붉게 반짝였다. 예서는 그것도 모르고 그를 보며 방긋 웃었다. 태경은 아까처럼 예서의 입술을 잡았다.

"우으! 우으!"
"당연히 뻥이지. 공부하자."
"순 거짓말쟁이."

예서는 그다음 만남 때는 감기가 걸렸다는 핑계로 마스크
를 사 갔다. 입술을 사수하려고 마스크 속에서 우물거리는
예서를 태경은 두 시간 내내 바라봤다. 예서는 전혀 눈치채
지 못했지만 말이다.

"방금 무슨 소리 못 들었어요?"
"무슨 소리?"
"아닌가, 잘못 들었나."
분명 위에서 둔탁한 소리가 난 것 같은데. 예서가 귀를 쫑
긋 세웠다. 태경을 가까이 당겨 안으며 한쪽 귀는 그의 가슴
에 대고 반대쪽은 위층 소리에 집중했다.
익숙한 소리인데.
화르르, 과거를 떠올리며 잠시 잦아들었던 얼굴이 다시 빨
개졌다. 자신과 태경이 했던 것보다 조금 더 격정적인 행위
가 벌어지고 있었다. 사각사각거리는 소음과 타액이 내는 소

리가 비상구를 울렸다.

"얼른 나가요."

예서가 입 모양으로 속삭였다. 이러다 들키겠어. 여기가 사내 커플이 모이는 장소인가 보다. 다른 회사도 별반 다르지 않은지 비상구에서 커플이 모이는 모양이다. 태경은 예서에게 끌려가다가 엘리베이터 앞에서 그녀를 안았다.

"하루 종일 이렇게 있고 싶다."

"아으, 누가 봐요!"

아쉬운 듯 느리게 떨어져 나간 묵직한 팔. 그녀도 아쉽긴 했다. 태경의 품이 좋긴 한데 이러다간 정말 입술까지 붙이고 싶을 것 같아서 다음 말을 쉽게 못 하겠다. 말하면 실행에 옮기고 싶어지리라.

"송예서."

5층에는 아는 사람이 없는데. 예서는 자신을 부르는 목소리에 고개를 돌렸다.

김준성이었다.

"어, 어. 준성아."

"얘기 좀 해. 전화를 해도 안 받고 답장도 없고. 너 그렇게 가 버리는 게 어디 있어?"

"으응? 너 왜 여기서 나와?"

"5층 로펌 사무실에 친구 있잖아. 너도 알 텐데? 재희라고. 너 내 친구 다 알지 않아?"

"대충은 다 알지, 만나 봤으니까."

말하면서도 태경의 눈치를 자꾸 살피게 된다. 준성은 우리 사이를 알기 때문에 거리낄 건 없지만 태경의 표정이 심상치 않았다.

"중요한 일입니까?"

"네, 팀장님. 중요한 일입니다."

"지금 업무 시간입니다."

네가 지금 업무 시간을 따지냐? 네가 왜 여기 있는데? 준성이 황당한 표정으로 태경을 보았으나 그는 꿈쩍하지 않았다.

"업무 시간 끝나면 하세요."

"네, 팀장님. 그럼 예서야 일 끝나고 연락해."

"아참, 오늘 예서 씨 업무 끝나고 남자 친구랑 초밥 먹으러 간답니다. 당분간은 저녁마다 데이트해서 바쁘다고 했는데, 그죠?"

태경이 웃음기 하나 없는 말투로 찍어 누르듯이 말을 했다. 예서는 태경의 기세에 눌려 고개를 끄덕였다. 그 사이에 낀 준성만 황당한 표정을 지을 뿐이었다.

"저 두 사람 사이 다 압니다. 굳이 그렇게 경계하지 않으셔도 됩니다. 할 말이 있어서 그래요."

"그럼 말이 더 쉬워지겠네. 예서 친구니까 말 놔도 되지? 말 놓는다."

"……."

"그쪽 감정 때문에 송예서가 상처 받지 않게 해 줘. 공적인 것은 메일로 해 줬으면 좋겠군. 엄청 신경 쓰이니까."

"왜요? 자신 없으세요?"

"아니. 네가 질척거리면 예서가 불편할 테니까."

이미 한 번 거절당한 그의 마음을 태경이 난도질했다. 준성이 한숨을 쉬며 예서를 쳐다봤지만 그녀도 시선을 피했다. 엘리베이터가 5층에 멈췄다.

"김준성 씨는 다음 엘리베이터를 타고 올라가는 게 좋겠어."

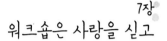

7장
워크숍은 사랑을 싣고

　예서는 인사팀 식구들 틈으로 업무 자리를 옮겼고 태경은 태경대로 일거리가 넘쳐서 바쁜 나날을 보냈다. 회사에서 태경을 마주치는 건 회의할 때뿐이었다. 전에는 같이 점심도 먹곤 했는데 지금은 밥은커녕 얼굴 보기도 쉽지 않았다. 회사 일은 저 혼자 다 하는 줄 알겠네. 예서는 괜히 입술을 삐죽였다.

　"우리 팀장님, 다음 분기 때 전무로 발령 난다는 소문이 있던데…… 진짜예요?"

　"선경 씨는 은근히 빨라. 아직 인사팀에 공지도 안 내려온 소식을 자기가 어떻게 그리 잘 알아?"

"한 대리님, 저는 전 직원들과 다 친하답니다. 저번에 회계팀 박 대리가 대표님과 윤 팀장님이 대화 나누는 거 들었대요. 실제로 함 전무 잘린 지 꽤 됐는데 아직도 공석이잖아요. 처음부터 윤 팀장님 자리가 거기였던 것 같다고 다들 추측하더라고요."

"그렇다고 해도 말조심하는 게 좋아."

한 대리가 엄한 표정을 지으며 선경을 나무랐다. 인사팀이 인사에 관련된 사항을 다른 팀과 왈가왈부하며 장단을 맞춰 주면 아닌 일도 맞는 일이 돼 버리고 일어나지도 않은 일을 확정 지어 생각하는 경우도 생긴다.

태경을 향한 직원들의 시선이 변한 데는 소문이 한몫했을 것이다. 태경은 대표의 낙하산이자 고액 연봉에 스카우트되어 온 팀장이라 다들 어려워했었다.

다만 생각과 달리 그는 수평적인 상사 관계를 유지했고 특정한 상황이 아니라면 굳이 팀장의 권한을 앞세워 직원들을 닦달하지도 않았다. 맺고 끊음이 확실하여 일하는데 빈틈이 없으면서도 제 부하 직원은 잘 챙겼다. 그래서 잠시 경계를 풀었던 타 부서 직원들까지 그가 승진한다는 소문 때문에 다시 어려워하기 시작했다.

예컨대, 점심시간에 음식점에서 태경을 보면 다들 벌떡 일어나서 인사를 했다. 굳이 지나가는 길 앞에 서서 말이다. 새

권력의 축이 될 가능성이 있는 그의 주위를 맴맴 돌았다. 아니, 이미 그를 새로 부는 바람으로 본 것 같았다.

"죄송합니다. 조심할게요."

"그래. 그나저나 이번 워크숍 볼 만하겠네. 윤 팀장님한테 아부가 장난 아니겠어. 그리고 예서 씨, 이번 워크숍 때는 게임 걸리지 마. 알겠지?"

"제가 순발력이 느려요. 차라리 그 전에 술을 왕창 먹어서 취해 버릴래요. 방 안에 구겨 넣어 주세요."

"진짜 그럴까? 내가 이 회계팀 놈들 다 이겨 먹을 거야."

한 대리가 유독 눈에 불을 켜고 회계팀 쪽을 노려보았다. 입사 동기인 회계팀 팀장과 한 대리는 라이벌 관계였다. 입사해서부터 각 팀 팀장들은 누가 더 일을 잘하는지 업무 능력을 평가하고 비교해 왔다. 그 앙금이 아직까지 남아 있는지 한 대리는 유독 회계팀보다 일을 잘해야 한다는 인식을 갖고 있었다. 게임에서도 마찬가지이고.

예서 때문에 두 번이나 게임에서 졌다. 그녀는 워크숍의 밤이 무서웠다. 게임에서 져 양말에 거른 술을 한 사발 마시고 속을 다 게워 낸 적도 있고 재작년에는 마지막 날 아침에 골룸 분장을 하고 집에 가야 했다. 당시엔 막내라 피해 갈 수 없었다. 올해엔 선경이 막내이니 자신에게 집중하지는 않으리라 여기면서도 불안함은 사라지지 않았다. 선경은 게임을 무척이나 잘하는 축에 속했다.

태경 앞에서 골룸 분장을 할 수도 있다는 생각만으로도 눈앞이 깜깜했다. 막내가 당하는 모습을 즐기는 걸 보면 회사 직원들은 사디스트 기질이 있는 것 같다. 당하는 사람은 하나도 즐겁지 않은데 시키는 사람들은 두고두고 놀렸다.

"골룸 분장한 거 사진 봤어요. 그거 직접 하신 거예요?"

"아니요. 득달같이 직원들이 달려들어서 해 줬어요. 그거 어떻게 봤어요?"

예서가 눈을 크게 뜨고 선경에게 물었다. 선경이 입사하기 전이었는데.

"사진으로요. N 카페 자유 게시판에 있던데요."

"······설마요."

설마, 그 모습을 태경도 봤을까. 예서는 팀장실을 힐끗 보았다. 예전에는 사내 게시판이 활발했었다. 그런데 회사 내 연락망이 다 바뀌면서 쪽지 기능과 직원들이 공유하는 공지 사항 게시판까지 따로 생겼다. 자연히 사내 자유 게시판을 운영하던 N 카페는 거의 사용하지 않게 되었다.

"누가 올렸어요?"

"전 팀장님이요."

"아."

하필. 한 대리님이었으면 지워 달라고 할 텐데. 예서가 울

상을 지었다. 이미 퇴사한 사람에게 연락해서 지워 달라고
할 수도 없었다. 운영자가 누구였더라. 운영자 중 한 명이 유
주임이었던 것 같다. 예서는 의자를 끌어서 경민이 있는 곳
으로 순식간에 갔다.

"주임님."

"아! 깜짝이야."

"혹시 N 카페 아직 운영하세요?"

끄덕끄덕. 경민이 긍정의 뜻으로 고개를 끄덕였다. 예서는
눈을 반짝이며 두 손을 꼭 모으고 불쌍한 표정을 지었다. 혹
시 모르니 사진을 얼른 내려야 했다.

"저, 사진 한 장만 지워 주시면 안 돼요?"

"어떤 사진? 골룸?"

"다 들으셨구나. 제발 지워 주세요."

예서가 검지를 위로 치켜들고 한 번만이라며 눈을 깜빡였
다. 나름 불쌍한 표정을 짓는다고 했으나 경민은 장난을 치
고 싶은지 팔짱을 꼈다.

"지워 주는 대가는?"

"대가요? 커피? 빵 셔틀? 말만 하세요."

"소개팅 한 번만 하자, 예서 씨. 내 친구 중에 진짜 괜찮은
놈 있는데."

"네, 네에? 저 남자 친구가……."

"없는 거 다 알아요. 팀장님한테 들었어요."

"팀장님한테 들었다고요?"

"응, 저번에 조카랑 문자 한 거라던데?"

직원들이 잘못 알고 있던 정보를 언제 정정해 주었는지 모르겠다. 아니, 사내 연애를 비밀로 하자고 했더니 아예 솔로로 만들어 버리네.

"워크숍 다녀와서 생각해 볼게요."

"그럼 나도 워크숍 다녀와서 지워야겠다."

예서가 울상을 짓자 경민이 호탕한 웃음소리를 내며 N 카페에 접속했다. 사진함을 쭉 보다가 골룸 분장을 한 예서와 지금의 예서를 번갈아 보며 풉 웃었다.

"꼭 대학교 신입생 같다, 이때. 그죠?"

"아니요, 그저 한 마리의 짐승 같아요. 얼른 지워 주세요."

철호와 한 대리도 몰려와서 구경하기 시작했다. 모니터 하나에 옹기종기 몰려든 인사팀 식구들은 그때를 떠올리며 깔깔 웃었다. 그래서 아무도 한 남자가 팀장실에서 슬그머니 나온 것을 눈치채지 못했다.

"볼 사람도 없는데, 왜 지우라고 해?"

윤 팀장이 볼까 봐 그래요. 남자 친구에게 대머리 분장에 수염 두 가닥을 관자놀이에 붙이고 이에 김까지 붙인 채 헤 웃고 있는 사진을 어떻게 보여 주겠어요.

외모 몰아주기는 차라리 귀여운 편에 속했다.

"보면 안 되는 사람이 있어요."

"이미 다 봤을걸."

예서가 경민의 마우스를 뺏어서 삭제 버튼을 찾았다. 확인만 누르면 이제 증거물이 사라진다. 마우스 왼쪽 버튼을 누르려 할 때였다. 모니터 쪽으로 달라붙어 있던 직원들이 멀어졌다. 그리곤 예서의 옆으로 얼굴 하나가 쑥 들어왔다.

"이거 예서 씨예요?"

"뭘 물어봐요, 딱 보면 저……."

예서가 화들짝 놀라 마우스를 놓쳐 버렸다. 그사이 태경이 마우스를 잡았다. 이 남자는 또 언제 나온 거야.

"딱 보면 저?"

"아닌데요."

확인, 취소 박스가 화면에 떴다. 박스는 골룸 분장을 한 예서의 눈을 가려 주고 있었다. 태경이 취소 버튼을 누르려고 하자 예서가 그의 팔을 잡았다. 한발 늦었지만.

"맞네, 송예서. 예쁘네요."

"풉."

경민이 웃자마자 철호도 그 옆에서 호탕하게 웃음을 터트렸다. 선경과 한 대리가 불쌍하다는 표정으로 예서를 바라봤다.

"예서 씨, 지금 지울게. 하하, 예쁘다는 사람도 있네. 걱정하지 마. 예서 씨가 보면 안 된다는 사람은 아직 못 봤을 거야."

그 사람, 이미 봤거든요! 손으로 입을 가리고 있는 걸 보니 태경의 입꼬리가 올라갔으리라. 예서가 등을 돌려 자신의 자리로 돌아갔다.

"다들 일 안 합니까? 희귀 사진 보여 줬으니 참는 겁니다. 송예서 씨가 예뻐서 참는 거니까 다들 고마워하세요."

목소리가 떨렸다. 태경이고 직원들이고 서로 눈치를 보며 웃음을 참고 있었다.

그게 어떻게 예쁠 수가 있어! 이번 워크숍 때는 제발 흑역사가 없기를 바라며 예서가 눈을 질끈 감았다.

토요일 아침, 회사 앞에는 대형 버스가 줄지어 있었다. 주차 공간이 부족해 몇몇 팀은 역 앞에서 모인다고 했다. 한국지사의 몇몇 부서만 추려서 가는데도 대형 버스가 일곱 대는 필요했다.

콘도에 짐을 풀고 강당에 직원들이 모였다. 대표가 오랜만에 얼굴을 비쳤다. 소문이 사실이었는지 대표의 옆 자리에 태경이 있었다. 대표의 연설이 끝나자 태경이 나와서 프레젠테이션을 하였다.

회사의 연혁, 비전, 사업 수완, 앞으로의 방향성 등등에 대해 설명을 하고 단상에서 내려왔다. 그리고 대표를 보좌하며 직원들을 지나쳐 강당을 나갔다.

　"우와! 이제 우리 세상······이 아니구나. 얼른 지루한 게임들 끝내고 밤을 대비해야지."

　철호가 기지개를 켜며 말했다. 점심을 먹고 팀별로 진행되는 게임은 안중에도 없었다. 오로지 술과 함께하는, 회계팀 번역팀 영업팀과의 전쟁 같은 내기가 먼저였다.

　오래달리기, 짝 피구, 닭싸움 등 팀별 단합을 위해 인사팀이 준비한 프로그램대로 여러 게임이 진행되었다. 저녁을 먹을 때쯤엔 이미 피로가 발끝까지 내려온 신입들은 밥도 제대로 먹지 못했다.

　짠한 얼굴로 그들을 바라보며 예서는 자신이 당했던 과거를 떠올렸다. 선배들은 응원조였고 오로지 신입들만 이를 악물어야 했다. 선배들은 밤에 마실 술을 위해 체력을 비축하는 경우가 많아 결국 밤에 죽어나는 것도 신입이었다.

　그러나 어느 곳에도 예외는 있는 법. 선경은 누구보다 열심히 밥을 먹으며 승리를 자축하고 있었다. 보통 체력이 아닌 모양이었다.

　"저녁 먹고 방으로 가는 거예요?"

"응, 씻고 강당에서 모여야지."

"그나저나 팀장님은 어디 가신 걸까요? 한 번도 안 오시고."

의문을 표한 것은 선경이었으나 속상함에 애꿎은 두부를 찌른 건 예서였다. 나타나질 않으니 저녁에 잠깐 얼굴이라도 보자는 말조차 전하지 못했다.

진짜 바빠도 너무 바쁜 거 아니야?

연애하자고 말할 땐 언제고. 잡은 물고기에 밥 잘 주는 사람이라더니 밥은커녕 어항에 물이 말라 가는 줄도 모르고 있다.

"이따 밤에 강당에 오신대."

"진짜요?"

"예서 씨, 너무 좋아하는 거 아니야? 대표님 서울에 모셔다 드리고 다시 온대."

티 내지 말자고 했지만 입가에서 웃음을 지울 수 없었다. 제대로 된 데이트를 못 한 지 일주일이 넘었다. 저녁만 먹고 회사로 복귀를 하는 일이 잦다 보니 카페에 앉아 도란도란 이야기를 나누지도 못했고 회사에서 생사 확인만 하는 정도였다.

윤태경, 이런 식으로 나오면 진짜 곤란해.

예서가 식판에 쌓인 밥을 크게 떠서 입안에 넣었다. 밥 준다며. 내가 원하는 밥은 이게 아닌데.

대표는 조만간 건설업 쪽과 합병을 추진해 아파트 재개발 사업에 뒤늦게 뛰어들 생각이라고 했다. 서울로 올라오며 들은 얘기다. 임원들 중 반은 설득을 하였다고 했다. 직원들은 아직 모르는 눈치인데.

새로운 사업을 시작하면 손실도 꽤 클 것이다. 라인코리아에서 나오는 매출이 새 사업을 하면서 발생하는 손실보다 많으면 상관이 없다. 그렇지 않을 경우 인원 감축을 해야 할 가능성이 생긴다. 위험부담이 컸다.

합병을 하면 기존 회사의 직원들까지 흡수를 할 것인지, 아니면 전부 새 경영자에 맞춰 새로 뽑을 것인지. 당분간 그럼 태경은 건설 쪽 인사팀을 담당해야 할 것이다.

"더 바빠지게 생겼네."

가뜩이나 데이트도 못 하는데.

팀장실에서 경민과 예서가 웃으며 수다 떠는 모습을 봤었다. 차라리 일반 직원이었다면 좋았을 텐데. 자신도 회사에서 예서와 수다를 떨고, 사소한 걸로 티격태격하고, 스릴 있는 연애도 즐기고 싶다. 그런데 현실은 업무에 치여 정작 예서를 신경 쓰지 못하고 있었다.

잡은 물고기에 밥 잘 준다고 큰소리쳤는데. 언행 불일치가 따로 없다. 태경이 주먹으로 이마를 쿵쿵 찧었다.

몸이 으슬으슬했다. 어제 에어컨을 계속 튼 채 밤샘을 했다. 추운데 리모컨을 어디다 뒀는지 몰라서 그냥 그대로 켜놓았다. 일이 중간에 끊기는 게 싫어 리모컨을 찾을 생각도 않고 추위를 참았는데 결국 감기 기운이 몰려왔다.

"그래도 예서는 봐야지."

일주일째 데이트도 못 했다. 같이 보기로 한 영화가 얼마나 많았나. 예서가 카톡으로 보냈던 여러 영화들이 머릿속에 스쳤다.

"보고 싶다."

다들 술에 취해 헤롱거리면 예서만 슬쩍 빼내야지. 휴식이 필요했다. 누구의 방해 없이 그저 안고 있기만 해도 좋을 것 같았다. 그녀의 향기에 취해서 자고 싶었다. 피로가 몰려왔다.

동그랗게 앉은 자리에는 인사팀과 회계팀만이 남아 있었다. 영업팀은 자기들끼리 서로 주거니 받거니 하더니 다들 곯아떨어졌다. 한 대리와 회계팀 팀장의 불꽃 튀는 신경전으로 아랫사람들만 죽어나는 중이었다.

예서는 이미 양 볼과 코가 빨갰다. 혀도 꼬부랑 소리가 났다.

"한 대리, 결판을 내자."

"좋습니다!"

"진 팀은 이긴 팀이 시키는 대로 하기, 어때?"

"콜!"

다시 시작된 술 파티와 게임. 술이 취한 상태에서 치는 포커는 더욱 흥미진진했다.

한 대리의 포커페이스가 먹혀서 초반에 투 페어로 이기더니, 다른 곳에서는 회계팀 대리가 풀 하우스로 역전승을 했다. 토너먼트로 올라오다 보니 결국 한 대리와 회계팀 팀장이 남았다. 두 사람은 꼭 짠 것처럼 결승에서 만났다.

"젠장."

한 대리가 패를 집어던졌다. 마지막 게임이 드디어 끝난 눈치였다. 카드를 벅벅 섞은 한 대리가 손바닥으로 이마를 짚었다. 진 걸 인정할 수 없다며 분노했다.

"이번엔 벌칙을 뭐로 할까요?"

회계팀 팀장이 팀 식구들에게 물었다. 다들 사악한 표정을 지으며 인사팀을 쳐다보았다. 뭘 시켜야 두고두고 놀려 먹을까 하는 눈빛이었다. 가끔은 성인이 아이보다 짓궂고 유치할 때가 있다. 지금이 딱 그랬다. 유치한데 술기운에 자꾸 동화되어 간다.

"이따 윤 팀장님 오신다고 하지 않았어요? 사람이 너무 좋

으니까 당황한 모습도 좀 보고 싶네. 인사팀 직원 중 한 사람
이……."

"한 사람이?"

"고백 어때요? 길이길이 기억되리. 고백하고 거절당할 직
원은 안타깝지만."

"오! 좋네! 좋아!"

"고……고오오백? 안 돼요!"

예서만 두 팔을 교차시켜 엑스 자를 그렸다. 태경에게 누
군가가 고백하는 상황은 절대 보고 싶지 않았다. 술에 취하
면 눈에 뵈는 게 없고 판단력이 흐려진다. 직원들도 모두 취
했는지 지금 장난을 치려는 상대가 자신들의 상사라는 걸 잊
은 눈치였다.

"가위바위보로 정해. 아, 박철호 씨가 걸리면 재밌겠어."

"남남 커플? 팀장님 엄청 당황하실 것 같아요."

"저 이번에 승진해야 되는데. 꼭 이겨야겠네요."

인사팀은 동그랗게 모여서 서로의 눈을 바라보았다. 벌칙
을 수행할 시간이었다. 예서도 팔을 꼬아 보이지도 않는 구
멍을 보며 숨을 골랐다. 이번엔 주먹이다.

"가위, 바위, 보!"

"아싸, 남남 해방이다."

철호가 '보'를 낸 오른손을 위로 들며 방방 뛰었다. 술기

운 때문에 불타는 고구마가 된 얼굴 위로 화색이 돌아 우스웠다. 목까진 사람이고 얼굴은 고구마가 합성된 만화 캐릭터가 강당을 뛰어다니는 것처럼 보였다.

"푸흡."

예서가 배를 잡고 웃었다. 왜 저게 웃긴지 모르겠다. 진짜 웃겼다.

"다시 가위, 바위, 보!"

"우와아아!"

"아싸!"

예서가 걸렸다. 자신도 모르게 환호성이 터졌다. 선경이나 한 대리가 태경에게 고백하지 않는다는 생각만으로도 절로 기분이 좋아졌다. 태경은 자신의 것이니까.

"순서는 이렇게 하는 거예요. 술을 적당히 마시다가 팀장님께서 일어나시면 예서 씨가 쫓아가서 좋아한다고 말하는 거예요. 팀장님께서 거절하거나 당황하실 때 큰 소리로 이 강당이 울리도록 '저는 윤태경 팀장님을 좋아합니다!' 하는 겁니다. 알았죠?"

"그건 좀…… 혹시 팀장님께서 화나시면 어떡하려고 그러세요."

"팀장님 도착하셨다고 연락 왔어요. 곧 오실 것 같아요. 다들 앉아요, 얼른."

"근데 예서 씨, 너무 좋아한다. 이거 예서 씨 한테는 벌칙이 아닌 것 같아요."

다들 아무렇지 않은 듯 자리에 앉았다. 누군가의 걱정은 장내를 정리하는 분위기에 휩쓸려 사라졌다. 밖에서 주차하는 소리가 들렸고 5분도 지나지 않아 강당 문이 열렸다. 오늘 유독 보고 싶었던 태경이 문을 열고 들어왔다.

"송예서의 흑역사는 다시 시작된다! 아자!"

우리 편이 맞는 건지. 박철호가 두 주먹을 불끈 쥐고 예서를 응원했다. 그래도 다른 이가 태경에게 고백하지 않아서 다행이었다.

태경은 평소보다 지친 기색으로 직원들에게 인사를 한 후 바닥에 털썩 앉아 간간히 웃으며 직원들과 대화를 나눴다. 그러던 중 예서와 눈이 마주치자 그가 환하게 웃었다. 예서의 눈에는 고단해 보였다.

어디 아픈 건가.

'비밀 연애 하자며.'

예서가 턱을 괴고 빤히 바라보고 있자 태경이 입 모양으로 말했다. 예서는 저도 모르게 소리를 내어 답을 했다.

"어디 아파?"

"응? 예서 씨, 뭐라고?"

예서가 고개를 절레절레 흔들었다. 벌칙의 순서가 뭐였더라. 태경이 일어나면 따라가서 고백을 하고, 차이면 큰 소리로 모두에게 들리도록 좋아한다고 추가하는 것. 순서대로 해야지, 순서대로.

근데 왜 차일 거라고 생각하지? 만약 받아 주면?

직원들의 장난임을 그가 눈치를 채 줘야 할 텐데.

"여기 소맥입니다. 제 전문 분야죠."

철호가 태경에게 술을 말아 주었고 예서의 종이컵에는 맥주만 따라 주었다.

"감사합니다."

"어허!"

뚜껑에 소주를 붓더니 예서의 종이컵 안에 풍당 넣었다가 뺐다. 뚜껑이 종이컵을 훑고 빠지면서 소주가 맥주에 섞였다. 그럼 그렇지.

"예서 씨는 특히 술이 필요할 것 같아서. 큭큭."

너무 심하게 좋아하잖아.

"송예서 씨, 이미 술 많이 마신 것 같은데요."

태경의 목소리가 갈라졌다. 말을 하며 손으로 목을 만지는 모습에 예서가 태경을 다시 보았다.

"에이, 워크숍은 1박 2일로 술 마시는 날이잖아요."

"그럼 그 술 제가 다 먹겠습니다."

"팀장님께서요?"

"네. 술 그만 드시고 싶으신 분들은 저한테 술잔 다 주세요."

"그럼 저도."

경민이 은근슬쩍 자신의 잔을 태경 쪽으로 밀었다. 태경은 도로 종이컵을 밀었다.

"여자분들만요."

웃는 그의 눈에 옅게 쌍꺼풀이 졌다. 태경은 종이컵에 있는 소맥을 다 마시고 예서의 것까지 비웠다. 그걸 본 여직원들이 하나둘 마셔 달라며 태경에게 종이컵을 넘겼다. 태경은 군말 없이 마셨다.

자신이 한 말은 꼭 지키는 성격이 여기서도 발휘되었다. 그냥 장난이었다고 하면 되지.

피곤한 상태에서 술을 꽤 마신 태경은 직원들에게 양해를 구하고 일어섰다.

"어디 가세요?"

"물고기 밥 주러 갑니다."

물고기 밥? 나? 언제? 어떻게 줄 건데? 어디서?

예서가 동그랗게 눈을 뜨고 태경을 보았다. 그가 웃으며 손으로 전화 모양을 한 후 흔들었다. 전화한다는 뜻이었다. 오늘은 밤새도록 통화해야지. 그간 못 들었던 목소리도 잔뜩

272

들어야지.

생각해 보면 태경은 파도처럼 밀려왔다. 쉬지 않고 자신의 마음을 표현했다.

그런데 요 며칠 자신에게 소홀했다. 정말 태경이 바빴다고 는 해도 마음이 조금 식었나 하는 기분도 들었다. 한창 활활 타올라야 하는 연애 초기에 말이다. 불과 며칠 만에 입장이 바뀐 것 같아 입이 쓰고 코가 시큰거렸다.

태경이 등을 보이자 회계팀과 인사팀 직원들의 눈이 예서 에게 쏠렸다.

"근데 부하 직원도 아니고 상사인데…… 괜찮을까?"

게임에 열중하느라 적게 마신 한 대리가 제일 먼저 술에서 깼다. 홀로 정상적인 말을 했지만 다른 이들은 기분에 취해 괜찮다며 한 대리의 우려를 가볍게 무시했다.

"지금이야, 예서 씨. 저 정도 거리가 딱이야!"

태경은 마른세수를 하며 강당 문 쪽으로 걸었다. 직원들 앞에서 비틀거리는 모습을 보이지 않기 위해 발끝에 힘을 주 었다. 새벽에 링거를 한 대 맞고 마지막 워크숍 일정에 참가 하면 될 것 같았다.

피곤해도 송예서를 보니 좋았다. 눈이 풀린 예서가 입을 오물거리며 자신만 뚫어져라 쳐다보았다. 비밀 연애를 하자고 할 땐 언제고. 저러다 들키는 건 시간문제일 것이다.

차라리 비밀 연애를 끝내고 싶다.

당당히 예서의 손을 잡고 콘도 방에 데려가고 싶다. 폭 안고 자면 너무 좋을 텐데. 아쉬운 마음에 뒤를 돌아본 태경은 약속한 것처럼 다가온 예서를 보고 놀란 표정을 지었다.

"송예서 씨?"

"팀장님, 이게 그러니까…… 내기인데, 한 번만 속아 주시면."

예서가 들릴 듯 말 듯 작은 목소리로 태경에게 말했다. 옹기종기 앉아서 술을 먹는 척하는 직원들을 손으로 가리키고 있었다. 태경은 무슨 소리인지 알겠다는 듯이 고개를 끄덕였다.

네가 하는데 뭔들 못 해 줄까?

"이건 내기이긴 하지만 진심이기도 해요."

"……."

"태경 씨를 많이 좋아해요. 얼마만큼이냐고 묻는다면, 오빠 아니면 남자로 안 보일 만큼이요."

"……."

"밥 준다고 해 놓고 국밥 한 그릇도 안 사 줬어. 치사해. 술 먹어서 하는 얘긴데 옛날처럼 나만 좋아하는 짝사랑 안 할 거야! 또 그런 기분 들면 도망갈 거야."

"……"

"이거 마지막에 해야 되는 건데…… 윤태경 팀장님, 좋아합니다!"

예서가 강당을 울릴 정도로 큰 소리로 고백을 했다. 아마 직원들도 다 들었을 것이다.

그런 고백을 해 놓고 수줍게 발끝으로 땅을 차며 서 있는데 어떻게 가만히 있을 수 있을까. 태경은 예서가 다음 말을 하기 전에 손을 잡아 제 품으로 당겼다. 예서의 숨결이 가까이서 느껴졌다.

"팀, 팀장님?"

"그런 말을 여기서 하면 나보고 어떻게 참으라고."

"여기 회산데?"

"회사 아닌데? 도망가긴 어딜. 족쇄를 채우던가 해야겠네."

직원들이 보고 있든지 말든지 태경은 입을 맞췄다. 술 냄새도 잊을 만큼 예서의 향기가 코끝을 찔렀다. 폐부 깊숙이 박히는 것 같았다. 놀란 예서의 두 눈을 손바닥으로 감겨 주고 혀를 깊게 집어넣었다.

안쪽 여린 살도 말끔히 먹어 치울 것처럼 움직였다. 잠시 호흡을 고르는 틈을 타 입술이 다시 붙었다.

"휘우……"

휘파람 소리에 태경이 입술을 떼고 예서의 입술에 묻은 자신의 타액을 엄지로 문지르다가 꾹 눌렀다. 폭신한 촉감, 촉촉함을 머금은 붉은 입술이 태경을 미치게 만들었다. 예서의 몸을 휙 돌려 자신의 몸을 가렸다.

젠장, 술 마셔도 거긴 멀쩡하네.

태경이 몸을 숙여 예서의 귓가로 입을 가져갔다. 목부터 엉덩이까지 자잘한 키스를 뿌려 흔적들을 가득 남기고 싶은 욕망을 겨우 누른 채 속삭였다.

"비밀 연애는 끝났다, 예서야."

간지러운지 반대쪽으로 피하며 어깨를 움츠리는 모습이 귀여웠지만 자신 때문에 공개 연애를 해야 하는 예서에게 한편으로 미안해졌다. 그래도 물리기는 싫었다.

"팀장님이랑 예서 씨가…… 허억!"

한 대리가 두 손으로 입을 가리며 벌떡 일어났다. 다른 직원들도 마찬가지였다. 두 사람 주위로 슬금슬금 다가온 직원들이 눈을 비비며 얼굴을 세게 흔들었다. 철호는 머리통을 팡팡 때리며 자신이 본 것이 맞는지를 의심했다.

"오 마이 갓."

"뭐야, 뭐야."

당연히 거절하고 당황할 줄 알았는데 태경은 그 반대였다.

갑작스럽게 키스라니! 그것도 보는 사람까지 황홀하게 만드는.

마지막엔 이 공간이 어색하게 느껴질 만큼 야릇했다. 눈빛에서 예서를 잡아먹을 것처럼 그녀를 원하는 게 느껴졌다.

"다들 못 본 척해 주세요. 안 그러면 예서 씨가 무척 부끄러워할 테니까요."

"그럼 두 분 사귀시는 겁니까?"

"네, 고백했고 저는 받아들였고."

잠시 침묵이 이어졌다. 턱이 빠진 사람처럼 입을 헤 벌리고 가자미눈을 뜨고 있는 직원들도 몇몇 있었다.

"팀장님, 이실직고하겠습니다. 사실은 저희가……."

한 대리가 예서를 흘깃 보고 걱정 섞인 말을 태경에게 조심스레 꺼냈다. 분위기에 휩쓸려 키스를 했다지만 예서는 벌칙을 받는 중이었다.

"네, 저도 공과 사는 구분할 테니 여러분들도 예서 씨 닦달하지 맙시다. 한 대리, 오늘 같이 좋은 날 실수는 눈감아 드리죠. 업무상 문제가 있었다고 해도 오늘은 특별히 봐줄게요. 월요일 날 말해요."

이실직고한다는 말에 태경이 업무상 과실은 월요일 날 보고하라며 철벽을 쳤다. 예서는 슬쩍 팔꿈치로 그의 옆구리를 찔렀다. 미동도 하지 않았지만.

"원래부터 마음이 있으셨던 거예요?"

선경의 말에 태경은 의미 모를 웃음만 지었다.

"얼마나 좋았으면 직원들 앞에서 절 잡고 고백을 했을까 싶더라고요. 처음에 장난인가 고민했는데……."

태경이 순식간에 표정을 바꾸고 직원들을 하나둘씩 눈을 맞춰 가며 말에 힘을 주었다.

"상사를 상대로 장난치는 사람이 있겠나 싶어서요. 간이 배 밖으로 뛰어나온 것도 아니고."

"허업!"

철호가 크게 심호흡을 했다. 인사팀 내에서 가장 부추겼던 인물이었다.

"저는 그런 부하 직원을 둔 적 없습니다."

한 대리마저 입을 다물었다. 태경은 자신에 대한 소문이 어디까지 났는지 이미 들었다. 전무로 승진을 한다거나 부사장으로 임명된다는 등. 태경의 직급은 사람의 입을 탈수록 날로 상승했고 말하지 않아도 권력의 한 축으로 자리 잡고 있었다.

아무도 여기서 장난이었다고 말하지 못할 것이다. 이걸로 비밀 연애는 끝난 셈이다.

오히려 직원들이 예서에게 조금만 더 연인 관계를 유지해 달라고 부탁을 하게 되겠지. 바로 헤어지면 그게 더 이상하니까.

태경은 자신 있게 예서의 손을 잡았다.

"전 송예서 씨와 남은 이야기를 마저 할 테니 잘 정리하고 다들 올라가세요. 내일 뵙겠습니다."

배정된 방 안으로 예서를 데려온 태경은 소파에 털썩 앉았다. 예서가 냉장고에서 생수병 두 개를 꺼내 들고 태경에게 걸어왔다.

"냉동실에 얼음 있는데."

예서가 고개를 끄덕이며 부엌으로 갔다. 태경도 어기적 일어서더니 예서의 자취를 쫓아 부엌으로 갔다. 식탁 위에 유리컵 두 개를 놓고 얼음을 꺼내 컵에 채워 넣은 다음 물병을 따서 물을 따랐다.

"당분간 직원들이 괴롭힐 거야."

"오히려 반대일걸요? 당분간은 팀장님 속이려고 한 거 비밀 유지하라고 할 거예요. 아까 간이 배 밖으로 나온 직원은 없겠지 하고 못 박으셨잖아요. 나도 좀 무섭더라."

"무섭긴."

태경이 물을 마시며 예서를 뒤에서 확 안았다. 축 늘어지듯 팔에 힘을 풀자 예서의 한쪽 무릎이 꺾이며 테이블 앞으로 쓰러지려 했다. 태경이 그녀를 안은 채로 일으켜 세웠다.

옷 위에 닿았던 손바닥이 살살 배를 쓸었다. 엄마 손은 약손으로 시작한 손이 점점 과감해져 부위를 넓혀 갔다. 갈비뼈까지 올라오기 전에 예서가 태경의 손을 붙잡았다.

"잠깐만요!"

"나 목이 아파서 말을 못 하겠어."

태경이 큼큼 헛기침을 하며 얼음물은 원샷했다. 여전히 예서를 안고 있는 채로.

"그럼 내일까지 말하지 말고 있을래요? 급한 건 문자로 하거나 종이에 쓰셔도 되고."

"종이? 싫은데."

"목 아프면서 술을 그렇게 마셔요?"

예서가 태경에게 핀잔을 주었다. 딴 여자들 술까지 다 받아 마셨다. 술도 세지 않으면서. 그래도 철호가 첫 회식 때 먹였던 술보다는 훨씬 양이 작아 다행이었다.

태경의 손이 티셔츠 사이로 들어와 맨살을 비볐다. 예서는 간지러움에 몸을 웅크렸다. 태경의 상체가 예서의 등에 딱 붙어 지그시 눌렀다.

"하지, 말라니까."

예서가 태경의 손을 잡았다. 온몸에 술 냄새가 범벅일 터였다. 이렇게 술에 취한 상태로 어정쩡하게 사랑을 나누고 싶진 않았다. 이 손의 감촉과 빈틈없이 꽉 안아 주는 품은 좋은데 이도 닦지 못한 이 상황은 전혀 반갑지 않았다.

"아무것도 안 해."

"하고 있잖아요, 지금."

비켜 달라는 듯 몸을 움직이자 오히려 엉덩이에 닿아 있던 바지 앞섶이 느껴졌다. 화르르, 순식간에 볼이 달아올랐다. 예서는 얼음물이 담긴 컵을 잡아끌었다. 열을 식히고 싶었다.

"말하지 말래서 쓰고 있는 건데?"

"뭐?"

태경의 손가락이 매끄럽게 배 안을 유영했다. 의미 없이 만지는 줄 알았는데 감각에 집중하니 글자 같기도 했다. 종이 대신 내 배 위에 쓴다고? 허!

태경의 입술이 목 뒤를 꾹 눌렀다. 슬그머니 빠져나온 혀가 목선을 핥자 발끝이 오그라들었다. 몸에 힘이 들어갈수록 엉덩이에 닿은 그가 더 단단하게 느껴져 얼굴부터 목까지 빈틈없이 빨개졌다.

"근데 진짜 뭐라고 쓰는 거예요?"

요리조리 빠져나가려 움직이면서도 정작 떨어지려고 하지는 않는 스스로가 부끄러워 괜히 눈동자만 굴렸다. 그의 주위를 돌릴 만한 생각이 떠오르지 않았다. 끝내 도망치기를 포기하고 도대체 뭐라고 쓴 건지 물어보았다. 차라리 등이나

281

손에다가 써 줬으면 금방 알았을 텐데. 배는 도저히 모르겠다.

"하고 싶다."

태경이 예서의 귓불을 물고 잘근잘근 씹었다. 어깨와 귓불이 붙을 것처럼 가까워졌지만 태경은 아쉬울 것 없다는 듯 반대편의 귓불을 공략했다. 컵을 놓던 손을 태경이 낚아채는 바람에 컵이 식탁 위에 엎질러졌다.

"앗! 차가워."

식탁 가까이에 몸을 숙이고 있던 예서에게로 얼음물이 흘러들었다. 너무 차가워서 몸을 뒤로 빼려 했으나 태경에 의해 막혔다.

"너 예뻐, 송예서."

"……."

"쉬지 않고 밥 줄게. 아침까지 나랑 있어."

태경이 티셔츠 안으로 손을 넣어 예서의 척추를 쓸었다. 거친 손끝이 거리낄 것 없이 타고 내려가 엉덩이와 만나는 지점에서 멈췄다. 바지 안으로 들어올 듯 말 듯 애태우더니 바지선을 따라 손가락을 긁으며 다시 배로 왔다.

"조금 더 지켜 주고 싶은데 술 마셔서 몸이 제어가 안 돼."

태경의 목소리가 탁했다. 애가 타는 듯 바싹 마른 입술로 목 뒤를 하염없이 지분거리며 예서가 도망가지 못하도록 두

팔로 옭아맸다.

"그럼 씻고!"

"씻었잖아."

"아침에 씻은 거지. 땀 많이 흘린 후엔 아직 안 씻었는데
요."

예서가 목에서 느껴지는 야릇함을 피하며 우물거리며 말
했다. 그 순간, 태경의 손이 예서의 가슴을 꽉 움켜쥐었다.

"시원해. 젖었어. 그러니까 씻은 거야."

"말도 안 돼!"

얼음물이 쏟아져 속옷까지 적셨나 보다. 차가웠던 가슴이
태경의 손으로 인해 따스해졌다. 홧홧한 열기 때문에 예서는
어쩔 줄을 몰랐다. 피할 수 없을 것이다. 피할 수 없다면 즐
기라는데, 즐기기 전에 상대에 대한 예의는 지키고 싶은데
상대는 그럴 시간도 없는 눈치였다.

"아침까지 밥 줄게."

"아침까지?"

"잡은 물고기에 밥 달라며. 맛있는 거 많이 줄게, 많이."

대답도 듣지 않고 태경은 식탁에 엉거주춤하게 엎드려 있
던 예서를 일으켜 세웠다. 주미가 그랬다. 성인의 연애는 사
랑하기도 전에 섹스할 수도 있고, 사랑을 하지 않아도 섹스
를 할 수 있고, 너무 사랑해서 섹스를 할 수도 있다고. 이 세

283

가지 중에 부디 마지막 것이 답이길 바라며 예서는 태경의
목을 끌어안았다.

"맛없기만 해 봐, 다신 안 해."

"맛있을 거야."

콧잔등을 부딪치며 태경이 비볐다. 다음 말은 태경의 입으
로 인해 막혀 버렸다.

8장
처음과 끝이고 싶다

부엌에서부터 방으로 가는 동안 예서의 옷가지들이 하나 둘씩 벗겨졌다. 예서의 옷을 벗기고 자신의 옷까지 벗어젖히는 동안 태경은 잠시 떨어진 입술도 아쉬워 금세 뜨겁게 찾아들었다.

예서는 까치발을 세워 태경의 목에 팔을 둘렀다. 속옷만 입고 선 예서의 허리를 잡아 번쩍 든 태경이 그녀를 침대 위로 쓰러뜨렸다.

매트리스의 반동으로 목 뒤에 손을 넣고 있던 태경은 자연스레 본인 쪽으로 예서의 얼굴을 당기며 다급하게 혀를 밀어 넣었다. 예서의 혀를 놓아주지 않으려는 듯 그는 거칠게 혀를 부딪쳤다. 들숨과 날숨이 뒤엉켜 두 사람의 호흡이 가빠졌을 때쯤 태경은 예서의 엉덩이를 꽉 움켜쥐었다.

"앗!"

예서가 생각하는 섹스의 순서는 애무 다음 삽입이었다. 애무에도 순서가 있는데 입술, 목, 쇄골, 가슴까지였다. 그 이상은 아직 부끄러워서 태경이 하고 싶다고 해도 말릴 생각이었다.

하지만 태경의 손은 예서가 생각하는 방향과 반대로 아래에서 위로 거슬러 오고 있었다.

당황한 예서가 엉덩이에 힘을 주자 태경의 큰 손이 부드럽게 감싸 야릇하게 쓸어 내렸다. 배꼽 아래쪽이 찌릿, 하고 전기가 흘렀다. 예서는 몽롱한 눈으로 태경을 보았다. 뜨거운 시선에 볼이 화끈해졌다.

부끄러움을 덮으려 태경의 팔을 잡고 입을 부딪치는 순간 그의 손이 순식간에 척추를 타고 올라와 브래지어를 풀었다. 맨 가슴만 남은 상태를 자각하기도 전에 태경이 아랫입술을 잘근잘근 물었다.

"하, 미치겠다."

가슴에 닿는 태경의 몸이 뜨거웠다. 궁금해하던 셔츠 안도 막상 눈앞에 있으니 부끄러워 제대로 볼 수가 없었다. TV에 나오는 탤런트처럼 부담스러운 구릿빛도, 그렇다고 흰 편도 아니었다. 적당히 보기 좋은 몸이다.

적당히 돋보이는 근육과 만지면 부드러울 것 같은 살결에 예서가 꿀꺽 침을 삼켰다. 바쁜 와중에 관리를 잘 했는지 군살이 없었다. 오히려 야식을 자주 먹은 자신의 배가 더 폭신할 것 같았다.

"으……."

어떻게 소리를 내야 하는지도 모르겠다. 태경이 귓가에 바람을 불어넣자 예서가 어깨를 부르르 떨며 야릇한 신음을 흘렸다.

남녀가 교합하는 영상에서 본 다양한 신음 소리가 떠올랐지만 정작 자신은 어떤 소리를 내고 있는지조차 모르겠다. 끙끙, 오히려 입안으로 소리가 들어간다. 소리를 먹는다는 표현이 맞을 것이다.

"예서야."

참고 있던 숨을 뱉어 내며 예서가 간신히 대답했다. 온몸이 긴장으로 발끝까지 뻣뻣하게 굳어 갔다.

태경의 엄지손가락이 예서의 붉은 입술을 살살 쓰다듬다가 틈 사이를 벌리고 입안으로 들어갔다. 그의 손을 이로 꽉 물고 있는 예서의 모습에 태경이 콧잔등을 찌푸리며 손을 빼냈다.

"너무 자극적이라서 못 보겠다."

태경의 코가 예서의 코를 건드리며 자잘하게 웃었다. 그의
콧김까지도 예서의 피부엔 뜨겁게만 느껴졌다.

태경의 뾰족한 코가 예서의 코에서부터 입술을 지나 턱으
로 내려왔다. 그의 입술이 부드럽게 목에 닿았다가 가슴으로
향했다.

예서가 아는 그 순서였다. 목, 가슴, 배.

"흐……!"

가슴의 정점이 뜨거운 입안으로 빨려 들어가는 느낌은 예
서가 상상했던 감각이 아니었다. 가슴이 이렇게 예민했나 싶
을 정도로 혀의 온도, 움직임, 빨리는 압력까지 전부 느껴졌
다. 아랫배가 미친 듯이 요동쳐 예서는 발끝에 힘을 줬다.

한쪽 가슴은 태경의 입이, 한쪽 가슴은 그의 손이 자리했
다. 그리고 뭉개 버릴 것처럼 가슴을 주물렀다.

"바로 들어가고 싶다…… 그래도 될까."

대답할 새도 없이 팬티 안으로 손이 들어왔다. 놀란 예서
가 가슴을 들자 태경이 정점을 이로 비틀어 버렸다.

"오빠……!"

손가락이 갈라진 틈을 비비더니 물기를 머금고 있는 안쪽
으로 깊숙이 들어갔다. 그 충격에 예서가 무릎을 오므렸다.
태경이 오른쪽 허벅지를 지긋이 누르며 모아지지 않도록 힘
을 주었다.

아래에선 굵은 손가락이 나갔다 들어가는 느낌이 적나라하게 느껴졌다. 팔에서도 느껴지는 것 같다. 가슴 끝뿐만 아니라 온몸이 간지러웠다. 손을 피해 도망가고 싶은데 태경의 단단한 몸이 버티고 있어 어떤 것도 용납되지 않았다.

"너."

"으응······!"

대답과 신음이 동시에 터졌다. 느긋하게 밀려들어 간 손가락이 빠르게 움직이며 손바닥으로 아래를 뭉갰다. 그 순간 머릿속에 섬광이 떨어졌다. 상체를 벌떡 일으키며 눈을 크게 떴다.

"여기구나."

잘했다는 듯 그가 머리를 쓰다듬어 주었다. 솟았던 예서의 등이 침대에 닿기도 전에 태경이 손가락 하나를 더 늘려 자지러졌던 방향을 향해 찔러 들어왔다.

"으····· 그, 그만!"

예서가 태경의 손을 급하게 잡았다. 하지만 그의 손은 거침이 없었다. 안에서 손가락이 노닐며 벽을 긁어댔다. 그 야릇한 감각에 예서의 속눈썹이 파르르 떨렸다.

"예뻐."

"그, 그만····· 응?"

예서가 애원했다. 그의 손가락이 이렇게 야했었나. 펜을 굴리던 손가락과 제 안을 쑤시는 이 손가락이 동일한 게 맞나 싶다. 앞으로 그의 손을 볼 때마다 이상한 상상이 들 것 같았다.

"느낌 별로야?"

예서가 급하게 고개를 끄덕였다. 태경이 눈썹을 살며시 찌푸리더니 찔러 넣은 손가락을 시계 방향으로 확 돌린 후 두 손가락으로 벽을 긁었다.

"아아!"

"섹스는 솔직해야 하는 거야."

"아, 아는데."

"난 지금 너무 좋아. 미칠 것 같아. 이대로 죽어도 좋을 것 같아."

그가 그녀의 속옷을 아래로 밀며 말했다. 입술이 수도 없이 가슴과 배에 자잘한 입맞춤을 남겼고 혀가 갈비뼈를 건드릴 때쯤엔 예서의 팬티가 발끝에 걸려 있었다. 예서가 발을 꼼지락거려 팬티를 벗었다. 태경도 금세 실오라기 하나 입지 않은 나신이 되었다.

아래를 볼까, 말까.

다리 사이에서 느껴지는 것은 무섭도록 뜨겁고 단단했다. 저게 찔러 들어온다면. 손가락이 향했던 그곳에 닿는다면…… 울지도 모르겠다. 태경은 멈추지 않을 테니.

"들어올 거예요?"

예서가 눈을 깜빡이며 물었다. 태경이 예서의 온몸을 덮쳐 오며 고개를 끄덕였다.

"송예서."

"응?"

"내가 예상한 문제는 항상 시험에 나왔잖아. 그렇지?"

머리카락을 쓰다듬는 손길이 다정해 몸이 나른하게 풀렸 다. 예서가 배시시 웃으며 고개를 끄덕였다. 생각해 보면 태 경이 짚어 준 문제는 모의고사에서 자주 출제가 되었다. 내 신은 내신대로 선생님에 빙의된 사람처럼 잘 짚어 줬던 것 같다.

"내가 선견지명이 좀 있거든."

왜 이 순간에 말하는 거지? 고개를 갸우뚱한 예서가 양팔 을 엑스 자로 겹쳐 가슴을 살며시 가렸다. 위에서 바라본다 고 생각하니 여전히 부끄러웠다. 뜨거운 시선만으로도 아래 가 움찔거렸다. 가슴 끝은 아릿할 정도였다.

"네 안에 들어가면 못 나올 것 같아."

"으응?"

"정정. 안 나오고 싶을 거야, 분명."

이미 예견된 일이라는 듯 태경은 예서의 양 허벅지를 벌리 고 자신을 문질렀다. 뭉근한 끝에 예서가 흘린 액이 묻었다.

점점 갈라진 틈 사이를 묵직하게 비집고 들어왔다.

밀려들어 온다. 조금씩, 조금씩.

힘이 풀려 있던 장골에 점점 힘이 들어갔다. 그가 얼마나 큰지, 얼마나 단단한지 눈으로 보지 못해 알 수 없었으나 가랑이 옆쪽 뼈까지 당겨 오는 통에 태경의 팔을 꽉 잡았다. 예서는 얼굴 양옆으로 뻗어 내린 단단한 팔에 핏줄이 점점 올라오는 모습을 보며 눈을 질끈 감았다. 이제 돌이킬 수 없다.

"아!"

예서가 숨을 크게 들어 마셨다. 가슴이 꽉 막힌 듯 답답했다. 좁은 틈을 억지로 비집고 들어오려는 게 느껴졌다. 분명 제 몸에서 나온 액이 흥건한데도 그가 들어오기엔 빽빽했다.

"잠시만, 잠깐!"

슬머시 밀려 나간 그가 아까보다 더 깊숙이 들어왔다. 예서가 눈살을 찌푸리며 태경을 급히 불렀다.

"오빠, 나 아파."

"아파?"

"으응."

"얼마나?"

깊이 들어오려던 걸 멈춘 그가 열었던 통로만 슬쩍슬쩍 움직이며 다정하게 예서에게 질문했다.

"많이이."

처음이라서. 뒷말은 생략했다.

"앙탈은. 더 귀여우면 나 미칠지도 몰라. 적당히 해."

많이 아프다는 게 장난인 줄 알았는지 태경이 예서의 볼에 입을 맞췄다. 볼을 살며시 깨물고 입매를 올리며 웃었다.

"볼이 어쩜 이렇게 부드럽지. 향도 좋고."

볼을 비비적거리며 기둥처럼 뻗어 있던 팔을 접었다. 두 손바닥은 예서의 정수리에 포개졌다.

"사랑해, 송예서."

"응?"

좋아한다는 표현과 사랑한다는 표현이 주는 느낌은 전혀 달랐다. 예서가 환하게 웃었다. 동시에 태경이 표정을 굳히 며 한 번에 밀어 넣었다.

"아악!"

예서가 옆으로 몸을 휙 비틀었다. 몸이 연결된 채라 어깨 만 돌아갔다.

"아, 아파! 오빠! 진짜 아파! 너무너무."

예서가 애원하듯이 태경에게 말했다. 이런 아픔은 처음이 라 어떻게 해야 할지 몰랐다. 고통에 몸부림치자 태경도 당 황했는지 움직임을 멈추고 예서의 입 주변을 혀로 할짝거렸 다.

"움, 움직이지마."

다리에 힘이 풀리자마자 태경이 뒤로 빠졌다가 밀려왔다. 숨이 턱턱 막혔다. 예서의 눈에 눈물이 맺혔다. 움직이지 말라며 안쓰러운 표정을 짓자 태경은 미안한 표정으로 화답을 했다.

정말로 죽을죄를 지었다는 표정을 짓고 있으면서 허리 짓은 멈추지 않고 느릿하게 꾸준히 밀고 들어왔다.

"잠깐만! 응?"

태경이 싫다며 고개를 저었다.

"나 처음이란 말이야."

결국 예서가 풀 죽은 목소리로 처음이라고 뱉어 냈다. 이 나이 먹도록 한 번도 해 보지 못한 게 자랑거리는 아닐 것 같아서 딱히 말을 안 했는데 놀랐는지 그가 잠시 움직임을 멈췄다.

"시작하기 전에 말했어야지."

"지금 말하면?"

예서가 태경의 복근을 검지로 쿡 찌르며 말했다. 제 딴엔 살살해 달라고 애교스럽게 한 행동인데 안에 있던 그가 꿈틀거리며 더 커지는 것 같아 예서가 입을 딱 벌렸다.

"아무 소용없지."

"왜?"

예서가 눈을 꾹 감으며 물었다. 눈에 맺혀 있던 눈물이 볼

을 타고 흘러 내렸다. 제발 봐줘, 조금만 할 거지. 양의 차이
는 알 수 없었으나 예서는 간절했다. 적어도 그는 알지 않을
까 싶었다.

태경이 잠시 들었던 상체를 내려 예서의 온몸을 결박시켰
다. 그리고는 예서의 허벅지를 손으로 붙들고는 위로 접었
다. 그가 더 깊이 들어오는 느낌에 힘이 절로 들어갔다.

"미치기 일보 직전이거든."

"……."

"일보 직전이었는데 네가 우니까 더 죽을 것 같다. 미안."

혀끝이 예서의 흘린 눈물을 따라 올라와 눈두덩이에 닿았
다. 태경의 품 안에서 예서는 바스스 부서지는 느낌이 들었
다. 아까 그의 손이 헤집고 다녔던 안을 하나도 빠짐없이 긁
어 대며 예서를 미치게 했다.

아픔과 함께 쾌감이 느껴졌다. 쾌감만 느껴지면 좋았을 것
이나 아직까지는 아픔이 동반돼 예서는 신음을 뱉으면서도
눈물이 났다.

예서는 그의 등에 손톱을 박고 발을 바동거리며 그의 등을
때렸지만 그는 꿈쩍하지 않고 본인의 말을 지켰다. 미친 것
처럼 그녀의 몸속을 향해했다.

흐느적거리며 침대 헤드 쪽으로 도망을 가도 태경은 예서
를 따라 한 뼘 더 올라왔다. 허벅지를 잡아 아예 확 끌어 내

린 그가 가슴을 씹으며 빠르게 움직였다.

"하······."

참을 수 없다는 표정으로 급하게 빼낸 태경이 벌떡 일어나 방 안을 서성였다. 과자 봉지를 까는 소리가 났다. 예서는 무심결에 태경을 보았다.

단단히 솟아 있는 모습에 덜컥 겁이 나 데구르르 굴렀다. 피임은 생각지도 못 했는데. 콘돔을 낀 그가 다가오는 모습을 보며 본능적으로 도망가야겠다는 생각이 들었다.

이미 예서는 지칠 대로 지쳤지만 그는 아직도 성이 나 있는 상태였다. 저벅저벅 걸어오는 그를 피해 예서가 한 번 더 구르다 결국 침대 밑으로 떨어졌다.

"예서야."

"······으응?"

"나 혹시 몰라서 두 통 사 왔다."

"두 통?"

"응, 한 통에 콘돔이 세 개 들어 있대."

태경이 침대 밑에 떨어져 다리를 달랑거리는 예서를 번쩍 안아 들었다. 말의 의미를 깨달은 예서가 절대 침대로 내려가기 싫다는 듯 그의 목을 끌어안았다. 떨어지지 않으려 꽉 안자 태경이 어깨를 으쓱했다.

허리에 맴돌던 손이 예서의 다리를 붙잡더니 허리에 감게

했다.

"아악!"

그의 손가락이 안을 침입했다.

"예서야, 너도 아직 젖어 있어."

그, 그건! 아프면서 좋으니까. 그가 움직이는 대로 따라가
면 분명 좋았으니까.

손으로 예서의 안을 확인한 그가 급하게 진입했다. 예서는
그의 머리를 꽉 안으며 머리카락을 양손으로 쥐었다. 머리카
락은 땀이 묻어 있음에도 불구하고 부드러웠다.

"……으읏! 아!"

벽으로 밀어붙인 태경이 몸을 흔들었다. 파도처럼 산산이
부서져 내렸다. 예서는 그의 몸이 밀려들어 올 때마다 바람
에 나부끼는 가지처럼 흔들렸다.

태경이 산 두 통을 다 쓰진 못했지만 한 통을 다 아작 낼
동안 몸은 무자비하게 먹혀 들어갔다. 그가 원하는 방식대로
그의 몸에 맞춰 길들여지고 있었다.

아픔을 동반하던 감각은 곧 전부 쾌감이 되었다. 분명 아
픔조차 쾌감으로 느껴지는 건 그가 좋기 때문일 것이다. 그
가, 그의 전부가 좋았다.

무언가가 꽉 채워지는 기분이었다. 사랑의 완성, 그의 사
랑이 전부 온몸으로 쏟아지는 것 같았다.

이렇게 좋은 걸 태경과 함께해 예서는 진심으로 기뻤다. 기쁜데 자꾸 몸에서 힘이 빠지고 의식이 사라져 갔다.

"예서야! 자면 안 되는데."

졸음에 휩쓸리면서도 예서는 신음을 흘렸다. 그가 재우지 않으려고 필사적으로 가슴을 핥았기 때문이다. 기진맥진한 예서가 눈을 감았을 때 귓가에 나지막한 목소리가 들렸다.

"아직 한 통 남았는데."

그냥 자야겠다. 얼른 무의식 속으로 들어가야겠다. 그 생각뿐이었다.

목이 너무 말라 혀로 입술을 축였다. 입안이 뻑뻑해 손을 뻗어 옆을 더듬었다. 도저히 움직일 수가 없어 태경에게 물 한 잔만 부탁할 심산이었다.

그런데 옆에서 체온이 느껴지지 않아 결국 무거운 눈꺼풀을 들었다.

분명 눈만 떴는데 온몸이 다 쑤시는 기분이었다. 그의 체력이 얼마나 대단한지 몸으로 느낀 예서는 당분간 잠자리는 피해야겠다고 생각했다.

좋기는 좋으나 하고 나서 매번 이렇게 힘이 빠진다면 감당할 수 있는 수준이 아니었다.

"태경 씨…… 오빠, 팀장님?"

차례대로 불러도 답이 없자 예서는 눈살을 찌푸리며 상체를 일으켰다.

"앗!"

통증이 몰려왔다. 다시 스르르 침대로 들어간 예서는 쥐가 난 사람처럼 아주 천천히 옆으로 몸을 돌렸다. 폭신한 이불을 다리 사이에 끼우고 눈만 깜빡였다. 협탁 쪽에 하얀 쪽지가 보였다. 협탁까지 가는데도 반나절은 걸린 것 같다.

한 번에 움직이면 근육들이 경련을 일으켜 아픈 몸이 더 아플까 봐 천천히 움직였다.

"드디어 잡았네."

예서가 쪽지 끝을 잡았다. 반으로 빈틈없이 포개진 종이를 펴자 태경의 정갈한 글씨체가 보였다.

나 감기 기운 있나 봐. 새벽에 링거 맞으러 가니까 일어나면 전화해.

링거? 감기?

잠이 확 달아난 예서가 눈을 크게 떴다. 협탁 위에 놓인 휴대폰을 확인하자 새벽 5시였다.

그럼 씻은 뒤에 병원으로 간 건가? 분명 자신이 잠들 때까지 옆에 있어 줬던 것 같은데. 등 뒤가 뜨거웠고 포근했으며 팔이 짓눌러 답답하기도 했다. 얼핏 물소리도 들은 것 같은데.

그러고 보니 어제 태경이 감기 기운이 있었다. 평소보다 몸이 뜨거웠다. 직원들과 술을 마실 때에도 그는 힘겨워 보였다.

예서는 황급히 상체를 일으켜 바닥에 떨어진 속옷을 주웠다.

"아윽!"

가랑이가 찢어질 것 같았다. 앓는 소리를 내며 간신히 손에 잡히는 대로 옷을 입은 예서가 태경에게 전화를 걸었다. 병원과 호수를 알아낸 뒤 망설임 없이 콘도를 나와 택시를 탔다.

아픈 사람이 몸을 그렇게 혹사시켜? 진짜 윤태경, 미치겠다.

전화 소리에 잠에서 깬 태경이 눈을 비볐다. 몸은 천근만근 무거워도 기분은 한결 상쾌했다.

처음이라니.

남자 경험이 한 번도 없을 줄은 정말 몰랐다. 예서를 갖고 나니 과거 그녀의 삶 속에 자신이 없다는 사실이 아쉬웠다. 무엇보다 태경은 예서가 첫 여자는 아니었다. 그게 못내 아쉬웠다. 자신의 처음을 예서에게 줄 수 있었으면 더 좋았을 텐데. 당당히 '내 처음은 너야'라고 말하며 웃어 줬을 텐데. 미안함에 태경이 머리를 긁적였다.

지금부터 하나둘씩 서로를 알아 가는 재미가 있긴 하지만 당분간은 잠자리 생각만 할 것 같다. 그럼에도 몸과 마음이 하나로 연결되는 기분에 자꾸 웃음이 났다.

"뭐가 이렇게 좋지."

팔에는 수액과 비타민이 쉴 새 없이 들어오고 있었다. 그녀를 품에서 재운 후 몸을 씻었다. 혹시 찝찝하진 않을까 걱정되어 수건에 따뜻한 물을 묻혀 닦아 주고 나니 정말 쓰러질 것 같았다.

119를 불러야 하나.

정말 어떻게 했나 싶을 정도로 체력이 동나 버렸다. 바닥에 팽개친 콘돔까지 정리를 한 후 그는 콜택시를 불러 인근 종합병원으로 왔다.

'과로.'

휴식을 취해야 한다고 했다. 그간 몰아친 회사 일이 문제일 것이다. 게다가 잠까지 줄여 가며 연애를 했으니 몸이 남아날 리가 없다.

그래도 좋다. 맨날 병원에 실려 와 링거를 맞더라도 함께하고 싶다. 한 번 알아 버린 예서의 몸이 자꾸만 머릿속을 점령했다.

자신만 알았으면 좋겠다. 처음도 끝도 자신이어야 했다.

똑똑.

"들어와."

"난 줄 어떻게 알고?"

빼꼼히 열린 문틈으로 예서의 얼굴이 쏙 나왔다. 얼굴은 핼쑥했지만 낯빛은 생기 있게 붉었다.

"이 시간에 올 사람이 누가 있어."

"의사 선생님?"

"회진은 7시야."

"입원한 거야?"

"링거 맞는 김에 이것저것 검사하려고. 몸은 괜찮아?"

혹사시키긴 했다. 그녀와 사랑을 나눈다는 현실에 마음이 급했다. 앞뒤 분간 못 하고 달려들었다. 하루 만에 한 통을 다 써 버릴 줄은 자신도 몰랐다. 그마저도 마지막엔 그녀의 배에다가 흘렸으니 예서가 걸어 다니는 게 기적이었다.

그렇게까지 하려던 건 아니었는데. 태경이 머리를 긁적였다.

"나 이거 다 맞고 국밥 먹자."

"아, 싫어! 밥이라면 징글징글해."

"왜? 밥 사 달라며."

"……밥 안 먹을래."

예서가 질린다는 듯 고개를 흔들었다. 새침한 표정이 귀여워 볼을 꼬집어 주고 싶었으나 결국 도로 누웠다. 머리가 핑 돌았다.

"어지러워?"

"응, 감기 몸살인가 봐."

찰싹.

예서의 손은 제법 매웠다. 어깨를 내리치는 손에 꽤 힘이 실려 있었다. 분명 어젯밤에 대한 복수의 의미도 있을 것이다.

"아파."

태경이 링거를 손으로 가리키며 말하자 예서는 눈을 가늘게 뜨고 노려보았다.

"나 환자야."

"치, 링겔만 맞으면 환잔가? 난 팔도 아프고, 다리도 아프고, 아래도 아프고, 막 온몸이 다 쑤시는데. 가슴도 아프고."

"가슴은 왜 아파?"

정말 모르겠냐는 듯 양손을 허리에 올리며 윗니로 자신의 아랫입술을 잘근 물었다.

"오빠가 물었잖아."

투정 부리는 입 모양이 귀여워 태경이 웃었다. 내가 물었었나? 그랬던 것 같다. 사실 태경도 잘 기억나지 않아 그저 미안하다고 사과했다.

도란도란 예서와 수다를 떨다 보니 벌써 회진 시간이 다가오고 있었다.

"윤태경 환자분?"

"네."

"어제 응급실로 온 환자입니다."

머리가 반이 벗겨진 담당 교수를 선두로 주치의와 간호사가 함께 들어왔다.

일곱 명 정도 되는 인원에 태경은 자신이 중병 환자가 된 것 같았다. 일이 이렇게 커질 줄 몰랐다. 링거를 맞는 김에 이것저것 검사를 추천해 주어 신청한 것뿐이었는데.

주치의가 태경의 상황에 대해 설명하기 시작하자 예서는 슬쩍 옆으로 물러났다.

"검사 결과는 정상으로 나왔습니다. 엑스레이를 보시면 근육이 경직돼서 현재 일자로 쭉 서 있는 상태입니다. 원래는 커브가 있어야 합니다. 다행이라면 디스크는 없으시고요. 감기 기운하고 함께 피로가 겹친 것 같습니다."

교수가 차트를 덮으며 태경에게 말했다.

"다른 곳은 문제 있는 거 아니죠? 감기 몸살인 거죠?"

예서가 태경의 손을 잡으며 걱정하듯이 물었다. 교수가 그

제야 예서에게 시선을 주었다. 정확히는 예서의 목 언저리
에.

"과로일 겁니다."

"하, 다행이다. 감기는 링거 맞으면 낫나요?"

"시간이 좀 지나야겠죠. 다음 환자 보러 갑시다."

교수는 걸음을 옮기면서 낮게 웃었다. 그 뒤에 있던 주치
의와 간호사도 마찬가지였다. 얼굴이 다 화끈거린 태경은 손
부채질을 하며 시선을 회피했다.

"왜 저렇게 웃으시지? 여기 병원 되게 친절하다."

회진하는 의사들이 멀어졌을 때쯤 태경이 손을 움직여 예
서를 불렀다. 더 가까이 다가오라고 손짓을 하자 숨소리가
들릴 정도로 다가왔다.

"너 지금 거울 보고 와. 저기 화장실 있어."

태경이 병원 안쪽 화장실을 가리켰다. 1인실이어서 망정
이지. 제 눈엔 그저 예뻐 죽을 것 같은데 정신을 차리고 보니
민망함의 연속이었다.

"아아악!"

화장실에서 예서의 고함 소리가 들렸다. 들어갈 땐 사뿐사
뿐한 걸음걸이였는데 나올 땐 킹콩 같았다. 쿵, 쿵, 쿵.

"이게 뭐야!"

"내가 묻고 싶다."

예서는 목욕 가운을 입은 상태였다. 그녀가 온 게 반가워 입은 옷이 목욕 가운인지 눈치채지 못했다.

목욕 가운은 문제가 아니었다. 그 안엔 민소매 한 장인 데다 목이 울긋불긋했다. 쇄골 부근까지도 잘근잘근 씹힌 흔적이 가득했다. 너무 적나라해서 입원을 한 상태에서 했다고 해도 믿을 정도였다.

여름에 어울리는 시원한 옷차림은 허벅지에 수놓아진 붉은 자국을 가리지 못했다. 분명 다른 이에게도 보였을 것이다.

"아, 쪽팔려."

예서가 주저앉아 손바닥으로 얼굴을 가렸다.

"진짜 이게 뭐야."

"다 내 탓이오. 근데 좋아 죽겠는데, 어떡해?"

"앞으로도 이러려고?"

"더하면 더했겠지."

그가 한 말은 사실이었다. 앞으로 더하면 더했지 덜하진 않을 것이다. 이미 맛본 열매를 어떻게 냄새만 맡고 지나가겠는가.

"흔적은 자제해 볼게."

"자제가 돼?"

예서가 투명한 눈을 깜빡이며 순수하게 물어왔다. 이럴 땐 선의의 거짓말이 필요하다는 건 안다. 다만 성격상 그게 어려웠다.

"아니, 안 돼."

"그럼 자제해 본다는 건?"

"말 그대로. 근데 아마 네 안에 들어가는 순간 머릿속에서 다 지워질 것 같아."

"아픈 거 맞아?"

"응."

"입은 살아있는데."

예서가 태경의 입을 쭉 당겼다.

"그러고 보니까 우리 워크숍이었잖아!"

예서가 팔짝팔짝 뛰며 이 시간까지 같이 있으면 뭐라고 생각하겠냐며 근심 가득한 표정을 지었다.

"얼마나 좋아, 내가 몸져누운 바람에 넌 밤새도록 병간호했다고 하면 되잖아."

"믿을까?"

"안 믿고 배겨? 내가 환자복 입고 링거 맞고 있는데."

태경이 자신의 상태를 가리켰다.

"네가 그렇게 있지만 않는다면."

태경이 예서의 옷차림을 가리키며 웃었다. 예서가 샐쭉한 표정을 짓더니 간이 의자에서 일어났다. 아무래도 옷을 갈아

입고 오려는 모양이었다. 아마 티셔츠에 발목까지 다 가릴 수 있는 청바지를 선택하지 않을까.

"얼른 다녀와. 나 자고 있을게."

"안 와, 거기서 잘 거야."

"그럼 더 이상할걸? 병간호한다고 해야지."

하늘은 스스로 돕는 자를 돕는다고 했다. 태경은 자신을 쓰다듬어 주고 싶을 지경이었다. 예서를 끝까지 찾아다녔고 설득했다. 전처럼 자신을 좋아하게 만드리라 되뇌며 공을 들였다.

결국 그녀는 태경에게 왔다. 공개 연애까지 하게 되었고. 새벽까지 자신의 방에 있던 예서에게 알리바이까지 만들어 준 셈이었다. 갑자기 팀장님이 쓰러져서 병원에 있다고 하면 직원들은 예서와 자신이 밤을 함께 보냈으리라고는 생각지도 못할 것이다.

생각을 해도 입 밖으로 뱉어 내는 사람은 없겠지만.

"송예서."

"응?"

"가기 전에 입은 맞추고 가야지."

"됐네요! 흥!"

예서가 문을 닫고 나갔다. 아쉬운 마음이 들었으나 태경은 그저 눈을 감았다. 지금 잠들면 깊은 잠에 빠질 것 같은데.

드르르, 문이 열렸다. 인기척이 느껴졌다. 아마 예서일 것
이다. 장난을 치려고 일부러 계속 눈을 감고 있던 태경은 볼
에서 느껴지는 예서의 감촉에 눈을 떴다.

뾰로통한 표정을 어느새 풀고 배시시 웃고 있는 예서는 누
가 봐도 사랑스러울 것이다. 촉촉하고 따뜻한 입김은 사라졌
지만 여운은 계속 남아 있었다. 그녀가 손 인사를 하고 병실
을 나가고 나서도 태경은 손바닥으로 볼을 만지며 웃었다.

아침은 연수원에서 20분 정도 거리에 있는 뼈해장국집에
서 먹었다. 태경이 팀장으로 오기 전에는 아침을 라면으로
대신해 예산을 줄였던 기억이 있어서 그런지 다들 자리에 없
는 그에게 고마워했다.

"그나저나 예서 씨, 어제 고생했겠네."

"네?"

고생……했지. 윤태경이 저렇게 달려들 줄 알았으면 방에
따라 들어가지 않았을 것이다. 링거를 맞아야 할 사람은 오
히려 예서였다. 온몸이 두들겨 맞은 것처럼 아파 왔다. 특히
골반하고 허벅지가 아팠다. 종아리도 알이 박인 것 같고 어
깨도 아프고.

가슴 끝은 브래지어에 쓸릴 때마다 아릿했다. 태경이 허리
를 열심히 움직이면서도 손과 입술이 쉬지 않고 공략했기 때

문이다.

예서는 긴 청바지에 긴팔 와이셔츠를 입은 상태였음에도 혹시 태경이 남긴 잔해들이 보일까 어깨를 움츠렸다.

"밤새 윤 팀장님 간호했다며. 어제 아파 보이긴 했는데 과로로 쓰러지실 줄은 몰랐어. 일이 많긴 했지. 감기 몸살에 과로까지. 어제 술도 많이 마셨잖아."

"그렇긴 하죠."

"예서 씨가 업고 간 거야?"

"아, 아뇨."

본인 다리로 스스로 가셨는데요. 그 시간 기절하듯이 자고 있었던 예서는 머리를 긁적이며 눈동자를 굴렸다.

"난 두 사람 진짜 사귀는 줄 알고 놀랐잖아."

"……."

"팀장님, 박력 있다고 난리도 아니에요. 예서 씨랑 진하게 입 맞춘 거 보고 팬이 더 늘었어요. 오는 여자 막지 않는 스타일인 것 같다고. 그나저나 팀장님이 기억은 하세요? 술 많이 마신 것 같던데."

선경은 태경이 키스할 때 어떤 표정을 지었는지 자세까지 설명해 가며 까르르 웃었다. 예서의 볼이 점점 빨개지자 그녀가 잠시 말을 멈추고 빤히 쳐다보았다. 괜히 어젯밤 일을 들킨 것 같아 몸을 뒤로 스윽 뺐다.

"설마 키스 한 방에 진짜 반한 건 아니죠? 제가 막내지만 연애 경험은 선배입니다. 대리님, 말 좀 해 보세요."

"어제 우리도 술을 많이 마셔서 너무 과했던 것 같아. 예서 씨, 그냥 잊어. 술 먹고 한 해프닝이라고 생각해. 팀장님께서도 아마 잊으셨을 거야."

뭐가 어떻게 돌아가는 거지?

당연히 술 취해서 한 행동으로 결론을 내리고 과로에 감기 기운까지 겹쳐 평소보다 빨리 취해 키스한 걸 기억하지도 못할 거라 쐐기를 박았다. 전혀 아닌데. 살짝 취기가 있긴 했으나 그는 멀쩡했다.

기억을 못 하긴 개뿔. 병실 침상 위에서도 능글맞게 장난을 쳤었는데.

"어디 병원에 입원시켰어?"

"요 앞 종합병원이요."

입원시킨 게 아니라 본인의 발로 간 거지만 예서는 정정하지 않았다. 문득 태경에 비해 자신이 많이 부족한가 싶은 생각이 들었다.

눈앞에서 키스하는 걸 보고도 아닐 거라 결론을 짓다니. 남자 직원들은 이미 관심도 없다는 듯 뼈해장국을 뜬어먹었다. 예서는 찜찜한 마음으로 국물만 숟가락으로 떴다.

식사를 다 마치고 콘도로 돌아왔다. 1박 2일의 워크숍을

끝마친 직원들의 얼굴엔 피곤한 기색이 감돌았다. 대형 버스에 올라타 10분도 되지 않아 대부분 곯아떨어졌다. 다들 술에 시달린 분위기였다.

태경을 챙기고 싶었으나 핑계거리가 없어 병원에 가 보지 못하고 버스에 올랐다. 태경은 링거를 다 맞고 나면 대리운전을 불러 서울로 올라간다고 했다. 월요일 날 정상 출근을 해야 하기 때문이었다.

⟨서울 강남구 논현동 XX오피스텔 1107호.⟩

띠링, 문자가 왔다. 태경이었다. 1분도 채 되지 않아 이번엔 비밀번호가 문자로 왔다.

"예서 씨, 좋은 일 있어요?"

선경이 물었다. 예서는 홀드 버튼을 눌렀다. 혹시 누가 봤을까 심장이 크게 두근거렸다.

"아뇨."

"근데요, 팀장님 키스 엄청 잘하시죠?"

선경이 귓가에 대고 속닥거렸다. 어떤 대답을 원하는 걸까.

"선경 씨."

누가 보면 선경이 선배인 줄 알 것이다. 곤란한 질문을 해

놓고 능글맞게 '좋았죠?' 라고 어깨를 콕 찌르는 게 이미 상황 파악을 다 끝낸 느낌이었다. 아까 뼈해장국 가게에 있을 때와는 전혀 다른 태도였다.

그땐 팀장이 술 취해서 한 행동으로 결론을 지었으면서.

"제가 눈치가 좀 빨라요. 곤란해하시는 것 같아서 팀장님이 술에 취한 쪽으로 여론을 몰았죠. 그러니까 사실대로 얘기 좀 해 봐요. 팀장님 같은 남자는 얼마나 키스를 잘하는지 궁금해서요."

경험이 부족한 탓에 그게 잘하는지 못하는지 판단할 기준이 없었다. 그저 너무 좋았고 부드러웠으며 숨이 막혔다는 것 외에는. 키스만으로도 온몸이 찌릿찌릿할 수 있다는 걸 처음 깨달았다.

자신도 모르게 끌어안아 더 깊숙이 입을 맞추고 그의 입안 곳곳을 점령하고 싶게끔 만들었다. 그가 잘하는 거겠지?

"아침에 조깅하러 나갔다가 봤어요. 가운 입고 계신 거."

"아."

말문이 막혔다. 가운을 입고 있는 자신을 봤다는 건 피할 길이 없다는 의미였다.

"요렇게 요렇게 주변을 둘러보면서 얼굴을 손으로 가리고 후다닥 뛰어가는 거 봤어요."

손으로 얼굴을 가리며 흉내를 내는 선경 때문에 웃음이 터졌다. 자신이 저랬다고? 그만하라고 선경의 허벅지를 손으로 꾹 누르자 아픈 척을 하며 웃었다.

"두 사람 잘 어울려요."

"정말이요? 팀장님 옆에 있으면 제가 오징어로 보일까 봐 걱정했는데."

"에이, 오징어라니요. 누가 들으면 진짜 그런 줄 알겠어요. 차분하고 조용해서 그렇지, 타 부서 직원들과 말 몇 마디만 나눴어도 줄줄이 고백했을걸요?"

"말만이라도 감사해요."

"진짜예요. 남자들은 예서 씨처럼 차분하면서 자기 일 잘하는 사람 좋아하더라고요. 철벽같은 느낌도 있고. 커피도 이렇게 마시고 꼭 배시시 웃는데…… 예전에 준성 씨였나, 그 홍보팀 김준성 씨가 헤 입 벌리고 보더라니까요."

"아, 김준성 씨."

잊고 있었다. 준성은 이번 워크숍에 함께하지 못했다. 무슨 일이 있는 건가. 사이가 소원해져 근황을 알지 못했다.

〈집 주소 알려 준 거 처음인데, 안 올 거야?〉

태경의 문자였다. 예서는 저도 모르게 웃음이 나왔다. 선경과 대화를 하느라 답장을 하는 걸 깜빡 잊었다.

314

"답장해요. 눈치 보지 마시고. 연애하는 게 죄인가?"

"일단은 선경 씨, 비밀로 해 줘요."

"제가 비밀로 해도 팀장님께서 기정사실로 만드실 것 같아요. 어휴, 입술 박치기라니. 박력이 넘치셔, 섹시도 터져. 코피가 아주…… 어, 그러고 보니까 링거 투혼이 혹시? 예서 씨, 설마?"

"어…… 그 표정 뭐예요? 왜 이래요?"

선경이 음흉한 웃음을 지으며 예서 쪽으로 슬금슬금 오더니 손을 잡고 휙 뒤집었다. 더워서 긴 셔츠를 걷어붙이고 있었는데 딱 잡힌 손목이 하필.

"……전생에 나라를 구하셨나 봐. 손목까지 남길 정도면 소유욕 장난 아니란 소린데. 아, 부럽다. 선배님, 부럽습니다. 전 입 다물고 자야겠어요. 외로워라, 님은 오시는가. 나 죽기 전에 님은 오시는가."

선경이 툴툴거리며 시를 읊듯이 말했다. 가끔 선경이 하는 행동을 보면 주미가 떠오른다. 두 사람 모두 눈치가 빠르고 또 적당한 선에서 치고 빠질 줄 안다. 예서가 이왕 들킨 거에라 모르겠다 대놓고 휴대폰을 보았다.

〈가요, 가.〉

태경의 집에 자신이 먼저 도착할 줄 알았는데 오히려 그
반대였다. 대리운전 기사가 고속도로에서 140 이상씩 밟았다
고 했다. 급하게 발걸음을 옮기던 예서는 그의 집 앞에서 우
연히 기태를 만났다.

"예서 씨? 태경이네 온 거예요?"

"네, 오랜만이에요."

"그럼 예서 씨가 이거 대신 전해 줄래요?"

기태가 쇼핑 봉투를 예서에게 건넸다.

"예서 씨보다 더 늦게 왔으면 태경이한테 욕먹을 뻔했네.
그거 열어 봐도 돼요. 죽이에요."

"죽이요? 팀장님 아프신 거 아셨구나."

벌써 거기까지 소문이 난 건가. 하루 입원했던 걸 벌써 알
고 있다니. 서로 연락도 자주 하고 기태가 죽까지 사 온 걸
보면 자신이 생각했던 것보다 두 사람은 더 친한가 보다.

"예서 씨한테도 태경이가 말했나 보네요. 5월만 되면 태경
이가 몸 컨디션이 안 좋아요. 그래서 미국에서도 5월에 중간
고사 끝나면 제가 일주일씩 가 보곤 했거든요."

"네?"

과로로 쓰러진 거 말하는 거 아니었나? 예서가 눈을 깜빡

였다.

"많이 쓸쓸해해요. 어머니 생각이 많이 나나 봐요."

"아……."

"올해로 9년 됐네요, 돌아가신 지."

예서가 쇼핑백을 떨어뜨렸다. 둔탁한 마찰음에 기태가 몸을 숙여 대신 주웠다. 할 말을 잃은 듯한 예서의 모습에 기태는 어색하게 웃으며 쇼핑백을 건넸다.

"제가 실수했나 봅니다. 아시는 줄 알았는데."

"워크숍 때 팀장님께서 아프셔서 병원에 가셨거든요."

"오늘 잘 챙겨 주세요. 비까지 오면 더 우울해해요."

"9년……."

9년 전이면 제가 고등학생 때였다. 예서는 기태에게 얼른 인사를 하고 엘리베이터를 탔다. 태경에게 가는 내내 심장이 널뛰기하듯이 뛰었다.

같은 해에 예서도 엄마를 잃었다. 태경도 그랬을 줄은 전혀 몰랐다. 거기다 5월이면, 연락이 두절돼서 태경을 찾아 한국 대학교에 갔을 때였다. 엄마의 사고 소식을 들었던 그때.

아침까지 수액과 비타민제를 맞고 나니 몸이 한결 가벼워졌다. 태경은 새 머그컵을 보며 빙긋 웃었다. 한 개였던 머그컵이 두 개로 늘었다. 예서의 것이었다.

칫솔도 두 개, 잠옷도 두 개. 아예 이 집에 사는 사람이 두 명이었으면.

거기까지 생각이 미친 태경은 예서와 함께할 미래를 생각 했다.

서른다섯 전에 결혼을 할 수 있을까?

여자 사람 친구들은 이미 토끼 같은 자식들을 낳았다. 요 새도 한두 명씩 청첩장을 보내고 있었다. 형도 곧 결혼을 할 테고.

"운명인가."

결혼을 생각할 나이에 딱 송예서를 만난 걸 보면 운명이 아닐까. 그렇게 믿고 싶다. 예서의 처음과 끝이 자신이었으 면 싶고, 온종일 함께 있고 싶다.

하루 종일 옆에 앉아 영화를 보고 일도 하고 밥도 먹고. 그러다가 사랑을 나누고 함께 씻고. 자고 일어난 아침에도 그만하라고 할 때까지 울릴 수 있으면 좋겠다. 지쳐 쓰러져 색색거리면서 자는 모습도 예쁘겠지. 사랑을 하면 모두 미친 놈이 된다고 했다. 사랑에 빠진 자신이 예서에게 미친 건 당 연한 일이 아닐까.

똑똑.

비밀번호 누르고 들어오라고 일부러 알려 줬건만. 태경은 머그컵을 내려놓고 문을 열었다.

예서가 서 있었다.

너무 좋아서 저도 모르게 예서의 허리를 안아 들었다. 신발도 벗기지 않은 채 거실로 옮겼다. 가뿐해서 좋다.

"몸 아픈 거 아니에요?"

"괜찮아."

"이거 죽이에요. 요 앞에서 기태 씨 만났어요."

"우리 형?"

"네."

태경이 죽이 든 쇼핑백을 받아 부엌으로 갔다. 테이블에 쇼핑백을 올려놓고 포장된 죽을 꺼낸 그는 익숙하다는 듯이 반찬통을 꺼냈다.

"죽 먹을 정도로 아프진 않은데. 형도 참."

예서가 이거 보고 병자로 취급하겠네. 태경이 혼잣말을 하며 숟가락으로 싹싹 긁어 통에 담았다. 어느새 부엌으로 들어온 예서는 태경을 보며 복잡 미묘한 표정을 지었다.

"많이 힘들었지? 서울까지 버스 타고 오느라고."

"아뇨."

"아냐, 밤에도 힘들었을 텐데 병원까지 들렀잖아. 피곤했을 거야."

미안한 표정을 지어 보이며 태경이 말했다. 처음인 그녀에게 짐승처럼 들이대긴 했다. 인정한다. 태경은 벌을 서듯이 두 손을 위로 들며 미소를 흘렸다. 봐줘, 한 번만.

"그러고 보니까 아직 제가 물어보지 못한 게 있어서요."

"뭔데?"

태경이 창문을 닫으며 말했다. 하늘이 깜깜한 게 비가 오려는 모양이었다. 아예 커튼까지 쳐 버리자 방 안은 순식간에 어둠으로 물들었다. 의도한 건 아닌데 밤처럼 어둡고 은밀한 분위기로 변하자 태경이 주먹을 쥐었다 펴며 제동을 걸었다.

"9년 전에, 오빠가 당분간 연락 안 될 거라고 했잖아요. 갑자기 연락이 두절됐고."

"응, 그랬지."

이혼 후에 태경은 어머니에게 버려졌다. 아버지의 바람 때문에 한 이혼이지만 어머니는 꽤 많은 위자료를 받고 떠났다. 후에 어머니가 재혼을 했다는 소식을 우연히 알게 되었다.

당시에는 어머니가 필요한 나이였다. 새어머니가 기태에게 하는 것을 보며 어머니가 많이 그리웠다.

새어머니에게 보여 주지 못한 성적표. 대부분의 어머니가 봤다면 아들을 자랑스러워할 만큼 성적이 좋았다. 그런데 본가에서도, 어머니에게서도 외면을 받았다. 재혼한 남편이 볼지 모르니 찾아오지 말라고 했다.

그런데 스물다섯 5월, 연락이 왔다. 어머니가 뇌사 상태라고 했다. 자신보다 훨씬 어린, 고등학생쯤 돼 보이는 남학생이 찾아와 어머니가 자신을 그리워했다는 말 같지도 않은 소리를 했다.

여전히 제 행동의 이유는 알 수 없다.

그냥 무작정 어머니에게 갔다. 아무 생각이 나지 않았다. 지금이 아니면 다신 못 볼 것 같은 느낌에 본능적으로 움직였다. 깨어나길 바라며 옆에서 병수발을 들었다. 어머니와의 추억이 주마등처럼 스쳐 지나갔다.

여전히 태경의 기억 속에는 곱고 사랑을 준 어머니였다. 단 한 번이라도 깨어나길 바랐으나 죽기 전 날까지 눈이 마주치지도 대화를 나눠 보지도 못했다. 그렇게 어머니가 돌아가시고 태경은 한국 생활을 정리했다. 아버지에게 유학을 부탁했다.

마음을 정리할 시간, 그게 필요해서.

산 사람은 살아야지, 모두가 하는 말이었다. 다들 잘 살아진다는데 태경은 그게 참 어려웠다. 꼬박 1년을 힘들어했다. 지금도 어머니가 돌아가신 5월만 되면 자연스레 컨디션이 떨어진다.

"전 오빠를 찾으러 한국 대학교에 갔었어요. 기태 오빠가 3년 된 여자 친구랑 여행 갔다는 소식을 들었죠. 얼마나 허탈했는지. 좋아하게 만들어 놓고, 좋아한다고 착각하게 만들어 놓고 뒤에서 호박씨 까고 있단 생각에 얼마나 울었는지 몰라요."

"내가 말을 못 했지. 미안."

예서의 뺨에 흐른 눈물 자국을 손바닥으로 훔쳤다. 말을 하고 떠날 생각이었으나 하지 못했다. 갑작스런 유학 준비에 정신없이 바빴다. 9년 동안 예서를 잊지 못할 줄 알았으면 어떻게 해서든 말을 하고 갔어야 했는데.

어머니의 죽음 앞에서 맨정신일 사람이 어디 있겠는가. 그것도 오랫동안 그리워했던 어머니였는데.

"진짜 미안해. 그때는……."

"전화해도 꺼져 있고 물어볼 수도 없고. 그리고 그날, 연락하길 포기했어요. 엄마가 재혼하려던 이유를 알아 버렸거든요."

"응."

"재혼에 관심도 없던 엄마가 왜 하려는지 눈치를 챘어야 했는데."

"죄책감 갖지 마."

태경은 본능적으로 느꼈다. 어머님의 죽음과 재혼이 관계가 있음을. 그녀에게 아무 잘못이 없음을 어깨를 다독이며 마음을 전달했다.

"그 모든 걸 오빠 때문이라고 돌렸어요. 그러니까 살아지더라고요. 엄마가 혼자 아프도록 둔 거, 코딱지만 한 집에서 엄마가 아픈지도 몰랐던 거 모두. 오빠한테 빠져서 아무것도 눈치채지 못한 내가 미쳤던 거라고, 그걸 제공한 오빠가 제일 나쁘다고 그렇게 학창 시절을 버렸어요. 자퇴를 했으니 학창 시절은 아닌가?"

"……."

"근데 9년이 지난 왜 지금……."

"……."

"왜 지금 알게 하는데."

태경은 예서가 때리는 걸 막지 않고 다 맞았다.

"사실은 자기도 나 좋아했으면서 어떻게 그래."

"좋아했지, 많이."

너 그때 미성년자였잖아. 태경이 나직하게 속삭였다.

"미성년자 꼬신 건 되고 사귀는 건 안 돼? 그런 논리가 어디 있어."

"……."

"왜 지금에서야 알게 만드는 건데. 5월만 되면 태경 씨가 아픈 이유, 날 갑자기 떠난 이유, 연락이 두절된 이유. 이젠 당신 탓도 못 하잖아."

예서가 주먹을 꼭 쥔 채 주저앉았다.

"괜히 나도 엄마 생각나잖아."

예서의 어머니도 그 해에 돌아가셨다. 그녀가 손바닥으로 눈을 세게 문지르며 투덜거렸다.

태경은 무릎을 꿇고 주저앉은 예서를 꽉 안았다. 그때 제 이름이 태경이라고 말했으면 쉬웠을 것을. 비밀로 하기로 한 기태와의 약속 때문에 일이 이렇게까지 꼬일 줄은 몰랐다.

"많이 좋아해. 아니, 사랑한다. 송예서."

태경의 어깨에 이마를 묻은 예서가 웅얼거렸다. 태경이 예서의 등을 다정하게 쓸어내렸다.

"9년 전에도 좋아했지만 지금은 너 없으면 안 될 정도로 사랑해."

"……."

"네가 다시 나타난 순간부터 이래. 네 생각만 하면 내 인생이 행복하게 느껴져. 너무 좋아서 하루하루가 죽을 것처럼 행복해."

"……나도."

예서가 작게 속삭였다.

"난 사실 9년 전에도 그랬어. 오빠를 생각하면 하루하루가 설레었다고."

예서가 말을 덧붙였다. 9년 전에도 저를 좋아했다고, 때문에 매일매일이 행복했다고 솔직히 말하는 예서가 예뻐서 태경이 서서히 입술을 내렸다. 코끝이 닿고 숨결이 닿았다.

부드럽게 빨아들이자 예서가 코를 훌쩍였다.

"이제 와 알게 해서 미안해. 내가 그때 우선순위를 몰랐어. 송예서가 1순위가 될 줄 스물다섯 살의 나는 진짜 몰랐거든."

"1순위?"

예서가 속눈썹을 팔랑거렸다.

"응, 1순위. 어떤 잣대를 갖다 대도 넌 1순위야. 이럴 줄 알았으면 9년 전에 잡아 둘걸."

"어떻게?"

태경이 예서를 번쩍 안아 올렸다. 예서가 태경의 허리에 다리를 둘렀고 태경은 청바지 위로 느긋하게 손을 쓸어 올리다 버클에서 멈췄다.

"이렇게."

청바지 버클을 풀었다. 그리곤 급하게 입술을 부딪쳤다. 오늘은 참을 생각이었는데 왜 결론이 또 이쪽인지. 태경은 머릿속 생각을 지워 버렸다. 이미 예서를 알아 버린 몸이 뜨거움에 몸부림치고 있었기에.

가볍게 시작한 입맞춤은 격렬한 운동으로 변해 장렬히 쓰러졌다. 예서는 체력이 고갈돼 엎드려 누운 채로 이불을 머리끝까지 뒤집어썼다. 태경은 예서가 먹고 싶다는 아이스크림을 사러 밖으로 잠시 나간 상태였다.

"아우, 뻐근해."

왜 또 이렇게 된 거야. 자기 집 알려 줄 때부터 수상하더라니.

분명 아픈 기억으로 시작했는데 끝은 격렬했다. 왠지 앞날이 보여 예서가 관자놀이를 꾹꾹 눌렀다. 좋으면 좋으니까 할 것 같고 싸우면 싸웠으니까 화해로 할 것 같고. 슬프면 슬프니까 아련하게 입술을 부딪치다가 또 몸을 섞을 것 같고.

예서는 몸을 이불로 돌돌 말고 창문으로 갔다. 비가 오고 있었다. 비가 오면 힘들어한다던데. 예서는 태경이 잘 오나 볼 겸 목을 빼내어 1층을 보았다. 태경의 차가 주차장으로 들어가는 게 보였다. 금방 오겠다.

"휴대폰을 어디다 뒀더라."

예서는 휴대폰을 찾아 두리번거렸다. 거실에 떨어뜨린 핸드백에서 휴대폰을 꺼낸 그녀는 부재중 알림이 찍힌 걸 보고 액정을 켰다.

준성이었다.

오랜만에 온 연락인데 반갑지 않았다. 친구일 때와 친구가 아닐 때는 이렇게나 다르다. 급한 일이 있나 싶어 고민하던 그녀는 전화를 하려다 말고 준성이 보낸 카톡을 먼저 보았다.

〈예서야, 박문택 씨가 연락을 했대. 네가 전화를 안 받아서 어머니께서 네 연락처 알려 드렸다더라.〉

오랜만에 듣는 이름이었다. 엄마가 돌아가시기 직전 법적으로 아버지가 돼 버린 사람이지만 먼저 연락한 적은 없었다. 휴대폰 번호를 바꾼 후에는 알려 주지 않았다. 같이 살았던 정이 있는 사람도 아니어서 예서에겐 타인과 마찬가지였다.

갑자기 연락처를 묻다니. 불안한 기분이 들어 하염없이 쏟아지는 하늘을 보다가 비밀번호를 누르는 소리에 이불깃을 당기며 문 쪽으로 갔다.

"금방 왔지?"

"응."

아이스크림 케이크 통을 든 태경이 들어왔다. 머리카락은 다 젖은 채였다.

"밖에 비 많이 오더라. 우산 안 가져갔어?"

"차 끌고 갔으니까."

"씻어야겠다. 감기 심해지면 어떡해."

예서가 걱정스런 표정을 지었다. 냉동실에 아이스크림을

넣어 둔 태경이 예서의 몸을 두르고 있는 이불을 잡아 당겼다. 졸지에 나신이 된 그녀가 부끄러워 몸을 뒤로 휙 돌렸다. 차라리 앞보다는 등을 보이는 게 낫다.

"꺄아!"

태경이 예서를 안아 올렸다. 번쩍, 순식간에 발이 공중에 떴다. 예서는 소리를 지르며 발을 동동거렸다.

"같이 씻어."

"……싫은데."

"이미 욕실이야. 싫긴 뭐가 싫어."

태경도 훌렁훌렁 젖은 옷을 벗었다. 어쩜 이렇게 예견이 딱 들어맞는지. 비가 와서 옷이 젖었으니까 또 하고, 또 하고. 결국 결론은 언제나 하나였다.

"팔 들어 봐."

예서가 만세를 하는 사이 태경이 뒤에서 가슴을 움켜쥐었다. 샤워기의 물을 맞으며 예서의 눈이 몽롱해졌다.

곧 박문택, 그 아저씨의 연락이 올 것 같은데. 욕실 문틈 사이로 바깥을 흘끗 보았다. 물소리에 이미 휴대폰 벨 소리는 묻힌 지 오래였지만 말이다.

9장
첫사랑이야

일요일 저녁, 문택에게서 전화가 왔다. 그 주 평일에 약속을 잡았다.

일을 하면서도 초조해하며 굳이 만나야 하는 이유를 고민했다. 평소 연락을 하던 사이도 아니었으니 굳이 숙경을 통해서까지 만나자고 하는 걸 보면 엄마와 관련된 게 확실했다. 문제는 짚이는 게 없었다.

이미 9년 전 고인이 된 엄마에게서 나올 게 뭐가 있단 말인가.

법적으로는 부녀 관계이니 빚더미를 안기는 건 아닐까. 막장 드라마까지 써 본 예서는 잘 컸나 얼굴 한 번 보자는 것일 수도 있다며 스스로를 세뇌시켰다.

"어디 가?"

"오늘 약속 있어서."

회사 정문을 나서던 예서는 외근을 마치고 들어오는 태경과 마주쳤다.

"누구? 남자?"

"응."

"안 돼."

누군지 물어보지도 않고 안 된다고 말하며 태경이 그녀를 막아섰다. 예서가 태경의 팔 밑으로 고개를 숙여 빠져 나가려고 하자 그도 몸을 숙였다. 아예 꽉 끌어안는 태경 때문에 그의 가슴을 손바닥으로 탁 쳤다.

"누가 보면 어떡해요? 우리 비밀 연애잖아요."

"송예서 혼자 하는 비밀 연애?"

발버둥을 쳐 태경을 밀어냈다. 하루 종일 끌어안은 채 있고 싶긴 한데 지금은 아니었다. 때와 장소는 가려야지.

그러고 보니 태경은 연애를 하면서 때와 장소를 가리는 편은 아닌 것 같았다. 미국에서 대학교를 다녀서 그런가. 회사도 그쪽에서 다녔고.

"직원들이 기억나느냐고 물어봐서 기억난다고 다 말했는데."

"그럼?"

"자기들이 분위기를 몰아간 거라고 축하 턱 쏘라고 해서 회식 때 참치 횟집 가기로 했어."

으익! 참치? 인사팀하고 회계팀만 모여도 인원이 몇인데. 예서가 눈을 가늘게 뜨고 태경을 보았다. 이 사람 통 참 크네.

"사케도 사 준다고 했고."

"씀씀이가 너무 큰 거 아니야?"

결혼하면 돈 관리는 자신이 해야겠다고 속으로 생각하다 예서가 픕 웃었다. 섹스 몇 번 했다고 벌써 결혼을 생각하고 있다니. 이래서 여자든 남자든 경험이 중요한가 보다. 저와 다르게 태경은 자신을 마지막 여자로 생각하지 않을 수도 있고 살다 보면 사소한 오해로 또 틀어질 수도 있다.

9년 전에도 그가 윤태경이라는 것만 알았어도 지금과는 달랐을 테니 말이다.

"얼른 송예서가 시집와서 관리해 줘."

태경이 바지 뒷주머니에서 가죽 지갑을 꺼내 예서의 손 위에 올려 주었다.

"남자 만난다며. 남자 친구가 밥 사 주라고 했다고 이걸로 사 줘."

"저도 월급 받는 월급쟁이인데."

"내가 동행하고 싶은데 안 될 것 같으니까 지갑이라도 보내게."

"하? 남자 아니라 새아버지 만나는 거야. 내가 남자가 어디 있어."

예서가 얼른 지갑 안 받고 뭐하느냐는 투로 말하며 코 앞까지 내밀었다.

"그럼 더 사 드려야겠네, 꼭."

"됐어요, 커피 마실 거야."

태경은 그녀의 얼굴을 빤히 바라보다 몸을 점점 숙였다. 설마 입을 맞출까 싶었지만 다가오는 그의 얼굴에 예서가 손바닥으로 제 입술을 막았다. 남들 눈 좀 의식했으면 좋겠는데.

"이 지갑 평생 관리해 줬으면 하는 마음으로 주는 거니까 오늘 하루 들고 다니면서 윤태경 지갑을 관리하면 어떤 느낌일지 생각해 봐. 꽤 쏠쏠할걸? 궁금하면 한도가 몇인지 백화점 가서 긁어도 돼. 이따 회식 끝나기 전까지만 가져와."

태경이 그녀의 머리를 큰 손으로 쓰다듬으며 말했다. 남의 지갑을 들고 다니려니 마음이 찝찝했으나 저렇게 말하니 돌려주기가 쉽지 않아 가방에 넣었다.

"내가 명품숍 가서 왕창 사고 도망가면 어떡하려고."

"도망가. 가는 족족 카드 쓰면 나한테 다 날아올 테니 잡을 수 있어."

"문자로 다 가면 부담스러워서 못 쓸 것 같은데?"

"네 마음만 안 변한다면 앞으로 9년은 더 기다릴 수 있어."

예서는 입을 다물었다. 9년 동안 태경을 못 볼 생각을 하니 암담했다. 칠흑 같은 어둠을 걷는 기분이었다.

"9년 뒤면 마흔셋이잖아. 내가 안 반겨. 완전 아저씨잖아."

"네 나이는 생각 안 해?"

제 나이를 계산해 보던 예서는 헙, 두 입을 꼭 닫았다. 서른일곱이었다. 태경이 아저씨가 되면, 저도 아줌마로 바뀐다는 사실을 깨닫지 못했다. 태경에 비해 어리다고만 생각해서 그랬나 보다.

"나 늦겠다. 오빠 얼른 들어가서 일 봐. 그리고 남들 눈 좀 신경 쓰자! 놀림받는 건 나란 말이야."

"내가 오늘 참치로 다 죽여 놓을게."

태경이 환하게 웃으니 한쪽 눈에 쌍꺼풀이 졌다. 내 남자지만 참 귀엽다. 손으로 얼굴을 쥐고 주무르고 싶은 마음을 꾹 눌러 담으며 예서는 태경에게 인사를 하고 발걸음을 옮겼다. 아쉬운 마음에 뒤를 돌아보니 태경이 정문에 서서 여전히 손을 흔들고 있었다.

슈트를 맞추기라도 했는지 그의 몸에 딱 맞게 떨어졌다.

군더더기 하나 없는 몸을 잘 감싸 주는 갑옷 같았다. 주인을
참 잘 만났네.

　'얼른 들어가.'

　예서가 입 모양으로 태경에게 말했다. 서로 먼저 가라고
입 모양으로 말하다 본인들의 행동이 웃긴지 동시에 웃음이
터졌다. 결국 먼저 걸음을 옮긴 쪽은 예서였다.

　카페엔 새아버지가 먼저 와 계셨다. 예서가 그쪽으로 가자
마실 것부터 물어 '카페라테'라고 말했다.

　시원한 커피를 마시며 예서는 긴장을 풀기 위해 노력했다.
손가락을 접었다 펴기도 하고 목을 양옆으로 움직이기도 했
다.

　"오랜만이다."

　"네, 잘 지내셨죠?"

　"그럼. 종종 숙경 씨한테 네 소식 들었다. 그 집에서 나왔
다고 하던데 어디서 지내는 거야?"

　"친구 집에서 있다가 지금은 원룸으로 옮겼어요."

　"우리 집에 와도 괜찮다."

　"아니에요. 폐를 끼치고 싶지 않아요."

　딱 잘라 거절했다. 문택이 싫은 건 아니다. 엄마가 마지막
순간에 선택한 사람이라 예서도 문택을 좋게 생각한다. 그런

데 함께 살고 싶진 않았다. 예서에게 가족이란 엄마와 자신, 오직 둘뿐이었으니까.

"말씀은 감사하지만 저 이제 10대 아니잖아요. 독립할 때 됐어요."

아저씨가 입에 편한데 아버지라고 말하려니 차라리 부르지 않는 게 더 나았다. '저기요'라고 부르기도 좀 그렇고.

"그래, 이제 9년 정도 됐네."

"네. 벌써 그만큼 지났네요."

홀로 버틸 수 있을까, 앞으로 어떻게 살아야 하나 걱정하던 지난날이 주마등처럼 스쳤다. 그런데도 살아졌다. 지금은 독립도 했고 회사도 잘 다니고 있으며 연애까지 하고 있다. 사람은 다 어떻게든 살아진다는 말이 시간이 지나니 조금씩 이해가 되는 것 같았다.

"나도 이젠 보내 주려고. 잡고 있으니까 내 마음만 아파서 주말에 정리했다."

잠시 숙연해진 예서가 눈을 또르르 굴리다 커피 잔에 손을 뻗었다. 자신은 이미 엄마를 보내 드렸다. 그런데 새아버지가 엄마를 아직 그리워하고 계실 줄은 전혀 몰랐다. 9년이나 지났는데.

"가지고 있던 유품들 다 버리고 태웠어. 근데 이건 너한테 줘야 할 것 같아서."

의자 옆에 둔 네모난 박스를 문택이 책상 위로 올렸다. 박스 안에는 폴더폰이 들어 있었다. 엄마가 목에 걸고 다니던 것이었다.

버린 줄 알았는데. 새삼 신기해 박스에서 꺼낸 예서가 이리저리 둘러보며 휴대폰을 열었다.

"거기 충전기도 있어. 버릴까 하고 봤는데 네 사진도 꽤 있는 것 같아서. 사실 사진까진 내가 정리를 못 하겠더라고."

땅으로 얼굴을 푹 꺼뜨리며 문택이 말했다. 우리 엄마를 정말 사랑하셨구나. 그 당시엔 잘 느껴지지 않았다. 갑작스럽게 찾아온 이방인, 낯선 사람으로 여겼다.

"나도 애기 엄마 잃고 누군가를 또 만날 줄은 정말 몰랐는데…… 사람 앞길은 알 수가 없구나. 그때 좀 더 용기 내 볼걸. 내 자식, 네 자식 생각하다 보니 머뭇거렸어. 이렇게 빨리 가 버릴 줄 알았으면 나만 생각할 걸 그랬나 봐."

"……"

"넌 우리처럼 후회할 짓 하지 말고 살았으면 좋겠다. 아버지가 필요한 일이 있으면 언제든 연락해 주면 좋겠다. 난 네가 늙어 가는 모습까지 지켜보고 싶구나."

문택이 씁쓸하게 웃으며 컵을 양손으로 쥐었다. 9년 전에 비해 흰머리가 많아졌지만 그게 늙어 보이진 않았다. 오히려 멋스럽게 중후해진 느낌이었다. 이제서야 그를 머리부터 발끝까지 제대로 보았다.

그땐 그의 가족이 몇 명인지, 어떤 직업을 갖고 있는지 아무것도 묻지 못했다. 지금 입은 차림에서는 풍족함이 묻어났다. 구두와 양복, 손수건까지 예서가 명품숍에서 본 문양들로 도배되어 있었다.

"일만 죽어라 했더니 이제 빛을 발하네. 사업이 몇 번 실패하기도 해서 누가 될까 봐 연락 못 했다. 숙경 씨한테만 간간히 소식을 들었지. 이제는 네가 원하는 대로 해 줄 능력이 되는데 너무 커 버렸구나. 그래도 내가 도울 일이 있으면 언제든지 연락하렴."

문택이 지갑에서 명함을 꺼내 테이블 위에 놓았다. 주영건설 대표이사 박문택. 예서도 아는 곳이었다. 얼핏 태경에게 들은 것 같았다. 어쩌면 두 사람이 일면식을 했을 수도 있겠단 생각이 들었다.

"정리 부탁한다. 못나 보이겠지만 원래 헤어짐은 쉬워도 여운은 오래가는 법이거든. 기다림도 그리움도 더 짙고. 그래도 나 9년은 했다. 너무 미워하지 말고 자주 연락하거라. 어머니 얘기도 해 주면 좋겠구나."

"안 미워해요. 멀게 느껴지는 건 좀 있지만요. 사업이 잘돼서 다행이네요. 그래도 전 제 몫을 하면서 살아가고 싶어요. 후에 필요한 부분이 생겨도 혼자 처리해야죠. 저 이제 그럴 정도로 꽤 나이도 먹었거든요. 말씀 감사합니다."

예서가 깍듯이 인사를 했다. 문택이 준 박스에 휴대폰과 충전기를 넣고 뚜껑을 닫았다.

태경이 보낸 주소에 도착하니 인사팀, 회계팀뿐만 아니라 홍보팀까지 함께 있었다. 뭐가 이렇게 판이 커졌지? 태경이 손을 흔들며 마중을 나왔다.

"인사팀만 모이는 거 아니었어요?"

"회계팀이 항의하던데? 자기들도 한몫했다고."

"그럼 홍보팀은 뭐예요?"

술을 꽤 마셨는지 몽롱한 눈으로 자신에게 손을 흔들고 있는 준성이 보였다. 어째 행동을 보니 고백했던 걸 오래전에 잊은 눈치였다. 친구로 돌아간 눈빛에 예서가 눈인사를 하고 태경에게 시선을 돌렸다.

태경이 귓가에 입술을 대며 작게 말했다.

"김준성한테 티 내려고."

"아, 정말."

예서가 얼굴을 밀어내며 찰싹 때리다가 빤히 바라보는 여러 눈동자를 보고 손을 내려 허벅지를 비볐다. 손에 땀이 난다. 회사 직원들을 태경을 얼마나 우러러보는지, 그가 어떤 존재인지 순간 잊어버렸다.

338

"예서 씨, 여기 앉아요. 내가 비켜야지."

철호가 술잔과 수저를 들고 옆자리로 물러났다.

"그렇게 안 하셔도 되는데요."

"아닙니다. 하! 하! 하!"

명백히 어색한 웃음이었다.

"그때 엘리베이터에선 죄송했어요, 예서 씨."

철호의 사과에 태경이 술을 가득히 따라 주었다.

"죄송은 저한테 해야죠, 박철호 씨."

"눈치 없는 제가 잘못이죠. 앞으로 팀장님과 예서 씨가 같이 있는 거 보면 알아서 반대편으로 걷겠습니다."

태경이 손을 들자 예서를 위해 남겨 둔 참치회를 가져왔다. 사내 연애를 대놓고 하면 엄청 놀림받고 부끄러울 줄 알았는데 태경이 높은 상사이기 때문인지 다들 눈치를 보았다. 게다가 철판을 쓴 태경 덕에 오히려 편했다. 잘 부탁한다는 의미로 참치까지 대접하니 다들 입이 귀에 걸렸다.

"참치 뱃살 남겨 놨어. 이걸로 초밥 만들어 달라고 할까?"

"아니요."

직원들이 술을 마시는 틈을 타 태경이 입에 참치 뱃살을 쏙 넣어 주었다. 초밥이 더 좋긴 한데 참치 뱃살은 회로 먹어야 더 맛있다. 사르르 녹는구나. 예서의 입가에 절로 미소가 번졌다.

"자주 와야겠다."

"왜?"

"너 잘 먹어서 보기 좋아."

술을 마시려고 하자 태경이 고개를 휘휘 저었다. 두둑하게 회를 먹고 매운탕 나오면 그때 술을 마시라는 거였다. 제 몸까지 생각해 주는 모습이 기뻐 입꼬리가 내려오질 않았다.

"두 사람 보고 있으니까 연애하고 싶어집니다. 팀장님, 진짜 어흥 하게 생기셔서 엄청 다정하신 것 같아요. 그죠?"

선경이었다. 어흥 하게 생긴 건 뭐야. 예서가 픕 웃었다.

"어흥이요?"

"네, 어흥. 다정하신 거 보니까 막 저까지 간질간질하네요."

회도 먹고 매운탕도 먹고 술도 몇 잔 마셨다. 내일 출근할 생각에 슬슬 눈치를 보자 태경이 먼저 일어났다.

"계산하고 갈 테니 다들 알아서 정리하고 귀가하세요. 눈치껏 전 먼저 빠집니다."

"더 계셔도 되는데!"

"아닙니다."

먼저 일어나는 태경 때문에 예서는 그의 지갑을 꺼내 주었다. 벌써 지갑까지 공유하는 사이냐며 조용한 경민마저 한마디를 거들었다. 잠깐 태경이 맡긴 건데 이것만 보면 꽤 오래

된 사이처럼 보일 것이다.

조만간 국수를 먹는 거 아니냐며 철호가 물었고 예서는 어깨를 으쓱했다. 아직 연애 초기인데 벌써 결혼 이야기라니.

"뭐해? 송예서, 안 가?"

"저도요? 전 아직……."

"예서 씨, 얼른 가. 예서 씨 여기 있으면 팀장님도 집에 못 가실 것 같은데."

다들 부추기는 분위기였다. 예서도 고개 숙여 인사하며 태경을 따라나섰다. 홍보팀 자리를 지나갈 땐 굳이 손을 잡는 태경이었다. 김준성을 꽤 의식하는 눈치다. 의식하고 말 것도 없이 객관적으로 봐도 그가 훨씬 난데.

"우리 집 가서 아이스티 먹고 가자."

"아이스티?"

"응, 싫어?"

아니. 예서가 팔짱을 끼고 태경의 팔에 기대어 고개를 살짝 틀었다. 이마가 태경의 팔에 맞닿았다. 부비적부비적거리며 입으로는 좋다고 대답했다. 좋아, 좋아, 좋아. 너무 좋아. 같이 있고 싶어.

"잠깐만요!"

급하게 두 사람을 따라 나온 준성이 예서를 잡았고 태경은 못마땅하다는 표정을 지었다.

"마음은 접을 건데, 이대로 접긴 너무 아까워서."

준성이 예서의 어깨를 잡고 순식간에 입술을 낚아챘다. 거친 입술이 닿았다가 떨어지는 데 3초도 걸리지 않았다. 어느새 준성의 뒷목덜미를 잡아챈 태경이 무시무시한 표정을 짓고 있었다.

"억울하시지 않게 그럼 여기도."

순식간에 태경의 볼에 입을 맞춘 준성이 어깨춤을 치며 횟집 안으로 뛰어 들어갔다. 예서는 돌처럼 굳어서 움직이지 못하는 태경을 흔들었다. 혼이 나간 사람처럼 대답만 하던 태경이 손바닥으로 자신의 볼에 상처를 낼 정도로 세게 문질렀다. 아주 불쾌한 티를 내며.

얼음을 넣고 아이스티 한 잔을 타서 온 태경이 예서에게 건네주었다. 넥타이를 풀고 빈틈없이 채운 단추를 하나하나씩 풀며 태경이 욕실 쪽으로 걸음을 옮기다 방향을 바꿨다.

"씻고 올게. 찝찝해 죽겠네."

집으로 오는 동안에도 태경은 볼을 계속 문댔다. 도착하자마자 셔츠를 예서의 옆에 벗어 두고는 욕실로 갔다. 예서가 눈을 가늘게 떴다. 오히려 불쾌해할 쪽은 자신인데 진저리를 치는 태경 때문에 불쾌해할 틈도 없었다.

예서는 아이스티를 마시며 소파에 앉았다. 가방을 열어 문택에게 받은 폴더폰을 꺼내 전원 버튼을 꾹 눌렀다. 지금 스마트폰과 너무 달랐다. 예서는 폴더폰의 감촉을 느끼며 키패드에 아래아 점을 꾹 눌러 보았다.

사진 폴더에 들어가 보니 엄마와 찍은 사진들이 보였다. 자신이 공부하는 모습을 찍은 것도 있고 둘이 같이 휴대폰을 보며 웃고 있는 것도 있었다. 화질은 좋지 않았지만.

풋풋한 옛 사진을 보다 보니 웃음이 나왔다.

보고 싶다. 엄마가 없는 9년을 이렇게 잘 살아왔다. 가슴은 뭉클해도 전처럼 보고 싶어서 울 정도는 아니었다. 죽을 것 같아도 시간이 지나면 다 괜찮아지나 보다.

생각이 꼬리를 물고 번져 자연스레 태경과 관련된 것들이 머릿속에 하나씩 뿌리를 내렸다.

지금 이렇게 좋아 죽을 것 같다가도 시간이 지나면 바래지겠지. 헤어져서 죽을 것처럼 아프더라도 또 시간이 지나면 괜찮아지겠지.

한창 좋은 와중에 이별을 생각하는 건 또 뭐람. 이별이 없는 연애는 없을까. 끝을 생각하지 않고 연애를 할 순 없는 걸까.

다르게 생각해 보면 끝이 있기에 지금의 연애가 더 아름답고 일분일초가 아까운 것 같기도 했다. 그래도 태경과 헤어진다고 생각하니 엘리베이터가 추락하는 것처럼 심장이 쿵 떨어지는 기분이 든다.

"배터리가 없네."

박스에 충전기가 있던데. 콘센트가 어디 있더라. 예서가
콘센트를 찾아 두리번거리다 태경의 침실로 들어갔다.

침대 옆쪽에 콘센트가 있었는데. 기억을 더듬어 침대에 앉
은 예서가 콘센트를 꽂았다. 휴대폰 액정에 환한 불빛이 들
어왔다.

침대에 엎드려 휴대폰에 있는 사진을 전부 봤을 때쯤 욕실
문이 열리는 소리가 들렸다. 실내화 끄는 발소리가 점점 가
까워지더니 갑자기 멈췄다.

예서는 어쩐지 오싹한 느낌에 발만 꼼지락거렸다. 누군가
자신을 보고 있는 것 같은 느낌, 몸에 한기가 돌아 예서가 뒤
로 고개를 돌렸다.

"송예서, 너무 예쁘게 누워 있는 거 아니야?"

"아."

수건으로 머리를 탈탈 털며 아래만 아슬아슬하게 가리고
있는 태경이 문턱에 등을 기대고 있었다.

"오늘도 자고 가면 나야 좋지."

태경이 느릿하게 걸어서 침대로 왔다. 침대 모서리에 걸터
앉은 그가 그녀의 손에 들린 것을 눈짓하였다.

"이거 새아버지가 주셨어."

"폴더를?"

"엄마 유품. 이제 보낸다고 하시네. 우리 엄마는 하늘에서
도 사랑받았나 봐."

뒤늦게 찾아온 사랑이 이렇게 깊을 줄 엄마는 전혀 몰랐을
것이다. 오래오래 살아 그 사랑 다 받고 가지. 아쉬움에 예서
가 휴대폰의 키패드를 마구잡이로 눌렀다.

"이거 무슨 소리야?"

"이 시간에 올 사람이 없는데."

태경의 집 초인종을 누르는 소리가 났다. 기태 씨인가? 자
신이 태경의 집에 들락거리는 건 알고 있겠지만 이 시간에
함께 있는 걸 들키면 민망할 것 같아 예서가 난감한 표정을
지었다.

"내가 나가 볼게. 여기 있어."

"여자면 죽여 버릴 거야."

예서가 장난스럽게 웃으며 태경에게 말했다. 그는 그럴 리
없다는 듯 어깨를 으쓱했다. 짐작하건대 기태일 거라 덧붙이
며.

태경이 안방 문을 닫고 거실로 나갔다. 문을 닫아도 발걸
음 소리가 들렸다. 예서는 부드러운 이불 속으로 들어가 침
대에 밴 그의 향기를 느끼며 폴더폰을 켰다.

윤기태

응? 기태? 그 당시에 기태라면 태경을 말하는 것이다.

엄마는 태경을 마음에 들어 했었다. 공부도 잘하는데 젊은 학생이 싹싹하고 예의 바르다며. 그래서 공부를 배우러 갈 때면 꼭 커피나 밥이라도 사라고 예서에게 만 원씩 쥐어 주곤 했다. 두 사람이 연락까지 할 줄은 몰랐다.

메시지 함을 보니 새아버지인 문택과 자신, 그리고 태경의 메시지만 남아 있었다. 두 사람이 무슨 대화를 했을까 문득 궁금해져 예서가 제일 첫 번째 메시지부터 끝까지 읽어 내려갔다. 메시지를 하나씩 읽을수록 예서의 표정이 복잡 미묘하게 변했다.

갑작스럽게 찾아온 손님은 전혀 반갑지 않은 사람이었다. 왜 왔는지 이유가 뻔해서 새어머니가 즐겨 드시는 홍차를 내리면서도 입을 굳히며 말을 아꼈다.

"혹시 기태랑 연락하니?"

홍차를 따라 새어머니께 드리자 네가 준 건 마시지 않겠다는 의지를 보이듯 머그컵을 태경 쪽으로 밀었다.

"형 연락 안 되세요?"

"연락이 되면 여기 찾아왔겠니."

새어머니가 태경을 찾을 땐 기태와 관련돼 있었다. 태경 덕분에 기태가 성적을 잘 받았다는 걸 알았던 때를 제외하고는 항상 같이 살아도 남보다 못한 존재였었다.

"기태가 파혼한다는 거, 너 알고 있었니?"

"……."

파혼까지 갈 줄은 몰랐다. 결혼식을 준비하면서 이것저것 부딪친 모양이었다. 여자 쪽이 대기업 자제라 집안이 기울고 주눅이 든다는 게 이유였다. 어려서부터 자신과 비교당해서 가뜩이나 비교라면 치를 떠는 사람인데 처갓집에서도 비교 아닌 비교를 당했었나 보다.

태경이 보기에 기태도 부족함이 없음에도 새어머니가 하도 기를 눌러놔 어디 가서 어깨를 못 펴고 사는 것 같았다.

태경이 셔츠 소매를 걷어붙이며 책상에 걸터앉았다.

"집안 차이가 나서 그런가 봐요."

"집안 차이? 우리 집도 그에 못지않은데."

기태도 그걸 안다. 그에 못지않지만 처갓집 식구들은 전부 해외 유학파이고 기태는 국내파였다. 집안에 발을 들이는 순간 영어, 프랑스어, 독일어가 난무한다고 했다. 기태도 영어는 곧잘 했지만 발음에선 취약이었다. 한국 사람이 따라갈 수 없는 발음을 구사한다며 영어를 할 때마다 비웃음을 사는 기분이라고 했다.

"그러는 넌 결혼 안 하니? 안 그래도 내가 선 자리를 알아 봤는데."

가방에서 주섬주섬 사진을 꺼내 태경의 앞에 미는 새어머니는 초조해 보였다. 무언가를 뺏겨 불안한 사람처럼 이로 입술을 짓눌렀고 손끝은 떨렸다.

"말씀드렸을 텐데요. 저 선 안 봅니다."

몇 번을 강조해야 하는지. 벽을 보고 말을 하는 것 같아 태경이 마른세수를 하며 한숨을 폭 쉬었다.

"너도 이제 나이가 찼잖니. 결혼을 해야지."

"제가 알아서 합니다."

태경이 딱 잘라 거절하며 팔짱을 끼자 분에 못 이긴 새어머니의 얼굴이 붉게 달아올랐다. 그녀의 뜻대로 해 주기엔 태경의 머리가 너무 커 버렸다. 그걸 잘 알 텐데 왜 이러는지 도통 모르겠다.

"넌 어떻게 한 번을 안 들어! 네가 그래서 싫었어. 평생 혼자 살 거니? 네가 앞을 막고 있으니까 우리 기태가 기를 못 펴고 저러는 거 아니야. 도대체 한국은 왜 들어와 가지곤."

처음엔 이런 언사가 불쾌했다. 그러나 어느 순간부터는 익숙해져 웬만해서는 상처도 받지 않았다. 태경은 새어머니를 빤히 쳐다보며 표정을 굳혔다.

"선 안 본다는 거 외에는 어머니 뜻대로 다 해 드렸습니다. 해외 나가라고 하셔서 나가 살았고, 형 앞길 막지 말라고 하셔서 법조계가 아니라 경영학부 갔습니다. 기억 안 나십니까? 결혼 하나만 제 뜻대로 하겠다는데 그것도 안 됩니까?"

태경의 목소리는 차분하고 상대를 시리게 할 만큼 차가웠다. 기태를 위해서 희생했다고 생각하진 않는다. 경영학도, 복수 전공한 영문학도 재미있었다. 오히려 딱딱한 법을 공부하는 것보다 재밌다고 생각했으니까.

그 외에도 새어머니는 은근슬쩍 태경에게 많은 것을 요구했다. 마수에서 벗어난 건 미국에 있을 때뿐이었다.

"네가 다시 미국으로 돌아갔으면 좋겠다."

"뭐가 그렇게 걱정이세요?"

"네가 살아있는 한 걱정이 없어지질 않을 것 같구나."

끝도 없는 반복.

"그럼 죽을까요?"

학창시절엔 눈을 똑바로 뜨고 물어봤었다. 협박도 효과가 있어야 하는 거다.

"이 여학생은 대학교 3학년 때 취직을 해서 조현물산에서 경리를 본다는구나. 예쁘게 생겨서 제법 선 자리가 많이 들어오는 모양이야. 이쪽은 항공사 직원. 생각해 보니 네가 일이 많은데 매번 출퇴근하는 며느리보다는 이쪽이 낫지 싶다. 내가 가장 추천하고 싶은 애는 앤데……."

"어머니!"

"저기요!"

태경과 예서의 목소리가 동시에 났다. 어느새 옷을 갖춰 입고 나온 예서가 두 손을 허리에 올리며 화난 표정을 짓고 있었다.

못 들어 주겠네, 진짜.

예서는 옷매무새를 정리하고 나갔다. 여자 친구가 버젓이 있는데! 선을 안 보겠다는 아들에게 여자 사진을 들이미는 걸 계속 보고 있을 수가 없었다.

"인사 먼저 드리겠습니다. 태경 씨의 부하 직원이자 여자 친구인 송예서라고 합니다."

"그, 그래요. 만나서 반가워요."

당황한 기태의 어머니에게 다가가 손을 꽉 잡았다. 악수를 하면서 손에 지그시 힘을 주었다.

"여자 친구가 있는 줄 몰랐네. 라인코리아에서 일하나 보네요. 사원?"

"저희 팀 직원이에요."

태경이 예서의 어깨를 감싸며 슬쩍 뒤로 물렸다.

"어디 대학교 나왔어요?"

"대학 갈 여유가 없어서 못 갔습니다."

"열심히 살았나 봐요. 대기업 입사한 거 보면."

예서는 당당하게 고개를 끄덕였다. 열심히 살았다. 대리점에서부터 지사로 올라가는데 한참 걸렸고 면접관들이 예서의 얼굴을 알 정도로 공채 때마다 지원했다.

"부모님은?"

"어머니, 시간이 늦었습니다."

"얘, 내가 지금 얘기하고 있잖니? 못 배운 티 내지 말고 앉아 있으렴. 어미 없다는 소리 듣기 싫으면."

"저 초면에 실례지만, 한 가지만 말씀드릴게요. 저는 태경 씨 밥 먹는 것만 봐도 좋고, 바람이 불면 감기 걸릴까 과로로 쓰러지진 않을까 걱정 되고, 혼자 짐을 다 지고 가는 것 같아서 매번 속상하고 그래요. 저는 이 사람이 참 좋아요. 저한테 주는 사랑에 반의반이라도 주고 싶은데 어떻게 해야 할지 몰라서 매번 고민해요. 너무 소중하고 제가 아끼는 사람이라 저도 말 한마디 조심하는데 하물며 가족은 어떨까 생각해 봤어요."

"요지가 뭐예요?"

"가족이니까 태경 씨의 소중함을 더 잘 알 거라고 생각하는데요. 오빠 상처 받으면 저도 같이 아프거든요. 저는 아직 가족이 아니기 때문에 저를 향해 찌르면 상대방에게 되돌릴 수도 있고요."

"뭐…… 뭐?"

"아까 물어보셨죠, 저희 부모님 모두 돌아가셨습니다. 어
미 없다는 소리 하셔도 됩니다. 제가 말하면서도 버릇이 없
다고 생각이 들어서요. 그런데 회사에선 칼 같이 무서운 남
자가 왜 한마디도 못 하는지 이해가 안 돼서 가만히 듣고 있
기가 힘들었어요."

예서는 단호하게 할 말을 다 했다. 이 정도는 태경을 위해
서 할 수 있지 않나. 혹시나 자신이 나서는 걸 꺼려할까 봐
태경과 눈이 마주칠 땐 배시시 웃음으로 무마했다. 태경의
표정이 딱히 자신을 나무랄 것 같지 않았다. 다행이었다.

"난 이만 가 보마. 예서 씨라고 했나? 태경이와 결혼 생각
있어요?"

"네?"

"결혼 생각하고 만나는 거냐고 물었어요."

결혼 생각. 당연히 태경과 결혼을 하고 싶다. 그런데 그의
생각은 모르겠다. 태경의 부모님이 자신을 받아 줄지도 의문
이고 말이다.

"어머니."

"두 사람 반대할 생각 없어요. 여자 친구가 있으면 있다고
말하지. 결혼 얼른 서둘렀으면 좋겠네."

갑자기 환하게 웃으며 돌변한 태도에 예서가 갈피를 못 잡고 이로 입술을 잘근잘근 씹었다. 얼른 결혼했으면 좋겠다고 손까지 잡으며 다정하게 말하는데 방금 전 모습과 매치가 안 돼서 머리가 고장 난 건 아닐까 의심스러웠다.

"근데……."

문 앞에서 그녀가 멈췄다. 얼떨결에 그녀와 손을 잡고 현관까지 움직이던 예서도 걸음을 멈췄다.

"결혼 전에 남자 집 드나드는 거 정말 별로예요. 알죠? 이런 모습 애아버지가 보면 좋아하지 않으실 텐데. 부모 없다고 막 살고 그러진 마요. 태경이 짝으로 허락은 하지만 기본적인 예의는 지켰으면 좋겠네요."

"어머니!"

"왜 소리를 지르고 그러니. 기태가 예서 씨를 여자 친구로 데려왔으면 무슨 수를 써서라도 말렸을 거예요. 태경이가 만나 주는 걸 감사히 생각한다고 아까 그랬죠? 그 마음 끝까지 가길 바라요. 나도 할 말은 하는 성격이라서."

예서가 두 주먹을 꽉 쥐었다. 결혼을 승낙한다는 뜻을 이해해 버렸다.

부모 없다고 막 살지 않았다. 어떤 모욕도 다 받아들일 수 있지만 진심을 깨닫고 나니 속이 상했다. 지금까지 선을 강요한 것이 기태의 결혼 상대보다 집안 학벌이 안 되는 여자를 소개시키기 위함이었다니. 속이 부글부글 끓고 아팠다.

왜 이렇게까지 하는지 예서의 머리론 도저히 이해할 수가 없었다. 태경이 안타까웠다. 얼마나 오랫동안 차별을 받아 온 걸까. 마음이 아파 발길이 움직여지지 않았다. 입술이 딱 달라붙어 말을 꺼낼 수 없었다.

여자 친구의 입장이라 할 수 없는 말이었다. 차라리 연을 끊고 살면 어떡겠느냐고, 당신이 왜 귀한 대접 못 받고 살아야 하냐고. 아버님은 알고 계실까.

"제가 한 번도 어머님께 화를 제대로 낸 적이 없는 것 같습니다."

"네가 나한테 화를 낼 군번이 되니?"

"제가 어머니를 어머니 대접해 드린 건 아버지가 고르신 분이기 때문입니다. 저희 어머니를 버리면서까지 고르신 분이니 인정해 드리려고 했고 이해해 보려고도 했습니다."

구두를 신고 명품 가방을 집어 팔에 걸친 그녀가 태경을 빤히 응시했다.

"어머니께서 이러시는 이유가 기태 형 때문이죠. 제가 태어나기도 전에 두 사람 사이에 형이 있었다고 하셨죠?"

"갑자기 그 이야긴 왜 꺼내……."

"저도 수컷입니다. 제 여자 지키고 싶은 욕심, 당연히 있습니다. 저한테면 몰라도 예서 상처 주는 건 못 참습니다. 제가 없는 동안 잘 커 줘서, 옆자리를 비워 둬서, 부족한 저를 좋아해 줘서 감사하다는 말로도 부족한 여자인데 어머니께서 그렇게 말씀하시면 제가 뭐가 됩니까?"

"누가 뭐라니. 두 사람 결혼 승낙한다니까?"

"예서한테 사과하세요. 예서의 어머니께서 곱게 키웠고 하늘에서 보고 계십니다."

"죽으면 끝이지, 보고 있다고? 네가 콩깍지가 단단히 씌었구나."

태경의 손등에서 팔꿈치까지 푸른 핏줄이 단단히 올라섰다. 얼마나 화가 났는지 이를 아득, 가는 소리가 옆에서 들릴 정도였다. 예서가 괜찮다고 팔을 잡으려는 찰나 핏기가 가신 태경의 얼굴이 싸늘하게 변했다. 태경은 주먹으로 벽을 부실 듯이 내려쳤다.

"어머니라서 참는 겁니다."

태경이 비릿하게 웃었다. 그게 기묘하게 소름이 끼쳐 예서가 두 손으로 팔을 문댔다. 에어컨을 켠 것도 아닌데 살이 시려 왔다.

"형이 왜 잠수 탔냐고 물으셨죠? 어머니가 하도 비교를 해서 형은 항상 주눅이 들어 살았습니다. 그래서 비교라면 치를 떠는 사람이 처갓집에서 무시를 좀 받았나 봅니다."

할 말이 많아 보이는 여자가 입을 벙긋하려다 다물었다.

태경의 기세에 눌린 모양이었다.

"하긴, 우리 집 핏줄이 아니니까 그렇겠죠?"

"……뭐?"

"저희 윤씨 핏줄 아니라고 말씀드렸습니다. 왜요, 아닙니까? 다시 한 번 경고합니다. 제 여자한테 상처 주지 마세요, 다시는. 어머니께서 원하시는 대로 다 해 드렸고 형을 위해서 아버지 회사 들어갈 생각도 없습니다. 그런데 자꾸 들쑤시시면 마음이 바뀔 것 같네요. 저희 아버지, 자기 핏줄 끔찍하게 생각하시는 거 잘 아시니까 저한테 더 이러시는 거겠죠."

"언, 언제부터……."

"글쎄요. 아주 오래전부터라고 해 두죠. 이만 가세요."

태경이 큰 보폭으로 성큼성큼 걸어 디지털도어락을 해지시켰다. 경쾌한 음과 함께 문이 열렸고 태경이 복도를 보며 턱짓했다.

"다시는 찾아오지 마세요."

"저기, 태경아. 나는……."

"변명 안 듣습니다. 들을 필요도 없고요. 정도를 아셨어야죠. 찔러도 될 사람, 아닌 사람 구분할 정도로 충분히 어른이시지 않습니까? 어떻게 예서를."

태경이 기가 차다는 듯 코웃음을 쳤다. 새어머니가 나가고 문이 닫혔다. 경쾌한 음과 함께 이번엔 문이 잠겼다.

"오빠, 손에서 피 나……."

손등에서 피가 흘렀다. 예서가 그의 손을 가리키기 무섭게 태경이 다가와 꽉 안았다. 예서가 두 눈을 꼭 감았다. 태경과 새어머니가 자꾸 떠올랐고, 그가 상처를 받았다고 생각하니 마음이 아팠다. 저는 태경 덕에 너무 행복해지고 있는데. 방금 전까지 보고 있었던 그의 메시지를 떠올렸다.

✳　　　✳　　　✳

엄마가 태경과 연락을 주고받고 있는지는 전혀 몰랐다. 두 사람이 무슨 대화를 했는지 궁금해 예서는 첫 번째 메시지를 눌렀다.

〈예서 성적이 올랐다니 다행입니다. 보내 주신 쿠키는 잘 먹었습니다. 예서 가르치면서 저도 많이 배우고 있습니다. 말씀 편하게 하세요.〉

정중한 문자였다. 문자로 봐선 엄마가 먼저 태경에게 연락을 한 것 같았다. 엄마는 보낸 메시지 함을 삭제하는 버릇이 있어서 태경에게 뭐라고 보냈는지 알 수 없었다.

〈어머님, 예서가 같은 문제를 계속 틀려서 혼 좀 냈습니다. 속상해해도 감싸지 마시고 더 열심히 하라고 채찍질해 주세요.〉

날짜를 보니 언제였는지 떠올랐다. 문제의 숫자만 바뀌고 조금 응용됐을 뿐인데 자꾸 틀렸다. 나중엔 다 풀고도 계산 실수 때문에 답을 틀려서 태경이 정색을 했었다. 이 따위로 할 거냐고. 꽤 위축이 돼 집에 와서 엄마한테 투정을 부렸다. 그런데 엄마는 태경의 편을 들어 줬었다. 두 사람은 이미 같은 편이었었나 보다.

한동안은 두 사람이 메시지를 주고받지 않았다. 태경이 갑작스럽게 사라졌으니 말이다.

〈어머니, 전화를 받지 않으셔서 문자를 남깁니다. 혹시 무슨 일이 있으신지요? 집 앞에 가 보니 이미 방을 내놨다는 소식만 들어서요. 제가 곧 유학을 갑니다. 꽤 오래 걸릴 것 같은데 예서한테 꼭 해야 할 말이 있습니다. 문자 보시면 전화 주세요.〉

아마도 태경의 친모가 돌아가신 후 미국으로 가기 직전쯤이었나 보다. 예서는 이때 학교를 자퇴하고 엄마가 입원해 있는 병원에서 먹고, 자고, 말동무를 해 드리고 있었다. 몇 달 남지 않은 엄마의 마지막을 지키고 싶었기 때문이다.

〈일주일밖에 남지 않았네요. 무슨 일인지는 모르겠지만 예서 이대로 포기하시면 안 됩니다. 분명 좋은 대학에 갈 수 있는 성적이고 똑똑해서 잘할 겁니다. 어머님이 그러셨 죠? 공부하는 애 흔들면 안 된다고. 저도 압니다. 제가 지 금 제정신이 아닙니다. 근데 예서 생각이 많이 납니다. 나 중에 돌아와서도 제 마음이 변하지 않는다면 그때는 열심 히 흔들 겁니다.〉

제 연락이 닿지 않으니 엄마에게 계속 문자를 보냈나 보 다. 예서는 가슴이 뻐근해져 와 손바닥으로 심장을 꾹 눌렀 다.

〈저 갑니다, 어머니. 자세한 이야기를 못 드리지만 제 이 름은 윤기태가 아닌 윤태경입니다. 예서에게 꼭 전해 주세 요. 부탁드립니다.〉

후에는 새아버지가 엄마 휴대폰을 정지시키고 유심칩을

뺏는지 그것과 관련된 문자메시지만 주르륵 와 있었다. 죽음을 앞둔 엄마는 예서가 잠시라도 눈에 안 보이면 눈물을 흘릴 정도로 상태가 심각해져 있었다. 휴대폰을 볼 여유가 없었을 것이다.

　윤기태가 아닌 윤태경입니다.

　자신에게 했어야 할 그 말, 전달되지 못한 그 말. 귀를 울렸다.

　제 마음이 변하지 않는다면 그때는 열심히 흔들 겁니다.

　그의 마음이 변하지 않았다. 가슴이 벅차올랐다. 누군가에게 이렇게 사랑받을 수 있는 사람이었구나, 내가.
　사랑이란 게 참 신기하다. 사랑을 받는다는 것 자체가 벅차서 코끝이 찡해졌다. 내가 그에게 사랑을 줄 땐 심장이 부풀어 오르는 기분인데. 사랑을 받는다는 생각을 하니 코끝이 시큰거려 눈이 매웠다.
　난 행복한 사람이구나. 그리고 이 남자 놓치지 말아야지.

✳　　　✳　　　✳

"숨 막혀요, 손부터 치료하고요."

"잠깐만 이렇게 있어 줘."

예서도 태경의 허리를 감싸며 꽉 안았다. 9년 동안 이 남자의 마음이 오로지 자신에게만 있었을까? 중간에 정말 여자가 없었을까? 그건 아닐 것이다. 가만히 있어도 달려드는 여자들이 트럭 하나는 됐을 테니.

그럼에도 자신을 다시 만났을 때 좋아해 줘서, 흔들어 줘서 고마웠다. 지금은 그가 자신을 얼마나 사랑하는지 잘 안다. 그래서 그의 품이 더 따스하게 느껴졌다.

"무슨 말을 해야 할지 모르겠어. 머리로는 나보다 더 좋은 여자 만나라고 하고 싶은데, 윤기태 씨 예비 부인보다 훨씬 배경 좋은 여자 만나서 새어머니 기를 팍 눌러 주라고 하고 싶은데…… 다른 여자한테 보내기 싫어."

예서가 그의 가슴에 눈을 감고 이마와 볼을 비비적거리며 중얼거렸다. 지금까지 받은 설움 다 갚아 주라고, 훨씬 좋은 여자 만나서 코를 납작하게 눌러 주라고, 아버지의 사랑도 다 독차지하라고 말하고 싶은데 그럼 제가 그를 포기해야 할 테니 함부로 그러라고 하지도 못했다.

"네가 좋은 여자인데 누굴 만나, 내가."

"에이, 그건 오빠 한정이지. 객관적으로 보면……."

"객관적으로도 너 좋은 여자야."

태경이 단호하게 말하며 예서의 입을 손바닥으로 막았다.

"쓸데없는 소리 하라고 있는 입 아니야. 그냥 다물고 있어."

"헙, 네."

"쉿."

동시에 나온 말에 두 사람은 웃음을 터뜨렸다. 팔에 힘을 풀자 예서가 품에서 나와 손을 잡고 거실로 이끌었다. 소파에 그를 앉혀 두고 구급상자를 찾으려 두리번거렸다.

"안방 서랍 두 번째 칸에 있어."

"응, 여기 꼼짝 말고 있어."

순식간에 구급상자를 가져온 그녀는 무릎을 꿇고 앉아 상자를 열었다. 소독약을 뿌리고 그 위에 연고까지 발라 주었다.

"아파?"

"아니, 안 아파."

쓰라릴 텐데. 그러게 벽은 왜 쳐 가지고.

"만약 새어머니가 아니라 남자나 우리 회사 직원이었으면 이 손이 얼굴로 날아갔겠지?"

"응, 그러니까 김준성은 항상 조심하라고 전해 줘."

"틈만 나면 김준성을 걸고 넘어져."

"그만큼 걔가 싫은 거야. 난 9년 동안 혼자 살았는데 걔는 너랑 9년이나 같이 살았잖아."

둘이 산 것도 아니고 걔네 집에 꿔다 논 보릿자루처럼 얹혀산 건데. 또 말을 저렇게 하니 죽을죄를 진 것 같아 예서가 입술을 달싹거렸다.

"아이스티 먹으러 왔는데 스펙터클하다."

"잊어. 못 들은 걸로."

"어떻게 잊어. 다 보고 듣고 했는데."

태경의 새어머니는 악의 근원지라 처단하고 싶었지만 그 외의 것은 모두 좋았다. 특히 하늘에 계신 엄마가 태경을 마음에 들어 했고 당시에 짝사랑이 아니었다는 것도, 연락이 두절되고 자신을 계속 찾은 것도 모두 알게 돼서 예서는 좋았다.

"나 궁금한 게 있는데."

"뭔데?"

"나는 9년 전에 오빠 좋아했잖아."

"……어쭈, 이제 얼굴도 안 붉어지네?"

오히려 태경의 귀가 붉어졌다. 사랑 고백을 하는 것보다 듣는 게 쑥스럽나 보다.

저는 그래도 고등학교 때까진 엄마한테 듬뿍 사랑 받고 컸는데 태경은 많이 외로웠을 것 같아 마음이 쓰렸다.

"오빠는 나 얼마나 좋아했어? 그때."

"그때가 중요해? 지금이 중요하지."

"응, 중요해. 그때 어땠는지에 따라 오빠 다른 여자한테 보낼지, 내가 데리고 살지 고민하는 중이라서."

태경이 소파에 기대고 있던 허리를 곧게 펴고 팔짱을 꼈다. 위에서 내려다보는 눈이 진지해서 예서가 웃으려다가 웃음을 꾹 멈췄다.

"나 대답 잘 해야겠네?"

"응, 솔직히. 거짓말하면 국물도 없어."

이미 얼음이 다 녹은 아이스티로 목을 축이며 예서가 눈을 가늘게 떴다. 이미 진실을 알고 있는데 거짓말하기만 해 봐라.

태경이 예서의 두 볼을 잡고 쑥스럽게 웃었다. 입술만 벙긋거리다 결심을 했는지 운을 떼었다.

"첫사랑이야."

"뭐?"

지금 이게 무슨 소리야. 당시 태경의 나이는 스물다섯이었다. 자신이 첫사랑이라고 하기에는 그의 나이가 많다는 생각이 들었다.

"오빠, 지금 스물다섯에 내가 첫사랑이라고 하는 거야?"

"우리가 여섯 살 차이 맞지? 그럼 너 열세 살 때겠네."

"이 남자가 지금 약을 파네."

예서가 샐쭉하게 웃으며 말했다. 어지간히 날 좋아하긴 하나 보다. 데리고 산다는 말에 자신도 잘 기억 못 하는 열세 살 때를 들먹거리는 걸 보니 말이다.

"넌 기억 못 하는구나."

"열세 살 때를 어떻게 기억해."

"너 그때 당돌했는데. 네가 내 성적표 가져갔잖아."

내가 윤태경 성적표를 가져갔다고? 예서가 인상을 쓰며 태경을 보았다. 도대체 언제? 머리를 열심히 굴려 봐도 잘 기억이 나지 않아 예서가 머리를 긁적였다.

"태울 거면 저 주세요. 버린 걸로 치세요. 집에 붙여 두게요. 멘토로 삼고 열심히 해 볼게요. 정말 기억 안 나? 놀이터 앞에서."

"아⋯⋯ 아!"

'아!'를 연달아 말하며 예서의 눈이 점점 커졌다. 정확히 기억나진 않지만 어둑어둑한 밤에 가로등 빛을 받던 남학생이 떠올랐다. 당시에 잘생겼다고 생각했었던 것 같은데 성적표에 눈이 멀어서 그것만 기억하고 있었다.

"어어어⋯⋯ 그 성적표 태우려던 미친 오빠가⋯⋯."

"어, 그 미친 오빠가 난가 봐."

"내가 첫사랑이라고?"

"응."

"그래도 못 믿겠어."

왜? 열세 살 꼬맹이였는데. 이해가 잘 되지 않아 입술을
오물거리며 이쪽저쪽으로 움직였다. 태경의 큰 손이 예서의
머리를 쓰다듬었다.

"진짜로 좋아한 건 다시 멘토 멘티로 만났을 때. 생각해
보면 너 요만할 때부터."

태경이 자신의 골반쯤에 손을 갖다 대고 요만할 때부터라
고 강조하였다.

"나 열세 살 때 그거보다는 컸어."

"요만할 때부터 끌렸던 것 같아."

"오빠, 다시 말해 줘."

"뭐를?"

"나 좋아한다고. 듣기 좋다."

예서가 아이스티를 탁자 위에 올려놓고 소파에 앉은 태경
에게 엉금엉금 기어갔다. 손을 소파에 올리고 일어선 그녀가
태경의 허벅지 위에 앉아 그의 목에 팔을 둘렀다.

"좋아해."

속닥속닥. 귓가를 간질이는 태경의 목소리가 충분히 들렸
지만 예서는 장난스럽게 웃으며 고개를 휘휘 저었다.

"또 해 줘, 또."

장난으로 바람을 불어넣자 허리에 감은 팔에 힘이 들어갔
다. 예서는 태경의 머리를 마구 헝클어뜨렸다. 주인만 아는
충견을 생각했다. 죽을 때까지 주인만 쫓고 사랑하는 충견.

"사실 나도, 오빠가 첫사랑이야."

윤태경, 당신도 내 첫사랑이야. 열아홉에 만난 내 사랑.

갑작스런 고백에 태경이 멈칫하더니 옅은 미소를 지으며
눈을 맞춰 왔다.

태경은 예서에게 첫사랑이자 마지막 사랑이었으면 하는
남자, 9년이 지나도 다시 또 심장을 움직이게 만든 남자, 당
신의 아픔이 내 것처럼 느껴지게 만든 남자, 앞으로는 행복
하게만 해 주고 싶은 남자였다.

지나가다 머무는 남자가 아닌 오랫동안 붙잡아 끝까지 함
께하고 싶은 그런 남자였다.

그가 주는 큰 사랑을 받아도 될 만큼 내가 대단한 사람이
라고 느끼게 한다. 행복하다는 생각만 가득했다. 이토록 좋
은 사랑을 오래 나눌 수 있다면 좋겠다.

태경이 예서의 이마에 자신의 이마를 마주 대었다. 은근하
게 이마를 비비며 씩 웃었다.

"나 그럼 네가 데리고 사는 거야?"

"글쎄, 아직 약한데."

예서도 웃었다. 눈은 이미 그를 데리고 평생 살 거라고 이

야기하는데 입에서 다른 말이 튀어나왔다.

"내 눈에 다시 보인 순간부터……."

쐐기를 박듯이 태경이 말에 힘을 주었다.

"순간부터?"

예서가 귀를 쫑긋 세웠다.

"마지막도 너야."

태경이 예서의 귀에 머리카락을 넘기며 말했다. 마지막 사
랑도 너라고.

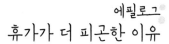

에필로그
휴가가 더 피곤한 이유

　인사팀은 7월부터 부서별로 휴가 일정을 신청받았다. 업무에 지장이 가지 않는 선에서, 한 부서에서 두 명 이상 겹치지 않게 휴가 일정을 조정하라고 공문이 내려왔다. 매번 휴가를 느지막하게 신청하는 건 인사팀이었다.

　다른 부서 직원들의 편의를 봐주기 위해 어쩔 수 없는 일이었다. 그게 일하기가 편하기도 했다.

　이미 7월 초에 유 주임과 철호는 일찍 다녀왔다. 이제 남은 건 태경과 예서뿐이었다.

　책 한 권보다 두꺼운 A4 용지 뭉텅이들을 들고 예서가 탕비실로 갔다. 이 자료 전부를 분리해서 파일에 꽂아야 하는데 할 사람이 예서뿐이었다. 막내인 선경이 휴가를 간 관계로.

업무 시간에 탕비실을 찾는 인원은 많지 않았다. 자료를 큰 테이블에 늘어놓고 에어컨 바람에 날아가지 않도록 그 위에 스템플러와 가위 등 무게감 있는 문구용품을 올려놨다.

"여기 있었네."

"안녕하세요, 전무님!"

워크숍 때만 해도 소문이라고 여겼는데 아니 땐 굴뚝에는 연기가 나지 않는 법이었다. 소문이 아니라 진실이었던 것이다.

휴가를 한 달 앞두고 인사이동에 진행되었다. 일이 몰려 정신없었기에 두 사람은 만나는 것 자체도 쉽지 않았다. 그 때문에 집에서 겨우 데이트를 했고 주말에도 태경을 도와 일을 했다. 그 덕에 많은 것을 배울 수 있었지만 데이트를 못 해서 아쉽긴 했다.

영화 볼 때도 야근에 찌들어 잠들기 일쑤였다. 그의 어깨에 기대서 자는 건 좋았으나 눈만 뜨면 영화가 끝나 있어 슬펐다. 재밌는 영화라고 했는데.

"쪽지 보냈는데."

"요거 정리해야 돼서 탕비실에 있느라 못 봤나 봐요. 커피 타 드려요?"

"아니, 내가 타 먹을게."

전무실 비서는 어디다 두고 홀로 여기 와서 커피를 타고 있는가. 예서가 그를 흘깃거리다가 일어났다. 그의 손에 들린 종이컵을 뺏고 대신 커피를 탔다.

"내가 탄다니까."

"그러다가 직원 중에 누구 들어오면 없어 보이잖아요. 그래도 전무님인데."

그가 웃으며 예서가 건넨 종이컵을 받았다. 한 모금 맛보더니 역시 송예서가 타 준 커피가 제일 맛있다며 너스레를 떨었다.

"난 다음 주 수, 목, 금 휴가 잡아 줘."

"그럼 나도 수, 목, 금으로."

예서가 수첩에 그의 휴가 일정을 적으며 제 휴가 날짜도 함께 체크했다. 드디어 휴가가 겹쳤다! 휴가 동안엔 하루 종일 손잡고 데이트를 할 것이라 다짐하며 예서가 수첩을 탁 덮었다.

"송예서는 월, 화, 수로 하는 게 좋을 것 같은데."

"……왜?"

서운함에 순간 반말이 툭 튀어나왔다. 예서가 손바닥으로 입을 가리며 듣는 귀가 없는지 주변을 살폈다.

"공개 연애인데, 뭘. 편히 해."

"그래도…… 회사에서는 존중해 드리고 싶어요."

"그럼 그렇게 해."

태경이 다 마신 커피를 아쉽게 보며 종이컵을 쓰레기통에 넣었다.

"휴가 기간에 뭐하세요? 당연히 휴가 땐 계속 같이 있을 줄 알았는데."

태경이 순식간에 예서의 얼굴 가까이로 다가왔다. 밤샘을 하는 바람에 까칠하게 올라온 수염을 보드라운 볼에 비비며 그가 웃었다.

"휴가 기간 내내 너랑 있을 건데?"

"그럼 나도 수, 목, 금……."

태경이 고개를 좌우로 느긋하게 저었다.

"내가 수, 목, 금 휴가. 네가 월, 화, 수 휴가. 그러면 다음 주 수요일부터 다다음 주 수요일까지 같이 있을 수 있지. 짐 싸서 우리 집으로 와."

"짐 싸서?"

"주말엔 여행도 가고."

"정말? 정말? 정말? 나 워터파크 가고 싶은데."

"그래, 주말에 가자."

"각자 쉬는 평일에는?"

"수, 목, 금은 내가 외조하고 월, 화, 수는 네가 쉬니까 내조해."

태경이 '이제 됐지?' 하는 표정으로 예서의 어깨를 살짝 쓰다듬고는 뒤에서 와락 안았다. 문제는 그의 입술이 목 주변을 어슬렁거린다는 것이었다.

"하지 마. 여기 자국 잘 남는단 말이야."

"네가 어제 반지 싫다며. 그럼 자국이라도 남기고 다녀야지."

태경이 할짝, 목을 핥아 올렸다. 태경이 전무가 된 후 탕비실에 달린 CCTV부터 없애 버렸다. 직원들이 쉬는 곳인데 CCTV를 설치해 두면 감시하는 것 같아서 제대로 못 쉴 거라는 그의 말에 모두가 환호했다.

그게 이렇게 써먹힐 줄은 전혀 몰랐지만. 거북이가 공격받으면 얼굴을 껍질에 넣는 것처럼 예서도 목을 서서히 말았다. 그럴수록 태경의 혀가 그 틈을 비집고 들어왔지만.

"알았어! 반지 낄게."

"정말?"

태경이 주머니에서 반지를 꺼냈다. 부담스러워서 돌려줬던 그 반지였다. 누가 커플링으로 이런 반지를 끼고 다니는지.

"그럼 태경 씨 반지는 내가 사 줄래."

"됐어."

"내가 해 줄래."

"진짜 괜찮다니까."

고가의 반지를 네 번째 손가락에 끼워 주며 태경이 극구
반대했다. 자신은 괜찮다며.

"태경 씨도 끼고 다녀야 넘보지 않지."

"그래? 그럼 내 건 동네 문방구에서 사 줘."

"문방구?"

"응, 왜 반지에 사탕 달린 거 있잖아. 네 입술 먹고 싶을
때마다 반지 사탕 먹고 있게."

태경이 태연한 눈으로 부끄러움 따윈 네 몫이라는 표정으
로 말했고 예서의 볼이 붉어졌다.

"아니야. 그냥 안 사 줄게."

"잘 생각했어. 그런데 반지 사탕은 언제든 환영이야."

"난 그럼 윤태경 베개 사야지. 그거 베고 자면 안겨 있는
느낌이라던데."

"그럴 거 뭐 있어? 밤마다 우리 집 와."

"……."

"왜? 실사가 낫지 않아?"

태경이 허리에 손을 올리며 물었고 예서가 가자미눈을 뜨
고 그를 보았다.

"전혀. 오빠가 나 안 재우잖아! 얼른 나가. 나 이거 다 해

야 해. 오늘 선경 씨 휴가라 혼자 정리해야 된단 말이야."

"그래."

태경이 아쉽다는 듯 팔에 힘을 주어 그녀의 허리를 더 꽉
안았다.

"사랑해, 송예서."

"나도."

"반지 끼고 있으니까 더 예쁘다."

예서는 그가 볼 수 있도록 손을 앞으로 쭉 뻗어 손가락을
쫙 폈다. 네 번째 손가락에 낀 반지가 반짝였다. 등에 닿는
체온만으로도 그가 얼마나 좋아하는지 알 수 있었다.

태경의 휴가가 시작된 날 예서는 출근할 때 옷과 속옷을
챙긴 뒤 그의 집으로 갔다. 퇴근한 후에 정리를 하겠다고 말
한 다음 트렁크 그대로 그의 방에 밀어 넣고 나왔다.

"설마 열어 보진 않겠지?"

트렁크 비밀번호를 설마 알겠어? 사실 작은 원룸에 있는
것보다 태경의 집이 훨씬 편했다. 얹혀살던 시절, 숙경이 그
녀의 방을 잘 꾸며 주어 눈치 보는 것만 제외하면 생활하기
는 편했다. 그래서 원룸이 많이 불편했다. 작은 냉장고는 반
찬이 금방 쉬었고 닭아도 악취가 났다. 에어컨은 필터 청소
를 해도 기침이 나올 정도로 냄새가 퀘퀘했고 방 안은 눅눅

하기 짝이 없어 흰색의 블라우스가 색이 변할 정도였다.

이런 집에 태경을 초대할 수는 없다. 그는 오고 싶어 하는 눈치였으나 예서가 극구 거부했다. 차라리 자신이 그의 집에 자주 가겠노라 말하는 바람에 주말은 거의 태경의 집에서 자게 되었지만 말이다.

"휴."

주미와 통화하다가 워터파크를 간다는 이야기가 나왔다. 어쩜 그렇게 빠른지 주미가 당장 수영복을 사 왔다. 문제는 수영복 양 옆구리가 다 터져서 비키니보다 야시시한 느낌이라는 것이다.

태경이 보면 민망할 것 같아서 트렁크 안쪽 구석에 넣었다. 아무래도 래쉬가드를 입는 게 낫겠다 싶어 인터넷으로 주문해 둔 상태였다. 배송을 태경의 집으로 했으니 오늘 쉬는 그가 배송을 받을 확률이 컸다.

〈오빠, 우리 커플 수영복 오늘 배송 올 거야. 오빠네 집으로 주문했어.〉

메시지를 보낸 후 버스에 올라탔다. 그가 없는 회사에 가려니 힘이 탁 풀리고 심심했다. 평소엔 몰랐는데 같은 건물 안에 있다는 것만으로도 힘이 났었나 보다. 기분이 정말 이상했다.

　기태의 파혼이 거의 확정되었다. 태경과 기태의 휴가 기간
이 겹쳐 오랜만에 가족끼리 점심을 먹기로 했다.
　새어머니와 아버지가 나갈 준비를 하는 동안 태경은 기태
의 방으로 향했다. 노크를 하고 들어가자 침대에 엎드려 있
는 그가 보였다.
　"형."
　"어."
　"휴가인데 왜 힘이 하나도 없어."
　"연애에 한창 즐거운 넌 모를 거다."
　다시 결혼 준비하면 안 되느냐는 말이 목 끝까지 올라왔지
만 사랑은 옆에서 이래라저래라 할 수 일이 아니다. 그 오랜
시간 사랑한 두 사람이 제일 잘 알 테니. 태경은 입을 일자로
굳게 다물고 기태의 옆을 지켰다.
　"예서 씨랑 결혼할 거야?"
　"응."
　"부럽다."
　"뭐가?"
　"첫사랑이랑 결혼하잖아."
　"형도 아직 늦지 않았어."

"나는 늦었어. 그 집안에서 어머니를 들먹거린다. 본처를 몰아낸 게 마음에 안 드나 봐. 설득하려고 무릎도 꿇어 봤는데, 안 된대. 내 손을 꼭 잡고 그러더라. 아버님이 외도를 많이 해서 상처를 받고 컸다고. 그런데 외도로 본처를 밀어낸 사람 자식이랑 어떻게 혼사를 진행할 수 있겠느냐고."

기태가 덤덤히 말을 하며 담배를 꺼냈다.

"내 능력으로 장모님의 생각을 바꾸기가 쉽지 않네. 나는 어머니랑 다른데 똑같은 인간으로 보이나 봐."

기태가 창밖을 보며 한숨을 푹 쉬었다.

"어머니가 지은 죄를 내가 받고 있는 것 같기도 하고. 하늘에서 벌을 준다면 받아야지, 별수 있나."

기태가 어깨를 으쓱했다. 태경은 얼굴을 굳히며 인상을 썼다. 분명 새어머니가 미운 건 사실이다. 저를 힘들게 한 것 또한 맞다. 그런데 벌은 왜 아무 죄 없는 형이 받아야 하는가.

예서를 다시 만날 수 있다면. 언제나 하늘에 간절히 빌었다. 놀랍지만 하늘에서 예서가 똑 떨어졌다. 9년 만에 다시 만나 과거의 오해를 풀고 지금 잘 만나고 있다. 이번에도 자신의 소원를 들어주길 바라며 태경은 다시 한 번 간절히 기도했다.

태경이 미리 예약한 호텔로 갔다. 차는 두 대였다. 아버지가 새어머니를 모시고 태경이 기태를 태워 호텔 로비로 갔다. 직원에게 키를 준 태경은 레스토랑으로 걸음을 옮겼다.

"제가 메뉴도 미리 주문했습니다."

"잘했다."

오랜만에 본 아버지는 나이에 비해 정정하셨다. 꽃 중년. 가끔 기태가 하는 말에 따르면 아직도 아버지에게 여자가 꼬인다며 새어머니가 질투를 그렇게 하신다고 한다.

"승진 축하한다, 윤태경."

"감사합니다."

태경이 고개를 끄덕이며 대답했다. 승진이라는 말에 새어머니의 눈썹이 꿈틀거렸다. 곧 기태에게로 시선을 돌리는 게 보였다. 형은 이 자리가 엄청 불편하겠네.

"이번에 라인코리아가 건설 쪽으로 눈을 돌린다는 소문이 있던데."

먼저 나온 샐러드를 새어머니가 접시에 덜어 아버지에게 건넸다. 그가 태경을 보며 넌지시 물었다.

"네, 노하우가 없어서 건설사 하나를 끼고 시작할 것 같은데 물색에 올라온 곳이 주영건설입니다."

"주영건설 박문택 사장이 일 하나는 잘하지."

"대표님을 아십니까?"

"알지. 볼수록 진국인 사람이야. 앞으로 넌 더 바빠지겠구나."

"이것 좀 드세요. 기태야, 넌 뭐 소식 없니?"

새어머니가 기태를 보며 물었다. 아버지가 태경에게 주는 관심과 시선이 불쾌했던 것이다. 태경은 익숙한 일이기에 스테이크를 묵묵히 썰었다.

"파혼합니다."

"뭐?"

"알고 계셨지 않습니까. 노력해 봤는데 결국 그렇게 됐습니다."

"왜? 결혼 준비를 하다 보면 싸울 수도 있어. 서로 30년 넘게 다르게 살아왔는데 부딪치는 게 당연해. 그렇죠? 나도 이이랑 아직도 싸운다니까. 윤기태, 그렇다고 파혼은 너무하잖니. 내가 사부인 찾아봬야겠다."

"그러지 마세요."

"가방이 아무래도 제일 무난하겠지?"

"어머니!"

기태가 큰 소리를 내자 아버지가 언짢은 표정을 지으며 헛기침을 했다. 새어머니는 그런 아버지 눈치를 보다 소리를 죽이며 기태를 노려보았다. 제 마음에 차지 않는 행동이었다.

"식사는 그만하지."

아버지는 자신 외에 언성이 올라가는 걸 제일 싫어하는 사람이었다. 결국 입맛이 떨어졌는지 자리에서 일어났다. 태경과 기태도 어쩔 수 없이 일어서야 했다.

새어머니는 제 어머니와 다르게 아버지의 성격을 잘 맞춰 주는 사람이었다. 본인의 뜻을 거스르는 것, 저보다 목소리가 큰 것, 본인 외에 다른 이에게 관심을 주는 것. 모두 아버지가 제일 싫어하는 것이다. 새어머니는 아버지의 말에 토한 번 단 적 없었다.

그게 태경의 엄마와 다른 점이었다. 그래서 결혼 생활을 유지하나 싶었다. 태경의 엄마는 하고 싶은 게 많은 인물이었고 제 일에 집중하면 집안은 뒷전이었다. 아버지가 원하는 여성상이 아니었던 것이다.

레스토랑을 나와 엘리베이터를 타려는데 누군가 뒤에서 아버지를 불렀다.

"회장님."

작은 중소기업을 운영하고 있는 아버지의 직책은 '회장'이었다. 새어머니가 그 자리 그대로 기태에게 물려주고 싶어 안달이 날 만큼 제법 자금력이 탄탄한 회사였다.

"오랜만이네, 박 사장."

서로 악수를 하며 인사를 나눴고 아버지는 자연스레 새어머니를 소개시켰다.

"미인이십니다. 회장님께서 보는 눈이 남다르시군요."

"감사합니다. 안 그래도 말씀 많이 들었습니다. 따님들 자랑을 많이 하신다고요."

호호 웃으며 딸 이야기를 꺼내는데 기태의 얼굴이 굳는 게 보였다. 파혼을 하자마자 맞선 자리가 늘어나겠구나.

태경은 어디서 많이 본 얼굴에 고개를 갸웃거렸다. 주영건설 박문택 사장이었다. 아직 태경과 일면식은 없지만 회사에서 주영건설에게 공문을 보내기로 확정이 되면 한 번은 봐야 할 인물이었다. 그런데 그것 외에도 존함을 들어 본 것 같았다. 어디서 들었더라. 그가 고민을 하며 콧잔등을 찌푸렸다.

"네, 얼마나 예쁜지 모릅니다. 시집보내기 전에 뭐라도 해주고 싶은데 두 녀석 다 극구 제 도움을 받기 싫어하네요. 누구를 닮았는지."

"누구긴 누구야, 박 사장 자네 닮았구먼."

"그렇습니까?"

"그럼 아직 다들 남자 친구가 없는 모양이네요. 저희 집 녀석도 아직 혼자인데."

새어머니가 기태를 슬쩍 박 사장에게 밀며 말했다. 태경이 다니는 회사는 대기업 반열에 속한다. 거기서 찜할 정도의 회사면 중소기업이어도 향후 발전 가능성이 높다는 의미였다. 비록 대기업과의 혼사는 깨졌지만 이쪽과 이뤄진다면 나쁠 것 없다.

"그만 가지."

아버지가 새어머니의 다음 말을 막았다. 그에게 아들의 파혼은 큰일이 아닌 듯싶었다.

때마침 예서에게 연락이 와 태경은 잠시 뒤를 돌아 문자를 확인했다. 갑자기 번개에 맞은 듯 박문택이라는 이름을 어디서 들었는지 깨달았다.

새어머니와 기태, 아버지까지 다 제치고 앞으로 나선 태경이 박문택에게 손을 내밀며 정중히 인사했다.

"안녕하십니까! 예서 남자 친구 윤태경입니다!"

큰 목소리로 쩌렁쩌렁 호텔이 울리도록 말하자 박문택이 당황한 표정을 짓더니 어색하게 웃으며 아버지를 보았다. 그도 난감한 표정을 지으며 박문택과 태경을 번갈아 보았다.

"박 사장 안 바쁘면 커피나 한잔하지."

"네, 회장님. 저도 여쭤 보려던 참이었습니다."

새어머니의 얼굴이 붉으락푸르락해졌다. 자신이 모진 말을 쏟아 뱉고 갔던 여자애의 아버지가 박 사장이라니. 물컵을 쥐었다 펴며 태경이 무슨 말을 할지 주시하는 모양새가 잔뜩 겁에 질려 있었다.

"예서가 참 예쁘죠. 제 처가 워낙 아이를 바르게 키워서 말입니다. 하하."

태경이 예서의 칭찬을 하면 문택은 딸 바보 아버지처럼 칭찬을 다 받아들였다.

예서의 한에서 겸손 따위는 물 건너간 모양이다. 그런 그를 보며 아버지는 신기해했다. 자식을 그렇게 사랑할 수 있다는 것이.

"제가 해 준 게 별로 없습니다. 회장님도 아시다시피 제가 사업을 시작한 지가 그리 오래되지 않았습니다. 그동안 누구를 돌볼 형편이 아니었습니다. 지금은 이제 여유가 생겼는데 딸이 거부하네요."

"그렇군."

"그나저나 아드님 하나는 잘 키우셨습니다."

"그런가."

"아직 혼사 이야기는 빠른 것 같고, 딸의 말도 들어 봐야 해서요. 두 사람 연애, 저는 찬성인데 회장님은 어떠십니까?"

"나도, 뭐."

"감사합니다, 회장님. 포기하지 않고 사업하길 잘했단 생각이 듭니다. 제 딸이 회장님 댁의 자제와 연애를 하다니요. 제가 여전히 막노동판에서 벽돌을 나르고 있었으면…… 분명 연애 상대로도 가당치 않으셨을 겁니다. 자식을 위해서 부모는 더 열심히 일해야 하나 봅니다."

문택이 사람 좋게 웃자 아버지도 표정을 편안히 풀었다. 아버지와는 전혀 다른 사람이었다. 사람을 편안하게 하고 솔직하며 착한 심성. 예서를 진심으로 사랑하는 게 느껴졌다.

"앞으론 엄마 없다는 소리 듣지 않게 제가 열심히 우리 두 딸들 키울 겁니다. 남부럽지 않게요."

"박 사장은 사업 외에도 챙겨야 할 게 많구만."

"그렇죠? 회장님 댁처럼 가정을 지켜 줄 가모가 없어서 그렇습니다. 차가 입에 안 맞으십니까?"

차를 제대로 먹지 못하는 새어머니를 보며 문택이 물었다. 새하얗게 얼굴이 질려 있었다. 엄마 없다는 소리를 대놓고 했었던 걸 잊지 않았나 보다.

"입에 맞아요."

"네, 우리 예서 잘 부탁드립니다. 부족함이 많아도 그러려니 넘겨 주세요. 아비조차 부족한 사람인데요."

"……네."

"혹여라도 어미 없는 자식이라는 생각이 든다면 예서가 아닌 저한테 말씀해 주십시오. 제가 우리 딸 교육시키겠습니다."

"네? 그럴 리가 있나요."

태경이 픽 웃었다. 새아버지와 친해졌다고 하더니. 저런 대화까지 주고받을 정도인지는 몰랐다.

이미 알고 하는 말 같아 문택을 의외의 눈으로 보았다. 전혀 모르는 일인 척 연기를 하고 있었다. 태경 외의 다른 사람은 다 속을 만큼.

세상 인구의 절반은 만나 보았다고 할 정도로 많은 이를 만난 아버지조차 이상한 낌새를 눈치채지 못했다.

"다행입니다. 하긴, 우리 딸이 어디서 그런 소리 들을 앤 아니죠."

"나도 한 번 보고 싶구만. 태경아, 한 번 날 잡아라."

"네, 아버지. 보시면 마음에 꼭 드실 겁니다. 성격이 박 사장님하고 똑 닮았습니다."

"그리고 우리 태경이랑도 제대로 인사를 해야지. 라인코리아 전무……."

아버지도 은근 자식 자랑을 시작했다. 새어머니의 기가 푹 죽어 있었다. 기태도 마찬가지였다. 새어머니는 몰라도 기태가 풀이 죽은 건 안타까웠다. 그의 어깨에 팔을 올리며 기태 쪽으로 관심을 유도했다. 그제야 새어머니가 안도의 한숨을 쉬었다.

"아버지를 만났다고? 어디서?"

"호텔에서."

"호텔?"

"아까 가족 식사했거든."

예서가 아무 생각 없었다며 트렁크를 열었다. 자신이 배치한 그대로 있었다. 태경이 트렁크를 열어 보지 않은 것 같았다.

"우리 수영복 왔어?"

"응, 내가 챙겨서 차 안에 넣어 놨어. 주말에 갈 거니까."

"그래? 나머지 짐을 풀어야겠다. 이거 어디에 두지?"

예서가 안방을 쭉 훑었다. 아직 출근 날짜가 남아 블라우스를 몇 개 챙겨 두었는데 이 상태로 두면 구겨질 게 뻔했다. 옷걸이에 걸어 놔야 하는데.

"다리미는 어디 있어? 고새 다 구겨졌네. 으악! 정장 치마에도 주름이."

예서가 폴짝 뛰며 출근할 때 입을 옷들을 꺼냈다. 그 외에는 티에 반바지 세트여서 구겨져도 상관없는 옷이었다.

방방 뛰며 다리미를 찾아 나서는 예서를 보고 태경이 다가와 손에 든 옷들을 낚아챘다.

"송예서."

"응?"

"진정해. 좋은 건 알겠는데 너무 흥분했다, 지금."

"아닌데?"

"너 지금 들떠 있어."

태경의 말에 예서가 볼에 빵빵하게 바람을 불어 넣으며 웃었다.

"티 났어? 워터파크 간다는 생각에 너무 신나서."

"그리고 이때까지 말 못 했는데."

"응."

"이 옷들 정리는 일하시는 아주머니께 맡기자. 너도 알잖아, 평일에 오시는 거. 나는 앞으로도 쭉 일하시는 분을 둘 생각이야. 네가 거기에 적응했으면 좋겠어."

예서도 잘 알았다. 태경의 품에서 자다 깨면 문 열리는 소리가 난다는 것을.

처음엔 예서가 불편하여 시간을 조정한 것 같았는데 어느 순간부터 아침에 오셨다.

다행이 안방에 있어서 속옷만 입고 있거나 벗은 채로 마주치진 않았지만 태경의 새어머니만큼 껄끄러웠다. 자신을 뭐라고 생각할까 싶어서.

"나도 너도 계속 일할 텐데. 사람은 계속 쓸 거야."

"응, 나야 편하긴 한데……."

"불편하면 결혼해. 그럼 눈치 안 봐도 되니까."

"나는 최소 1년 이상은 연애하고 결혼해야 된다고 생각해."

예서의 단호함에 태경이 더 이상 꺾지 못하고 고개를 끄덕였다.

"알겠어. 1년. 그럼 아주머니는 계속 부른다."

"나도 하나는 양보해야 하니까. 근데 이건 내가 정리하면 안 될까?"

저 안에 수영복을 얼른 치워야 하는데. 아주머니가 본다고 생각하니 더 아찔했다. 속옷도 일부러 예쁜 걸로 몇 개 챙겼는데. 이거 보면 윤태경 꼬시려고 안달 난 여자로 생각하는 거 아니야?

"안 돼. 이것부터 익숙해져야지."

"그, 그래도……."

"곧 오셔서 짐 정리하고 저녁 식사 준비한다고 하셨으니까 우리는 나가서 쇼핑이나 하고 오자."

"쇼핑?"

"응. 송예서한테 보여 줘야지. 전무님 카드의 한도는 얼마인가. 네가 그게 궁금하다며."

"뭐 엄청 궁금한 것까진 아니고."

예서가 입을 앞으로 쭉 내밀며 고개를 흔들었다. 장난으로 한 말까지 다 기억하고 있다. 그걸 또 적재적소에 써서 사람을 당황시키고 말이다.

"내가 9년 동안 돈을 별로 안 써서 너만 보면 자꾸 뭐 해

주고 싶어. 뇌물이라고 생각해. 고마우면 1년에서 6개월로
깎아 주든가."

"은근 강요한다?"

"응. 강요, 협박, 부탁 다 맞아. 그러니까 뇌물 받고 생각
좀 해 봐."

태경이 현관을 나서며 팔을 가리켰다. 예서가 방긋 웃으며
팔을 끼워 넣었다. 태경이 선물을 사 준다고 했지만 휴가 기
념으로 예서도 그에게 선물을 할 생각이었다.

워터파크에서 같이 쓸 커플 모자였다. 디자인을 고민하며
예서가 팔짱을 낀 채 폴짝 뛰었다.

황금 같은 휴일이 돌아왔다. 태경의 차를 타고 고속도로를
달렸다.

"와아! 가슴이 뻥 뚫린다."

"그렇게 좋아?"

창문을 열면 좋을 텐데 태경이 위험하다며 아예 잠갔다.
고속도로를 지나고 나서 열어 주겠다며.

출발 시간이 새벽 3시였으므로 어젯밤은 둘 다 일찍 잤다.
예서가 퇴근하자마자 밥을 먹고 바로 잘 준비를 했다. 태경
도 내일까지 기다리기에 충분할 정도로만 욕구를 풀었다.

덕분에 예서도 어제는 꿀맛 같은 잠을 잤다. 새벽 3시에

일어날 땐 곤욕이었지만 막상 새벽에 달리는 스포츠카를 타니 쌓인 스트레스가 다 풀리는 기분이었다. 가슴이 뻥 뚫리고 시원했다.

"나도 카레이싱 배우고 싶다."

"도로에서 이렇게 달리면 딱지 엄청 끊어."

"카드에 한도가 없다며."

"위험해서 안 돼."

"자기도 위험한 스포츠 즐기면서."

예서가 핀잔을 주자 태경이 어깨를 으쓱했다.

"카레이싱 안 할게. 대신 섹스를 많이 하지, 뭐."

"으아아!"

예서가 귀를 틀어막았다. 저 남자 입에서 지금 무슨 말이 나온 거야!

"네가 반응을 잘 하니까 자꾸 하게 되는 거야."

"그런 농담하지 말라니까."

"응? 농담한 거 아닌데?."

"아! 진짜!"

티격태격하는 사이 리조트에 도착했다. 예서와 태경은 짐을 풀어 놓고 약속한 것처럼 이불 속으로 들어갔다.

"오픈까지 시간 많이 남았네. 나 한숨 자고 싶어, 오빠."

예서가 태경의 품으로 꼼지락거리며 파고들었다. 오랜만

에 광속 질주를 한 태경은 아직 흥분이 가시지 않은 상태였
다.

"난 잠이 안 오는데."

"왜? 운전해서 피곤하지 않아?"

예서가 눈을 감고 웅얼거리듯이 말했다. 눈을 감자마자 잠
이 슬슬 몰려왔다. 새벽 3시에 일어날 정도로 부지런하지 못
했다.

"운전을 하면 피곤하지."

"역시 그렇지? 얼른 자, 오빠. 내가 8시에 알람 맞춰 놨
어."

예서가 태경에게 기대어 이마를 대고 심장 박동에 따라 움
직이는 가슴 근육을 느꼈다. 좋았다.

"그런데 카레이싱을 하면 흥분돼."

"그것도 운전 아니야?"

"응, 스포츠야."

태경이 그리 말하며 예서의 위로 올라왔다. 어젯밤에 왜
쉽게 풀어 주나 했더니.

"가수들은 콘서트를 하고 나면 극도의 흥분 상태래."

"그러니까 지금 오빠가 카레이싱을 해서 흥분 상태라는
거야?"

"똑똑하네. 엄청난 흥분 상태지."

태경이 예서의 말을 막으며 입을 맞췄다. 근 한 달간 주말마다 부딪쳤던 그의 몸이지만 오늘은 또 달랐다. 거칠게 달려들었다. 그의 입에서 사랑한다는 말이 시시때때로 나오지 않았다면 짐승의 움직임이라고 해도 과언이 아니었다.

온몸을 붉게 물들였다. 파고드는 그의 몸짓에는 여유 따윈 없었다. 예서가 살며시 눈을 떠 그의 얼굴을 보았다. 황홀함을 오가는 표정에 예서도 속도를 맞추기 위해 열심히 움직였다.

이 사람이 이렇게 좋아하는데.

"사랑해, 예서야."

귓가에 뜨거운 숨결을 흩뿌렸다. 아랫배가 확 조여들자 태경의 입에서 억눌린 신음이 들렸다. 아직 끝나지 않았구나. 오늘 수영장에는 못 가겠다고 생각하며 그가 주는 쾌락에 몸을 맡겼다.

피곤한 몸을 이끌고 리조트를 나온 시각은 오후 3시였다. 두 사람은 각자 라커룸으로 들어갔다.

리조트에서 갈아입고 나간다는 걸 태경이 말렸다. 웨딩드레스를 입고 나오는 신부 대신 수영복을 입고 나오는 제 모습을 앞에서 기다리고 있겠다고 말이다.

웨딩드레스랑 수영복이랑 같느냐고 반문을 했지만 설레는

건 마찬가지라고 하였다. 결국 라커룸 앞에 선 예서가 옷을
벗어 사물함에 넣었다.

"모자는 잘 골랐어."

태경과 커플 모자였다. 내친 김에 운동화도 커플로 사고
싶었는데 주미가 남자들은 커플 티, 커플 운동화 같은 걸 제
일 싫어한다고 해서 참았다. 제대로 사귄 남자 친구가 처음
이라 해 보고 싶은 게 많았으나 태경의 나이엔 귀찮은 거 딱
질색한다고 덧붙였다. 주미가 당부했다. 연애 못 해 본 티 내
지 말라고.

우리가 연인이라는 티 내고 싶은데.

태경이 준 파우치를 열어 본 예서는 입을 딱 벌렸다.

"이게 뭐야?"

태경과 같이 입으려고 산 커플 수영복이 아니었다. 래쉬가
드가 아니었다! 이건 주미가 고른 수영복인데!

황당함에 눈을 동그랗게 뜨고 깜빡이고 있을 때 라커룸에
넣어 둔 휴대폰이 울렸다.

〈신부님, 기대합니다. 얼른 입고 나오세요.〉

태경이었다. 웨딩드레스보다 더 기대하는 모양새였다. 주
미가 고른 수영복은 모 드라마에서 몸매 좋은 연예인이 입고

나와 히트를 쳤던 것이었다. 보기만 해도 부끄러운 디자인이다. 그래도 태경이 기대하고 있다니 예서가 용기를 내서 입었다.

"제모를 하길 잘했네."

그 와중에 주미를 따라 비키니 라인으로 제모를 한 자신을 칭찬했다. 수영복을 다 입고 서자 주변 여자들의 시선이 느껴졌다. 이 몸매에 이걸 입다니! 예서가 모자를 푹 눌러쓰고 선글라스를 꼈다. 그나마 자신감이 좀 생겼다.

라커룸을 나가 만남의 광장으로 가는 내내 사람들의 시선이 번갈아 느껴져 예서가 눈동자를 이리저리 굴렸다. 그냥 비키니가 날 걸 그랬다.

저 멀리 태경이 보였다. 한눈에 봐도 태경이었다. 주변으로 삼삼오오 여자 무리가 모여서 몸매를 뽐내고 있었으니까.

다가가진 못하고 주변을 맴돌며 연락처를 물어보기를 바라는 여인네들 같아 보였다.

예서가 콧김을 뿜으며 빠른 걸음으로 태경에게 다가갔다. 그도 예서를 발견했는지 선글라스를 벗으며 환하게 웃었다.

"와."

태경이 정말 좋아했다. 그녀를 아래위로 보더니 가운데 세워 두고 주위를 돌며 엄지손가락을 치켜들었다.

"오늘 이거 입고 잤으면 좋겠다."

태경이 사람들이 듣는데도 거리낌 없이 말했다. 덕분에 삼
삼오오 모여 있던 여자들이 자연스레 볼을 붉히며 떠나갔다.
알아서 여자들을 처리해 주니 고마운 마음에 예서가 씩 웃었
다.

"그렇게 예뻐?"

"응, 예쁘긴 한데……."

뒷말이 두려워 예서가 어깨를 움찔했다. 뱃살 지적인가!
힘껏 배에 힘을 주고 있는 상태인데.

"나만 보고 싶으니까."

태경이 손에 들고 있던 옷 하나를 내밀었다. 그의 셔츠였
다.

"이거 위에 입어."

예서가 셔츠를 입고 단추를 대충 잠갔다.

"이게 더 예쁘네. 어떡하지."

"아휴, 진짜 띄우지 마. 얼른 기구 타러 가자."

예서가 태경의 손을 잡고 놀이기구 쪽으로 이끌었다. TV
에서 선전 많이 하던데. 드디어 태경과 이것을 타다니.

사실 워터파크는 처음 와 본다. 어쩌다 보니 또 처음을 태
경과 하게 되었다. 앞으로의 여행지도 그와 함께이자 처음일
것이다. 그게 좋아서 예서가 웃었다.

"그래, 가자."

"응. 윤태경, 사랑한다!"

놀러 와서 가슴이 들뜬 예서가 그의 손을 흔들며 사랑한다고 고백했다. 태경은 그런 예서의 손을 꼭 쥐었다.

"내가 더 사랑해."

"그럼 이따 저거 탈 때 사랑한다고 외쳐 줘."

"그런 진부한 게 좋아?"

위에서 고공 낙하하는 물놀이 기구를 가리키며 예서가 말했다. '송예서, 사랑해!' 라고 해 달라고.

"연애 고자라 뭐든 다 좋아. 남들 해 보는 거 다 해 보고 싶어."

"드라마를 못 보게 하던가 해야지."

"드라마 말고 영화도 있다, 뭐?"

예서가 그를 눈으로 흘기며 말했다. 고민하던 예서는 그냥 웃고 말았다. 스스로도 좀 심했구나 싶었다.

한 시간가량 기다리고 나서야 드디어 두 사람의 차례가 돌아왔다. 각자 자리에서 고공 낙하를 기다리는 동안 가슴이 너무 뛰어 발을 동동거렸다. 지금이라도 못 탄다고 할까? 막상 타려고 하니 무서워서 심장이 쫄깃해졌다.

3, 2, 1. 빵!

떨어진다 생각하기도 전에 가슴속 풍선이 부푼 느낌이 들었다. 그때 예서의 귀에 태경의 큰 목소리가 들렸다.

"사랑……."

'사랑해, 송예서'였을 것이다. 뒷말은 자신이 지르는 '아악!' 소리로 인해 묻혔다. 안 해 준다고 하더니 결국 해 준다. 윤태경이 너무 좋았다. 물이 코와 입으로, 눈으로 마구 들어왔다. 그럼에도 예서는 행복했다.

"나도 사랑해!"

거의 다 내려온 예서가 답변을 하려고 소리를 지르는 순간 물속으로 풍덩 빠졌다.

"괜찮아?"

먼저 내려온 태경이 양팔로 그녀를 안아 올렸다. 두 눈이 마주쳤고 예서가 고개를 신나게 끄덕였다.

"나도 사랑해, 오빠."

그의 귀가 붉어졌다. 행복해하는 두 사람을 보며 가드가 얼른 나가라고 눈짓을 주었다. 남의 시선 따위 무시하는 태경은 예서를 안고 아주 느리게 그곳을 빠져나갔지만 말이다.

—fin

작가 후기

안녕하세요, 박신우입니다.

세 번째 작품으로 후기를 쓰는 날이 오다니 믿기지가 않습니다. 〈첫사랑이야〉를 집필하는 동안, 시놉시스는 세 번 갈아엎고, 연재도 두 번이나 중단했습니다. 제목도 바뀌었고요. 나중에는 완결을 낼 자신이 없어서 한동안 머리털만 쥐어뜯으며 보낸 것 같습니다. 어떻게 완결이 났는지 아직도 신기합니다. 결과물을 보니, 그동안 뽑힌 머리털이 하나도 아깝지 않아요.

처음부터 예쁜 글이었으면 하는 마음으로 집필했습니다.

독자님들께서도 〈첫사랑이야〉를 읽으신 후 '예쁜 이야기'라고 생각이 드셨으면 좋겠습니다. 윤태경, 송예서. 두 사람이 첫사랑을 이루는 과정을 잘 표현하고 싶었는데, 제 부족한 필력으로 주인공의 감정선을 다 살리기가 쉽지 않았습니다. 그래도 최선을 다했어요!

　연재 기간 동안 함께해 주신 독자님, 옆에서 힘이 돼 준 작가님, 수정 보는 동안 저를 대신해서 딸을 돌봐 준 남편과 부모님, 모두 감사드립니다.

　끝이라 생각하면 아쉽고, 세상으로 나간다니 두렵습니다. 책이 나가고 한동안은 잠을 이루지 못할 것 같아요. 너무 행복해서요.

　다시 뵙는 그날까지 모두 건강 유의하시고, 올해는 계획하신 일들이 다 이루어지는 한 해가 되길 바랍니다. 감사합니다!

－2016년, 여전히 더운 여름 밤에
서경 박신우 올림.